Herbert Schida

Heimreise auf Umwegen

Ein historischer Roman aus
der Völkerwanderungszeit

AF200929

Herbert Schida

Heimreise auf Umwegen

Ein historischer Roman aus
der Völkerwanderungszeit

Bibliografische Information der Deutschen Nationalbibliothek:
Die Deutsche Nationalbibliothek verzeichnet diese Publikation in
der Deutschen Nationalbibliografie; detaillierte bibliografische
Daten sind im Internet über http://dnb.de abrufbar.

Band 4 der Thüringen-Saga

Cover und Bilder: Herbert Schida, www.schida.net
Lektorat: Ursula und Heinrich Jung
Korrektorat: Reinhild Schida, Manuela Taudes
Herstellung und Verlag: BoD – Books on Demand, Norderstedt

ISBN: 978-3-7519-5174-6

Reise von Ravenna zum Elbkniegau (s. S. 289)

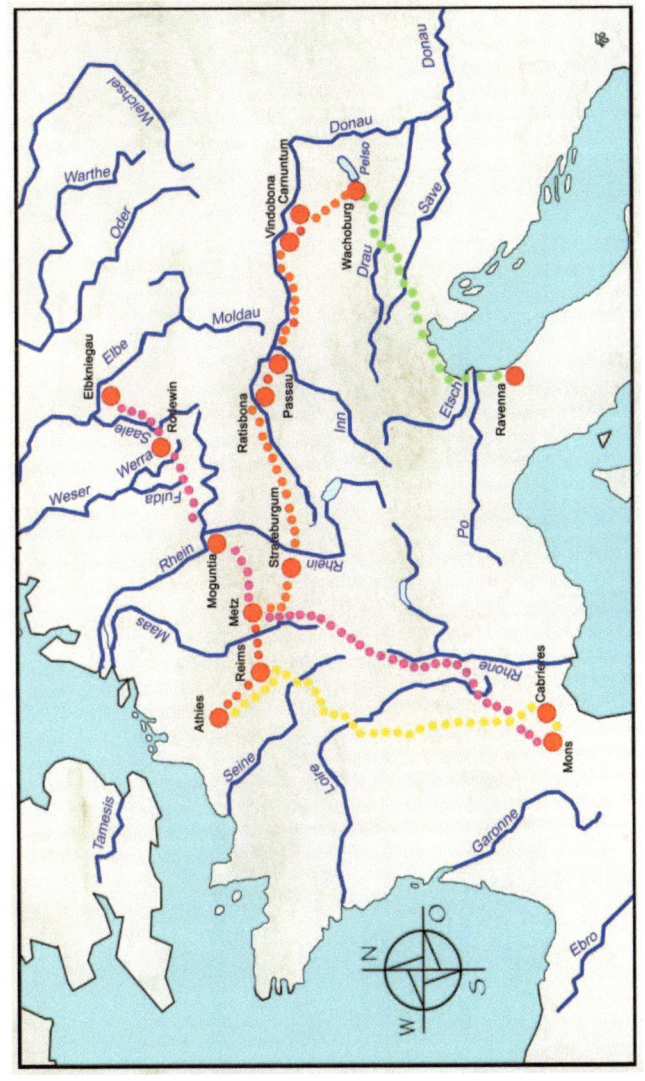

1. Am Pelso *(Plattensee)*

Fünf Reiter zogen im Trab auf der alten Heerstraße von Ravenna in Richtung Carnuntum. Sie hatten den Pass des Birnbaumer Waldes in den Julischen Alpen überwunden und näherten sich der Kreuzung, von der sie nach Osten zur Residenz des Langobardenkönigs Wacho weiterreiten mussten. Ihr Anführer war der Thüringer Prinz Amalafred. Der Langobardenkönig Wacho hatte seine Mutter, die Thüringer Königin Amalaberga, zu seiner Hochzeit eingeladen. Nach der Flucht aus Thüringen fühlte sich die Königin zu sehr geschwächt, um die Reise von Ravenna zur Residenz des Langobardenkönigs am See Pelso *(Plattensee)* anzutreten. Sie schickte ihren Sohn. Ihn begleiteten die beiden treuen Thüringer Gefolgsleute Hartwig und Siegbert. Sie waren Brüder und stammten aus Rodewin, einer kleinen Siedlung nördlich des Thüringer Waldes.

Zur Mittagszeit erreichte die Gruppe eine Kreuzung. Auf einer übermannshohen Steinsäule waren die Entfernungen zu den bedeutenden Zielen entlang der Straße in römischen Meilen angegeben. Geradeaus führte die alte Heerstraße nach Carnuntum an der Donau und rechts ging es auf einem unbefestigten Weg zur Residenz des Königs Wacho, der Wachoburg.

Amalafred ordnete eine Pause an und die beiden Männer der königlichen Leibwache lösten die Proviantsäcke von ihren Packpferden. Sie breiteten die Speisen und Getränke auf einer Decke aus.

„Wie weit ist es noch bis zur Residenz des Langobardenkönigs?", wollte Siegbert wissen.

„Du kannst es wohl nicht erwarten, uns zu verlassen", entgegnete ihm mürrisch sein Bruder Hartwig.

„Reg dich nicht auf! Es ist nicht meine Entscheidung, euch hier zu verlassen und allein in Richtung Vindobona weiterzureiten. Ich reise im Auftrag der Königin zurück nach Thüringen und werde den Kampf gegen die Franken organisieren", rechtfertigte sich Siegbert.

Amalafred beschwichtigt den Streit der Brüder. Ihm wäre auch lieber, wenn Siegbert bei ihnen geblieben wäre, doch sein Gefolgsmann handelte auf Anweisung seiner Mutter.

Die drei jungen Männer kannten sich schon lange. In ihrer Jugend verbrachten sie viel Zeit zusammen in Rodewin, dem Geburtsort von Hartwig und Siegbert. Prinz Amalafred konnte dort der Strenge seines Vaters am Thüringer Königshof entfliehen und erlebnisreiche Tage verbringen.

Die Schlacht an der Unstrut vor vier Jahren zwischen den Thüringern und Franken veränderte alles. Nichts war mehr, wie es war. Der Krieg brachte viel Leid über die Menschen. Die Thüringer Königin Amalaberga floh mit ihren Kindern, den Getreuen, Kriegern, Handwerkern und Bauern nach Ravenna. In Vindobona *(Wien)* an der Donau konnten sie nicht weiterziehen, da im Ostgotenreich Unruhen ausbrachen. Es wurde nur der Königin mit ihren engsten Bediensteten erlaubt, die Weiterreise nach Ravenna fortzusetzen. Die Krieger und Bauern, die mit ihr aus Thüringen wegzogen, mussten sich im Langobardenreich niederlassen.

„Wann werden unsere Krieger, die im Langobardenreich bei Vindobona und im Tullnerfeld zurückgeblieben sind, ins Ostgotenreich reisen dürfen?", wollte Siegbert von Amalafred wissen.

„Das ist schwer zu sagen. Es hängt davon ab, wer dort die Oberhand gewinnt. Es ist noch nicht entschieden ob sich die frankenfreundlichen oder kaisertreuen

8

Fürsten im Ostgotenreich durchsetzen", erklärte Amalafred.

„Ich denke, dass die Würfel bereits gefallen sind", wandte Hartwig ein.

„Wieso?", fragt Amalafred verwundert.

„Nach dem Tod des minderjährigen Ostgotenkönigs Athalarich wurde die politische Lage im Ostgotenreich instabil. Die frankenfreundlichen Fürsten wollten die Thüringer nicht bei sich haben, obwohl die ostgotische Regentin Amalasuntha Hilfe zugesagt hatte."

„Das ist richtig, doch nun ist Theodahad ostgotischer König und er hat sich noch nicht eindeutig für die eine oder andere Seite entschieden", erklärte Amalafred.

„Was ist, wenn er sich auf die Seite der Franken schlägt?", wollte Siegbert wissen.

„Das wäre schlecht für uns. Meine Mutter müsste zu dem Kaiser in Konstantinopel oder den Langobarden fliehen. Ihr Leben wäre im Ostgotenreich in Gefahr und es könnte ihr so ergehen, wie ihrer Kusine Amalasuntha, die im Bad ermordet wurde", erklärte Amalafred.

„Ich habe gehört, dass dein Onkel Theodahad hinter dem Mordanschlag stand?", bemerkte Siegbert.

„Das ist durchaus denkbar. Seine Frau konnte Amalasuntha nicht ausstehen und wird die treibende Kraft bei der abscheulichen Tat gewesen sein."

Die beiden Krieger der Leibwache hatten ein Feuer angezündet und hielten Eisenspieße mit Fleischstücken darüber. Der Duft war verführerisch. Hartwig reichte einen Schlauch mit Rotwein herum. Jeder trank davon und die Männer verschlangen hastig die gegrillten Fleischstücke.

„Wie steht Theodahad zu seiner Schwester, deiner Mutter?", wollte Siegbert wissen.

„Ich weiß es nicht!", bemerkte Amalafred unsicher.

„Ein gutes Verhältnis scheint er nicht zu seiner Schwester zu haben, sonst hätte er die Königin gleich bei ihrer Ankunft in Ravenna besucht.", erklärte Hartwig.

Amalafred konnte die Argumente seines Gefolgsmannes Hartwig nicht entkräften. Beide waren sie zu einer Audienz in der Residenz des Ostgotenkönigs. Theodahad versprach seinem Neffen, dass er die Thüringer Königin in ihrer Villa am Stadtrand besuchen wollte, doch er ließ sich nicht sehen. Der Prinz war froh, dass er zu der Hochzeit von König Wacho reisen durfte. Das Leben in Ravenna war ihm zu langweilig geworden. In Vindobona bei den Thüringer Kriegern würde er sich wohler fühlen und auch die Langobarden waren ihm angenehmer als die Ostgoten. Es wäre ihm lieber, wenn die Königin ins Langobardenreich zu ihren Leuten zurückkehrte und bei ihnen bliebe. Der Langobardenkönig Wacho hatte allen Thüringern in der Umgebung von Vindobona großzügig Land zugewiesen, welches sie bewirtschaften konnten und ihre Krieger durften sich seinen Heerzügen nach Illyrien anschließen und reiche Beute machen. Diese Möglichkeiten gab es im Ostgotenreich nicht.

Die Gruppe brach auf und Siegbert verabschiedete sich. Keiner wusste, ob und wann sie sich wiedersehen werden. Siegberts Auftrag war gefährlich. Er sollte die Rebellen im Thüringer Gebiet organisieren und anführen.

Auf der alten römischen Heerstraße, die von Ravenna nach Carnuntum *(Petronell)* führte, zog er allein weiter. Die Straße war ein Teil der Bernsteinstraße. Sie verlief von Venedig bis zur Ostsee. Es war ein alter Handelsweg, auf dem der begehrte Bernstein transportiert wurde. Aus dem harzigen Stein fertigten die Handwerker von Venedig Schmuck für die wohlhabenden römischen Frauen.

Amalafred, Hartwig und die beiden Wachleute ritten nach Osten in Richtung des Sees Pelso *(Plattensee)*. Sie kamen in ein dichtes Waldgebiet. Der Weg wurde eng und sandig. Er war nicht ausgebaut, wie sie es von den Römerstraßen kannten.

Hartwig ritt neben dem Prinzen. Amalafred beobachtete ihn von der Seite. Sein Gefolgsmann machte einen traurigen Eindruck. Hungrig konnte er nicht sein und schlecht geschlafen hatte er auch nicht. Wieso blickte er düster drein?

„Hättest du deinen jüngeren Bruder gern nach Hause begleitet?", fragte er ihn.

„Es sind viele Monde vergangen, seitdem ich meine Frau und die Kinder zum letzten Mal sah. Gern würde ich sie in die Arme schließen", antwortete Hartwig betrübt.

„Wenn die Ostgoten eines Tages unseren Leuten in Vindobona erlauben, nach Italien weiterzureisen, kannst du heim zu deiner Familie reiten. Solange brauche ich dich in meiner Nähe."

„Vielleicht wollen die Thüringer gar nicht mehr aus Vindobona weg. Ihnen gefällt es dort und König Wacho hat ihnen seinen Schutz zugesichert."

„Ich hätte nichts dagegen einzuwenden, wenn sie im Langobardenreich ansässig würden. Meine Mutter denkt leider anders darüber", gab Amalafred bedauernd zu.

„Einige der ostgotischen Fürsten wollen sich den Franken anschließen. Wenn das passiert, kämen wir vom Regen in die Traufe", erklärte Hartwig.

„Ich hörte, dass der oströmische Feldherr Belisar bereits in Sizilien gelandet ist. Sein Kaiser wird niemals zulassen, dass sich die Franken in Italien breitmachen."

„Mit dem oströmischen General ist nicht zu spaßen", bestätigte Hartwig.

„Das denke ich auch. Wenn sich die Ostgoten mit den Franken verbünden, kommt es zum Krieg in Italien."

„Das sind keine guten Aussichten. Wie wird deine Mutter darauf reagieren?"

„Es ist schwer zu sagen. Vielleicht hat sie schon bereut, in Ravenna Schutz vor den Franken zu suchen."

„Ich denke, dass sie in Vindobona sicherer wäre. Der Langobardenkönig bot ihr seine schützende Hand an."

„Du kennst meine Mutter. Sie hatte sich vorgenommen in ihre Heimat zurückzukehren und da gibt es nichts, was sie umstimmen könnte."

Amalafred und Hartwig seufzten zur gleichen Zeit. Sie wussten, wie stur und eigenwillig die Thüringer Königin sein konnte.

Im letzten Jahr hatten sich unglaubliche Dinge ereignet. Nach der Ermordung des Thüringer Königs, lebte seine Frau Amalaberga in ständiger Angst. Sie war in Ravenna aufgewachsen und glaubte, nur dort vor den Franken sicher zu sein. Die Zeiten hatten sich jedoch geändert. Zu lange war sie weg aus ihrer Heimat. Ob die Thüringer Königin Schutz für sich und ihr Gefolge bei ihrem Bruder Theodahad finden konnte, war ungewiss. Der neue Ostgotenkönig galt als wankelmütig in seinen Entscheidungen. Die Geduld bei den ostgotischen Fürsten schien an ihre Grenzen zu stoßen. Einige dachten daran, den König zu stürzen und einen neuen zu wählen. In dieses Wespennest war die Thüringer Königin Amalaberga sehenden Auges geraten. Eine Sicherheit für ihr Leben und das ihrer Kinder gab es nicht. Prinz Amalafred war die Situation bewusst, doch er konnte sich nicht gegen seine Mutter stellen. Er musste ihr gehorchen.

Ein Ochsenkarren war in der Ferne auf dem schmalen Weg zu sehen. Auf dem Karren saß ein kleiner Mann, der ohne Unterlass mit seiner langen Gerte auf das Gespann einschlug. Die Tiere reagierten nicht auf die Hiebe und trotteten langsam weiter. Seit Tagen hatten sie keinen Menschen in der einsamen Gegend getroffen.

„Ich frage den Mann nach dem Weg, ob wir hier richtig sind", sagte Hartwig und galoppierte auf das entgegenkommende Fuhrwerk zu.

Amalafred ritt ruhig im Schritt weiter und wunderte sich, dass sein Freund heftig auf den Ochsentreiber einredete und dieser nicht darauf reagierte. Der Mann auf dem Wagen schien den Thüringer nicht zu verstehen. Hartwig wurde wütend und schrie den Ochsentreiber unentwegt an. Der ließ sich nicht beirren und trieb seine Zugtiere mit der Gerte vorwärts. Amalafred blieb mit den Wachleuten und Packpferden auf dem Weg stehen.

„Was ist los?", rief er Hartwig von weitem zu.

„Der Kerl will mir nicht sagen, wo es zur Wachoburg geht."

„Lass ab von ihm. Er wird seine Stimme verloren haben."

Hartwig näherte sich vorsichtig dem Ochsentreiber. Der hockte sprungbereit auf dem Karren und drohte ihm.

„Beruhige dich, ich will dir dein Gespann nicht wegnehmen. Wenn du nicht sprechen kannst, nicke."

Der Mann nickte heftig. Es war ein Wunder, dass sein Kopf nicht von der Schulter fiel. Er riss den Mund weit auf und brachte nur undeutliche Laute hervor. Ihm fehlte die Zunge.

„Wir wollen zum König Wacho. Führt dieser Weg dorthin?", fragte Hartwig.

Der Ochsentreiber sprang vom Karren und ritzte ein paar Linien mit seiner Gerte in den Sand des Weges. Als er fertig war, fiel er auf die Knie und verbeugte sich fortwährend, dass seine Stirn den Boden berührte. Verwundert sahen die Thüringer ihm zu.

„Was wird er wohl meinen?", fragte Amalafred.

„Er will uns den Weg beschreiben. Die Verzweigungen, die er aufgemalt hat, sind die Wegkreuzungen. Fünf müssen noch kommen und es ist zu sehen, welchen Abzweig wir nehmen müssen. Am Ende hat er ein Tor angedeutet. Das müsste die Königsresidenz sein. In diese Richtung verbeugt er sich dauernd."

Hartwig ging zu dem Mann und hob ihn auf die Füße.

„Wir haben dich verstanden. Du bist gar nicht so blöd, wie es den Anschein hat."

Der Ochsentreiber grinste und riss wieder seinen Mund weit auf. Hartwig gab dem armen Wicht einen Apfel aus seinem Proviantsack. Der freute sich darüber und hörte mit dem Verbeugen gar nicht mehr auf, bis sie die Wegbiegung erreichten.

Am Tag darauf kamen ihnen zwei Frauen entgegen, die riesige Reisigbündel auf dem Rücken trugen. Sie bestätigten den Thüringern, dass sie auf dem richtigen Weg waren.

Je näher sie der Residenz des Langobardenkönigs kamen, umso mehr Menschen begegneten ihnen. Kleine Siedlungen waren zu sehen. Der Weg wurde breiter. Bauern sagten ihnen, dass der Königssitz nur einen halben Tagesritt entfernt lag. Hartwig hielt Ausschau nach einer Herberge. Sie wollten ausgeruht vor dem Langobardenkönig erscheinen. In einer Siedlung fragten sie nach einer Unterkunft. Die Leute zeigten auf ein schilfbedecktes Haus in der Nähe der Straße.

Ein gefährlich aussehender, großgewachsener Mann stand vor der Eingangstür und winkte ihnen zu, einzutreten. Es war der Wirt der Herberge, die als solche nicht erkennbar war. Zwei Sklaven bemühten sich um die Pferde und führten sie in den Stall.

„Können wir bei dir übernachten?", fragte der Prinz.

„Sehr gern, ihr Herren!", antwortete der Wirt und zeigte ihnen den Raum, in dem sie schlafen konnten. Die Leibwächter blieben bei den Pferden im Stall und wurden dort von den Sklaven versorgt. Amalafred und Hartwig nahmen in der leeren Gaststube Platz. Die Wirtin brachte verdünnten Wein und fragte, was sie essen möchten.

„Bring uns von dem, was ihr auf dem Feuer habt. Es riecht gut", sagte Amalafred und holte tief Luft.

Vom Wirt erfuhren sie Neuigkeiten über die Hochzeit des Königs. Es sollte ein großes Fest werden, wie es noch niemand im Langobardenreich erlebt hatte. Das Volk war froh, dass Wacho die junge Herulerin Silinga zur dritten Frau nehmen wollte und sie wünschten ihm Kindersegen. In seinem betagten Alter brauchte er unbedingt einen Sohn als Nachfolger.

Amalafred und Hartwig hörten dem Wirt aufmerksam zu. Das schien ihn anzuspornen. Er versuchte, sein ganzes Wissen über die neue Verbindung im Königshaus loszuwerden.

„Ich bin ein Heruler", sagte er stolz und schlug sich mit der Faust auf die Brust.

Der Wirt sah seine beiden Zuhörer plötzlich ernst an.

„Seid ihr Langobarden?", fragte er misstrauisch.

„Wir sind Thüringer!", erwiderte Hartwig.

Der Wirt beugte sich zu ihnen hinunter.

„Das ist gut, denn jetzt werde ich euch etwas sagen, was nicht jedem hier gefällt."

Vorsichtig sah er nach links und rechts als wären noch andere Gäste im Raum, die ihm zuhören könnten.

„Mein Volk wurde nach der verlorenen Schlacht gegen die Langobarden in alle Winde verstreut. Ein Teil blieb hier und trägt die Schmach der Niederlage. Wacho braucht unsere tapferen Krieger für seine Feldzüge. Keiner kann es mit ihnen aufnehmen. Sie sind gefürchteter als die Hunnen. Manche Langobarden sagen, dass wir rauflustig wären und man uns lieber aus dem Weg gehen sollte. Sie haben recht!"

Der Wirt wollte nicht mehr aufhören, zu reden. Hartwig und Amalafred erfuhren verschiedene Dinge über die schwelenden Streitigkeiten zwischen den Volksgruppen.

„Da ihr Thüringer seid, kann ich euch vertrauen. Wir sind nur ein geduldeter Stamm im Langobardenreich. Es geht uns wie euch mit den Franken."

„Was weißt du darüber?"

„In einem Gasthaus werden so manche Dinge erzählt, die nicht für jedermanns Ohren bestimmt sind. Mir wurde berichtet, dass ihr euch gegen die Franken tapfer wehrt. Wir haben den Widerstand aufgegeben."

Die Thüringer blieben noch eine zweite Nacht und zogen ausgeruht zur Residenz des Langobardenkönigs weiter. Unterwegs trafen sie Bauern, die frisches Gemüse und Obst in die königliche Küche oder zum Markt brachten. Ihre Ochsenkarren hinterließen tiefe Spuren in dem unbefestigten, sandigen Weg. Eine leichte Brise wirbelte den Sand in die Höhe und ließ die Wagenkolonne wie eine ockerfarbene Schlange aussehen. Sie näherten sich dem Stadttor. In beide Richtungen drängten sich die Menschen und Karren hindurch. Niemand kontrollierte sie. Die Kleidung der Thüringer war mit einer Staubschicht überzogen.

„Suchen wir uns ein Quartier. Beschmutzt können wir nicht vor den König treten", bestimmte Amalafred.

„Wacho wird es nicht stören! Soll er sehen, dass wir bemüht sind, rechtzeitig auf seiner Hochzeit zu erscheinen", meinte Hartwig gelassen.

„Die ist erst in zwei Tagen", ergänzte der Prinz.

Es war nicht leicht eine Unterkunft zu finden. Zahlreiche Gäste kamen aus allen Teilen des Reiches und es gab nur wenige freie Schlafplätze in den Herbergen. Nach langem Suchen fanden sie am Stadtrand ein kleines Gasthaus, das noch einen freien Raum unter dem Schilfdach hatte. Kritisch betrachteten die Thüringer die Unterkunft.

„Da waren wir gestern bei dem Heruler besser untergebracht. Dies ist eher ein Quartier für Rossknechte. Uns wird das Ungeziefer in der Nacht auffressen", bemerkte Amalafred missgelaunt.

Er sah in jede Ecke des Dachbodens und rümpfte die Nase.

„Nehmen wir es. Später können wir uns eine bessere Herberge suchen."

Der Wirt verlangte das Zehnfache von dem, was sie dem Heruler für die letzten Nächte gezahlt hatten. Die beiden Wachleute waren im Pferdestall untergebracht.

Amalafred und Hartwig ritten zum Königshof. Ein Beamter kam auf sie zu und fragte nach den Namen. Als er erfuhr, dass es sich um Prinz Amalafred aus Thüringen und seinem Gefolgsmann Hartwig handelte, wurde er rege. Er rief nach den Pferdeknechten, die sich um die beiden Schimmel der Thüringer kümmern sollten und bat die Gäste, ihm zu folgen.

Hartwig flüsterte Amalafred zu: „Wenn schon unser Quartier bescheiden ist, scheint man dich zumindest hier erwartet zu haben."

Der Palast war kleiner und verwinkelter als der des Ostgotenkönigs in Ravenna. Kreuz und quer ging es treppauf und treppab. Am Ende eines langen Ganges gelangten sie in eine große Halle. Da sollten sie warten. Der Beamte schlüpfte durch eine kleine Seitenpforte. Es dauerte nicht lang und eine große Tür wurde aufgestoßen. Wacho lief mit ausgebreiteten Armen auf Amalafred zu.

„Es freut mich, euch zu sehen. Wann seid ihr angekommen?"

Die Thüringer verbeugten sich respektvoll vor dem König der Langobarden.

„Vor kurzem! Wir haben uns zuerst ein Quartier in der Stadt gesucht", antwortete Amalafred.

„Das kommt nicht in Frage. Ihr seid meine Ehrengäste und werdet bei mir in der Residenz wohnen. Fühlt euch hier wie zu Hause. Wir sehen uns heute Abend beim Essen."

Der König war im Begriff zu gehen als er plötzlich stehen blieb und Amalafred ansprach: „Morgen früh will ich zur Jagd ausreiten und würde mich freuen, wenn ihr mich begleitet."

Die Thüringer waren von dem begeisterten Empfang durch den König überwältigt. Sie hatten Wacho schon in Carnuntum kennengelernt und wussten, dass er spontan und einnehmend war. Die Einladung nahmen sie gern an. Der König nickte ihnen freundlich zu und verschwand so schnell, wie er gekommen war.

Der Beamte, der sie hierhergeführt hatte, befahl einem Diener, die Gäste in ihr Quartier im Palast zu geleiten. Er war kleinwüchsig mit kahlrasiertem Haupt. Flink schritt er durch einen langgedehnten Seitenflügel des Gebäudes. Es folgte ein Gang, der zur Hofseite offen war. Am Ende begann der Wohntrakt für den König.

Seine höheren Beamten und Gäste waren in einem Seitenflügel der Residenz untergebracht.

Hier sollten die Thüringer wohnen. Hartwig war von der Ausstattung der Räume begeistert.

„Das ist etwas anderes als die Herberge am Stadtrand", rief er freudig aus.

Er ging auf die Terrasse. Sie befand sich auf der Südostseite des Palastgebäudes und war mit weißem Marmor ausgelegt.

„Komm zu mir Amalafred! Von hier aus kannst du den Pelso sehen. Ist das ein schöner Blick. Hier lässt es sich leben. Der See ist einfach überwältigend. Sieh nur, die Boote und Fischer mit ihren Netzen. Da drüben galoppiert eine Herde Pferde am Strand entlang und links vom See sind ein paar Weinberge."

„Ich habe dich selten so begeistert gesehen. Würdest du gern hierbleiben, wenn die Hochzeit vorbei ist?", scherzte Amalafred.

Hartwig ließ sich durch die spöttische Bemerkung seines Freundes nicht die Laune verderben. Sein Platz war bei dem Prinzen. Ihm hatte er die Gefolgschaft zugesagt und war durch seinen Treueeid an ihn gebunden. Nur dann, wenn der Prinz ihn freigeben würde, könnte er zu seiner Familie in die Heimat zurückkehren.

Amalafred sah sich die übrigen Räume an. Es waren drei Zimmer, die durch offene Türen miteinander verbunden waren. Der Stil erinnerte ihn an die römische Villa des Fürsten Audoin in Carnuntum. Zufrieden ging er zu seinem Freund auf die Terrasse und sagte mit einem zynischen Unterton: „Hast du dich an dem Wasser endlich satt gesehen?"

Hartwig störte es, dass Amalafred die Schönheit dieser Aussicht nicht wie er empfand.

„Ich werde unsere Sachen aus der Herberge holen", sagte er in sachlichem Ton und lief eilig zur Tür.

Im Gang stand der Diener und schien sich zu langweilen. Er sah über die Brüstung in den Hof hinab und beobachtete wer ankam.

„Ich will unser Reisegepäck aus der Herberge holen", sagte Hartwig zu ihm.

„Das braucht ihr nicht, ich tue das für euch. Solange ihr Gast des Königs seid, werde ich alles für euch erledigen. Sagt mir nur, in welcher Herberge ihr abgestiegen seid."

Umständlich versuchte Hartwig dem Mann zu erklären, wie sie mittags zu dem Quartier gelangten. Der Diener schien zu wissen, wo das war und versprach mit den Sachen und den beiden Wachleuten bald hier zu sein. Inzwischen sollten sie es sich gemütlich machen. Es erschien eine hübsche Sklavin mit einem Tonkrug. Sie schenkte den Gästen kühlen Wein ein. Hartwig nahm seinen Becher und setzte sich auf die Marmorbank neben der Tür.

„Jetzt geht es mir richtig gut!", rief er laut und prostete Amalafred zu. Verhalten kostete der Prinz von dem Rebensaft und dachte an seinen letzten Rausch in Ravenna.

„Ich trinke lieber Wasser. Der Wein ist mir zu stark und vernebelt meine Gedanken", bemerkte Amalafred.

„Tu, was du nicht lassen kannst. Ich werde dieses göttliche Getränk nicht verschmähen", erwiderte sein Freund.

Hartwig holte den Krug und stellte ihn auf den gefliesten Boden.

„Wenn du nichts davon haben willst, trinke ich eben allein."

Er goss sich seinen Becher erneut voll und trank ihn in einem Zuge aus.

Amalafred hatte nach der Sklavin gerufen und sich Wasser bringen lassen. Beide saßen schweigend auf der Terrasse und blickten über den See. Es kam, wie es kommen musste. Der Wein war zu stark und Hartwig sank nachdem er den Krug allein geleert hatte, in sich zusammen. Amalafred lächelte und legte ihn auf die Steinbank. Er hatte es geahnt und ließ seinen Freund schlafen.

Der Diener war zurückgekommen und ein paar Sklaven trugen das Gepäck der Thüringer. Sie stellten es im Eingangsraum ab.

„Wo sind meine Leibwächter untergebracht?", wollte Amalafred wissen.

„Bei den Pferden in den Ställen. Soll ich sie holen?"

„Das brauchst du nicht. Sieh nach ihnen, dass sie alles haben, was sie benötigen."

„Dafür sorge ich und wenn ihr noch etwas braucht, ruft nach mir. Ich bin sofort da", antwortete dienstbeflissen der Diener.

„Du könntest mir das Gebäude zeigen, solange mein Gefolgsmann seinen Rausch ausschläft", sagte Amalafred. Der Diener sah zu dem Weinkrug und lächelte.

„Diesen Tropfen aus unserer Gegend darf man nicht wie Wasser trinken. Schon ein paar Becher legen den stärksten Mann flach."

„Du sagst es! Lass uns jetzt gehen!"
Sie liefen zu der Steintreppe am Ende des Ganges und kamen in den Hof. Amalafred wollte die Ställe sehen. Die Pferde waren gut untergebracht. Knechte versorgten die Tiere, die sich in Boxen frei bewegen konnten. In einem Raum, in der Nähe der Stallungen fand er seine beiden Krieger. Sie saßen da und würfelten, um

die Langeweile zu vertreiben. Als sie Amalafred erblickten sprangen sie von ihren Schemeln auf. Der Prinz deutete ihnen, sich nicht stören zu lassen und schritt weiter zu dem Küchentrakt, der sich unterhalb des großen Saals befand. Unzählige Bedienstete mühten sich dort um die zeitgerechte Fertigstellung der Speisen für das Abendessen. Es wurden Hühner, Enten und Gänse gerupft, Gemüse gereinigt und geschnitten und die Bratenspieße regelmäßig gewendet, damit das Fleisch saftig blieb und nicht anbrannte. Ein Koch gab hier die Befehle. Er war sehr umsichtig und wusste, was ein jeder zu tun hatte. Wer trödelte bekam von ihm Schelte. Der Prinz setzte sich auf ein Fass und sah eine Weile dem emsigen Treiben zu. Er erinnerte sich daran, wie er in Rodewin die Ameisen beobachtete und sich darüber wunderte, dass jede von ihnen wusste, was ihre Aufgabe war. Den Diener schickte Amalafred zurück.

Inzwischen packte die Sklavin die Reisesäcke der Thüringer aus. Sie verstaute die Sachen in den dafür vorgesehenen Regalen. Die Kleidungsstücke schüttelte sie aus und legte sie ordentlich zusammen. Sie rochen nicht angenehm und hatten den Geruch der letzten Herberge angenommen. Aus einem Weidenkorb entnahm sie kleine Beutel, in denen sich getrocknete Lavendelblüten befanden. Diese legte sie zwischen die Kleidung.

Auf der Terrasse schlief Hartwig und schnarchte leise. Als die Sklavin mit ihrer Arbeit fertig war, ging sie zu ihm und beobachtete den Schlafenden. Sie holte eine Decke, rollte sie zusammen und legte sie unter seinen Kopf. Da niemand in ihrer Nähe war, betrachtete sie den Fremden genau. Ihr gefiel das lange Haar, das wellig zur Seite herabfiel. Langsam kniete sie nieder und strich vorsichtig durch seine goldglänzenden Locken. Ihre

Finger berührten Hartwigs Gesicht. Seine Haut war weich und hell. Die Lippen vibrierten vom leisen Schnarchen und sie amüsierte sich darüber.

Die junge Sklavin stammte aus Illyrien. Vor einigen Jahren fielen die Langobardenkrieger auf einem ihrer Kriegszüge in dem kleinen Bergdorf ein und verschleppten die arbeitsfähigen Bewohner in die Sklaverei. Im Palast lebten mehrere aus ihrer Heimat und alle hatten schwarze Haare. Einen Blondschopf wie diesen, der vor ihr auf der Bank lag, hatte sie noch nie gesehen. Der Mann schien, wie ein Wesen aus einer anderen Welt zu sein. Verzückt ließ sie die Strähnen durch ihre Finger gleiten.

„Was machst du da!", hörte sie eine Stimme hinter sich. Erschrocken sprang sie auf. Der Prinz war unbemerkt zurückgekommen und hatte sie eine Weile beobachtet. Sie wollte davonlaufen.

„Bleib hier, du brauchst keine Angst vor mir zu haben."

Amalafred ging auf die junge Frau zu.

Er fasste nach ihrer Hand. Sie zitterte am ganzen Leibe.

„Wovor fürchtest du dich? Hast du etwas Schlimmes getan?"

„Nein, Herr! Ich habe eurem Gefolgsmann nur durch das Haar gestrichen."

„Willst du meinen Freund verzaubern?"

„Oh nein, Herr, das will ich nicht!"

„Soll ich das glauben?"

„Es ist die Wahrheit, Herr."

Amalafred blickte ihr tief in die Augen.

„Ich habe dich eine Weile beobachtet und deinen Zauber gespürt", sagte Amalafred zu der ängstlichen Frau.

„Wieso?", fragte sie erschrocken und sah ihn mit ihren großen Augen an.

„Ich denke, du hast mein Herz berührt."

Er griff nach ihrer Hand und zog die Sklavin in den Raum, in dem zwei Liegen standen. Amalafred setzte sich auf eine Marmorbank und deutete ihr mit einer Handbewegung an, sich im Kreis zu drehen.

„Zeig, wie du tanzen kannst!", sagte er bestimmend.

Die Sklavin konnte seine Wünsche erahnen und drehte sich langsam vor ihm im Kreis.

„Zieh dich langsam aus!"

Am liebsten wäre die Sklavin fortgelaufen, doch sie traute sich nicht. Ihr war befohlen worden, den Wünschen der Gäste in allem nachzukommen. Bei ihrem Tanz ließ sie Stück für Stück ihres Gewandes fallen. Der Prinz genoss den Anblick in vollen Zügen.

Da kam Hartwig in den Raum.

„Was macht ihr da?", stammelte er schlaftrunken.

Der Prinz erwiderte barsch: „Wie kannst du mich in diesem schönen Moment stören!"

„Ich habe Hunger. Kommst du mit in die Küche."

Amalafred gab der Sklavin ein Handzeichen, dass sie sich entfernen durfte. Sie sammelte eilig, die am Boden liegenden Kleidungsstücke auf und verschwand.

Hartwig zog Amalafred am Ärmel von der Bank hoch und schob ihn vor sich her zur Tür.

„Weißt du, wo die Küche ist?", fragte er ihn.

„Sie ist nicht weit von hier. Ich war schon dort!", entgegnete der Prinz verärgert.

Er ging voran und sie kamen zu dem großen Küchentrakt. Amalafred setzte sich an den kleinen Tisch, der am Eingang stand. Hartwig sah interessiert dem Treiben zu. Es dauerte nicht lange und der Koch kam zu ihnen und fragte im mürrischen Ton, wer sie seien. Als er hörte, dass er den Thüringer Prinz und seinen Gefolgsmann vor sich hatte, wurde sein Gesichtsausdruck schlagartig freundlich. Er schrie etwas Unverständliches in die Küche und zwei Mägde eilten mit allerlei Essbarem herbei. Sie stellten einen Krug Wein auf den Tisch, den die Thüringer höflich ablehnten. Sie stillten ihren Durst mit Brunnenwasser. Hartwig und Amalafred ließen es sich schmecken. Nachdem sie sich gestärkt hatten, gingen sie zu Fuß in die Stadt und besahen sich die Läden der vielen Handwerker. Es war sehr warm. In den Gassen wimmelte es von Menschen. Viele Fremde, die zur Hochzeit angereist waren, nutzten die Gelegenheit zum Einkaufen. Begehrt waren vor allem Schmuck, Waffen und bunte Stoffe. Die meisten Waren wurden in den königseigenen Fertigungsstätten im Lande von Sklaven erzeugt. Viele Handwerker stammten aus Illyrien, wo Wacho, mit Erlaubnis des Oströmischen Kaisers Justinian, jährlich ein- oder zweimal einfiel und Aufstände niederschlug. Als Beute führte er die Rebellen als Sklaven in sein Reich. Viele von ihnen behielt er selbst. Sie waren gute Handwerker und mussten in seinen Werkstätten unter schweren Bedingungen arbeiten. Wenn einer floh, ließ er ihm die Füße verstümmeln damit er nicht mehr davonlaufen konnte.

Viele Händler in der Stadt kauften die Waren in den königlichen Fertigungsstätten auf und verkauften sie zu einem erhöhten Preis auf dem Markt. Daneben gab es auch freie Handwerker, die ihre eigenen Produkte anboten und an den Markttagen oder zu königlichen Festen gute Geschäfte machten.

Amalafred hatte bei einem Silberschmied einen schön ziselierten Armreif erstanden.

„Für wen soll der sein?", fragte Hartwig neugierig, obwohl er sich denken konnte, wer die Glückliche war.

„Das geht dich nichts an!", erwiderte Amalafred grinsend.

„Ist er für die schöne Sklavin, die dich mit ihrem Tanz bezirzt hat?", fragte sein Freund lachend.

Amalafred tat als hätte er die Bemerkung von Hartwig nicht gehört und steckte den Reif schnell in seine Gürteltasche.

Sie gingen auf dem gleichen Weg zurück zur Residenz. Am Eingang zum Hof lief der Diener ungeduldig hin und her.

„Ihr Herren, der König erwartet euch zum Abendessen. Ihr dürft nicht zu spät erscheinen."

„Es ist noch genügend Zeit", erwiderte Hartwig gelassen.

„Ihr müsst euch umziehen, verehrte Herren!"

„Und das Gesicht waschen", ergänzte Amalafred scherzend.

„Oh je, oh je!", jammerte der Diener und schlug die Hände über dem Kopf zusammen. Er war verantwortlich, dass die beiden Thüringer pünktlich an der königlichen Tafel erschienen.

„Du kannst uns das Bad zeigen und saubere Gewänder bringen. Spute dich!", erwiderte Hartwig in spaßigem Ton.

Der Diener lief in kleinen Schritten voran. In der Residenz gab es ein eigenes beheiztes Bad, das auch die Beamten und die Dienerschaft nutzen durften. Es stammte von den Römern und die Wände waren mit weißen Marmorplatten verkleidet. Sie waren allein im Bad. Die Thüringer genossen nur kurz das warme Wasser und die Ruhe.

Der Diener kam mit der sauberen Kleidung. Er half ihnen beim Ankleiden und informierte sie über die Gewohnheiten beim Abendessen mit dem König.

„Wir haben schon mit ihm zusammen in Carnuntum gespeist und wissen, was an der Tafel üblich ist", entgegnete Hartwig lachend.

„Ihr kennt aber nicht die Braut des Königs. Sie ist resolut in ihrer Art und wenn ihr etwas nicht gefällt, verstummen sogar die alten Gefolgsleute des Herrn. Seid vorsichtig mit dem, was ihr sagt! Die junge Herrin ist sehr nachtragend."

„Es freut mich, dass du um unser Wohl besorgt bist. Glaube mir, dass alles gut verlaufen wird", beruhigte Amalafred den Diener.

Sie gingen zu dritt zu dem Festsaal, der sich über dem Küchentrakt befand. Die meisten der geladenen Gäste waren bereits erschienen und hatten ihren zugewiesenen Platz eingenommen. Überraschenderweise sah Amalafred viele Frauen, die an der u-förmigen Tafel Platz genommen hatten.

„Wer sind die Frauen", fragte Hartwig den Diener.

„Das sind die Eheweiber der Gefolgsleute und hohen Beamten. Die zukünftige Königin wünscht es so."

„Das ist gut. Das Abendessen wird dann nicht mit einem Saufgelage enden."

Der Diener schwieg zu dieser Bemerkung. Er führte die Thüringer zu ihren Plätzen an der Königstafel.

Neidvoll blickten einige Langobarden zu ihnen hin. Sie missgönnten dem Thüringer Prinz die Nähe zu ihrem Herrn. Bei einigen von ihnen herrschte die Meinung vor, dass die Thüringer als besiegtes Volk kein Anrecht mehr hätten, an einer königlichen Tafel zu sitzen. Sie glaubten, dass eine Bevorzugung der Thüringer am Hof ihres Königs den merowingischen Herrschern, insbesondere Theudebert, stören könnte. Der Nordwesten des Langobardenreichs grenzte an das Frankenreich und durch die angestrebte Heirat der ältesten Tochter von

König Wacho mit dem Frankenkönig Theudebert erhofften sie sich höhere Sicherheit. Wie wichtig eine gute Beziehung zu den Franken war, konnten sie im Ostgotenreich beobachten. Im Süden fielen die Oströmer in Italien ein und im Norden die Franken. Die ostgotische Bevölkerung hatte am meisten darunter zu leiden. Kaiser Justinian hatte die Vision, das weströmische Reich neu entstehen zu lassen. Er verwies auf Kaiser Konstantin, der vor 200 Jahren das gesamte Imperium beherrschte. Die Franken bildeten ein Gegengewicht im Machtgefüge. Sie hatten eigene Vorstellungen von der Aufteilung Westeuropas und beanspruchten ihren Anteil. An einem weströmischen Kaiserreich, wie es einst existierte, waren sie nicht interessiert.

Der König wurde angekündigt. Alle Gäste erhoben sich von ihren Plätzen. Wacho erschien mit seiner jungen Braut im Saal. Er führte sie an der Hand und nickte huldvoll den Gästen zu. Nachdem er Platz nahm, durften sich alle wieder setzen. Musikanten spielten auf, es wurde Wein eingeschenkt und Essen aufgetragen. Die Braut beobachtete die beiden Thüringer misstrauisch. Amalafred, der neben ihr saß, machte ihr ein paar Komplimente und sie schien davon sehr angetan. Das Eis war gebrochen und der Herulerin gefiel die gewandte Redensart des Prinzen. Der König mischte sich oft störend in ihre Unterhaltung ein. Hartwig, der neben ihm saß, versuchte ihn durch Fragen abzulenken. Sie betrafen die Kriegszüge und Pferdezucht. Wacho war eitel und erzählte gern von seinen ruhmreichen Siegen und guten Beziehungen zum Kaiser Justinian sowie dem Frankenkönig Theudebert. Begeistert sprach er auch über seine Pferdezucht. In Hartwig hatte er einen aufmerksamen Zuhörer gefunden und die Zeit verging schnell. Als die Braut müde wurde, verließ der König mit ihr die Tafel.

Hartwig und Amalafred machten nach dem Essen einen Abendspaziergang und der Diener begleitete sie. Sie kehrten in einem Gasthaus am großen Marktplatz ein und waren überrascht, dass die Schankstube trotz der hohen Preise gut besucht war. Der Diener flüsterte etwas dem Wirt zu und sie bekamen einen Tisch zugewiesen, von dem sie einen guten Überblick über den ganzen Raum hatten. Die meisten Gäste waren Handwerker und Fremde aus verschiedenen Teilen des Langobardenreichs, die am Hochzeitstag ihrem König gratulieren und ihre Geschenke überbringen wollten. Freundliche Mägde brachten Wein und Wasser. Essen wollten die Thüringer nichts mehr, denn das Abendessen an der königlichen Tafel war opulent. Nur der Diener, der nichts abbekommen hatte, ließ sich gern zu einer deftigen Speise einladen.

Angeheitert kehrten sie in ihre Unterkunft in der Residenz zurück. Die Sklavin brachte ihnen einen Krug Wein. Mit jedem Schluck schien der Durst stärker zu werden. Sie dachten nicht daran, dass sie am nächsten Morgen zeitig aufstehen mussten, um den König auf die Jagd zu begleiten. Der Diener ruhte vor der Tür im Gang und war in Sorge um das pünktliche Aufstehen seiner Anbefohlenen. Wie sollte er sie am Morgen munter bekommen, wenn sie bis in die Nacht hinein tranken.

Es war warm in den Räumen. Hartwig nahm seine Holzliege und stellte sie auf die Terrasse. Dort war eine leichte Brise vom See zu spüren. Amalafred, der wegen der Mücken nicht im Freien schlafen wollte, legte sich auf die kühlende Marmorbank im Raum.

Gegen Mitternacht wurde er wach und von einem starken Durstgefühl geplagt. Er ging zur Tür und fand im Gang den aufgeschreckten Diener.

„Bring mir etwas zu Trinken. Ich verdurste sonst", sagte er zu ihm.

Der Diener lief davon. Nach einer Weile kam die Sklavin und brachte kühles Wasser und einen kleinen Krug Wein.

„Schenk mir Wasser ein!", sagte er zu ihr.

„Wein mit Wasser gemischt, löscht den Durst besser, mein Herr", sagte sie freundlich.

„Mach es, wie du es für richtig hältst, aber schnell, sonst falle ich tot um."

Augenblicklich kippte er im Sitzen zur Seite. Die junge Frau lachte und reichte ihm den Becher. Hastig griff er danach und trank ihn in einem Zug aus.

„Du hast mir soeben das Leben gerettet", sagte der Prinz lächelnd. „Dafür hast du ein Geschenk verdient."

Neugierig sah ihn die Sklavin an. Amalafred griff in seine Gürteltasche und entnahm den silbernen Armreif.

„Setz dich zu mir!", befahl er ihr.

Schüchtern nahm sie neben ihm auf der Marmorbank Platz. Er fasste ihre Hand und zog den Armreif darüber.

„Soll der für mich sein?", fragte sie verwundert.

„Ja!", entgegnete er lächelnd.

„Ich darf einen kostbaren Reif nicht tragen. Ich bin eine Sklavin."

„Dann legst du ihn an, wenn es keiner sieht", entgegnete der Prinz.

Die Sklavin war sich nicht sicher, wie sie sich verhalten sollte. Das Geschenk des Prinzen konnte sie nicht zurückweisen. Er wäre verärgert und die Folgen könnten für sie unangenehm sein. Das mit der Zauberin war noch nicht vergessen. Deshalb entschied sie sich, das Geschenk anzunehmen.

„Lass uns dort weitermachen, wo wir unterbrochen wurden", flüsterte er ihr zu.

Sie stellte sich vor den sitzenden Amalafred und begann mit dem Tanz. Langsam ließ sie ihr langes Hemd über die Schultern gleiten und kreiste dabei mit ihren Hüften. Es war ein Bauchtanz, wie sie ihn aus ihrer Heimat kannte. Der Mond schien von der Terrasse her in das Zimmer und ließ ihre Haut silbern erscheinen. Amalafred war von ihrer Erscheinung und den anmutigen Bewegungen bezaubert. Er griff nach ihrer Hand und zog sie langsam zu sich auf die Bank. Sie gab ihm nach.

Als die Sonne über dem See aufging, wurde Hartwig wach. Er war ein Frühaufsteher. Der Anblick der gleißenden Morgensonne über dem Wasser begeisterte ihn. Er wollte Amalafred wecken, um ihn den schönen Sonnenaufgang zu zeigen. Eilig lief er in den Schlafraum. Der Prinz lag ausgestreckt auf der breiten Marmorbank und die Sklavin neben ihm. Die Sonnenstrahlen hatten die Frau erreicht und ihre Haut in einem hellen Rot erscheinen lassen. Hartwig konnte seine Augen nicht von ihr abwenden. Sie war wunderschön.

Die Sklavin wurde wach und bemerkte, dass seine Blicke auf ihrem Körper ruhten. Sie stand langsam auf, griff nach ihrem Hemd, das auf dem Boden lag und ging auf Hartwig zu. Er rührte sich nicht. Sie fasste seinen Kopf und küsste ihn auf den Mund. Erst jetzt schienen seine Geister zurückzukehren. Sie zog schnell das Hemd über und verschwand geräuschlos durch die Tür. Hartwig schüttelte den Kopf als wollte er ein Trugbild verscheuchen und ging zurück zur Terrasse.

Die Stadt erwachte langsam und vereinzelt konnte er Menschen durch die Straßen eilen sehen. Die Fischer ruderten mit ihren Booten hinaus auf den See, um die Aalreusen und Netze zu kontrollieren. Alles strahlte eine erhabene Ruhe aus. Was war soeben geschehen? Das Bild der Sklavin ging Hartwig nicht mehr aus dem Sinn. Warum hatte sie ihn beim Weggehen geküsst? Was wollte sie von ihm, obwohl sie mit dem Prinzen schlief? Genügte er ihr nicht, oder war sie eine von den männerverschlingenden Weibern, von denen er gehört hatte. Er musste seinen Freund warnen.

Hartwig zog sich an, um an den Strand zu gehen. Als er vor die Tür trat, sah ihn der Diener, der am Boden kauerte, verwundert an.

„Ich dachte nicht, dass ihr so früh wach werdet", stammelte er schlaftrunken und beeilte sich, auf die Beine zu kommen.

„Ich gehe spazieren! Der Prinz schläft noch tief. Du brauchst ihn erst kurz vor dem Ausritt wecken. Ich werde bis dahin wieder zurück sein."

„Soll ich euch begleiten, denn schlafen kann ich jetzt nicht mehr. Ich sage der Sklavin Bescheid, dass sie den Prinzen rechtzeitig weckt."

„Ich gehe lieber allein an den Strand und im Übrigen, würde ich lieber eine andere Sklavin haben."

Der Diener sah verwundert zu Hartwig.

„Hat sie etwas getan, das euch missfiel?", wollte der Diener wissen.

„Das nicht, aber ich mag sie nicht", entgegnete Hartwig kurz.

„Ich werde mich darum kümmern. Wenn ihr zurückkommt, werdet ihr sie nicht mehr sehen", versprach der Diener.

Hartwig lief an den Strand und sah auf den in der Sonne glitzernden Wasserspiegel. Die Fischer kamen mit ihren Booten zurück und brachten den Fang zur königlichen Küche. Ein alter Mann zog kräftig an einer Leine, die im Wasser lag. An ihrem Ende war ein Stierschädel angebunden. Hartwig half ihm, den stinkenden Schädel aus dem flachen Wasser an den Strand zu ziehen. Aus allen Löchern quollen unzählige Aale. Der alte Mann sammelte sie ein und packte sie in einen Ledersack. Er bot Hartwig einen besonders großen Aal für seine Hilfe an, doch der lehnte höflich ab.

Die meisten Fische, die gefangen wurden, waren Zander und Karpfen. Es gab aber auch Welse, Hechte und andere Fischarten, die Hartwig nicht kannte.

Am sandigen Ufer hatten Kinder der Fischer ein Feuer gemacht und hielten auf Holzstäbe aufgespießten Fische darüber. Sie reichten Hartwig einen der Holzspieße. Er setzte sich zu den Kindern und sie fragten ihn, woher er kam. Der Thüringer erzählte ihnen Geschichten aus seiner Heimat, einem Land, von dem sie noch nie etwas gehört hatten. Wehmütig berichtete er von dem Untergang des Thüringer Königreiches und dem Kampf der Rebellen gegen die fränkischen Eroberer. Seine Gedanken wanderten in den Elbkniegau, zu seiner Familie. Wie wird es ihnen ergehen? Sind sie alle gesund? Wann wird er sie wiedersehen?

Hartwig ging langsam zurück zur Residenz. Die Sonne stieg am Horizont aus dem See. Die gleißenden Strahlen versprachen einen ähnlich heißen Tag, wie gestern.

Der Diener war froh, dass er da war und ihm half, den Prinzen zu wecken. Auf dem Tisch standen Krüge mit Wasser und Wein. Hartwig roch daran und schenkte sich Wasser ein. Obwohl er gestern einen starken

Rausch vom übermäßigen Genuss des köstlichen Rebensaftes hatte, blieben die Kopfschmerzen aus. Woran es lag, konnte er sich nicht erklären.

Missmutig kam Amalafred auf die Terrasse und setzte sich neben Hartwig auf die Bank.

„Der Diener spinnt wohl, mich so früh zu wecken. Hast du ihm gesagt, dass er das darf?"

„Er hat Angst, dass der König im Sattel sitzt und du noch schläfst."

„Das würde mich nicht stören", erwiderte Amalafred missgelaunt und ging zur Tür. Er öffnete sie geräuschvoll und brüllte den Diener an: „Wo ist das Wasser für die Morgenwäsche?"

Nach einer Weile kam eine alte Sklavin mit einem Wassereimer und zwei Tüchern zum Abtrocknen.

„Wo ist die andere, die gestern hier war?", wollte der Prinz von ihr wissen.

„Die kann nicht mehr kommen. Sie ist krank."

„Gestern Abend habe ich nichts davon bemerkt", erwiderte Amalafred mürrisch.

„Es ist leider so, mein Herr!", sagte die Sklavin und ging aus dem Raum.

„Wenn ich nicht ausgeschlafen bin, geht alles schief. Jetzt haben sie uns diese Alte gegeben. Sie ist fett, dass sie kaum gehen kann", rief er Hartwig wütend zu.

Der saß auf der Terrasse und blickte über die Stadt.

Als der Prinz fertig angezogen war, gingen sie zur Küche. Es war ihnen lieber dort zu frühstücken als sich das Frühstück auf das Zimmer bringen zu lassen. Der Betrieb war bereits in vollem Gange. Sie setzten sich an den gleichen Tisch, wie am Vortag. Zwei Mägde brachten Frühstücksbrei, mit Honig und Früchten. Dazu gab es frische Milch.

„Igitt! Wie kann man warme Milch am frühen Morgen trinken?", jammerte Amalafred vor sich hin.

„Du bekommst bestimmt frisches Wasser, wenn du danach fragst", erwiderte Hartwig ruhig.

Er winkte nach einer der Mägde und verlangte einen Krug Brunnenwasser. Mürrisch saß der Prinz auf seinem Schemel und schwieg. Hartwig störte es nicht. Er kannte seinen Freund zur Genüge und nichts hasste der mehr als früh aufzustehen.

Nach dem Essen gingen sie auf den Hof, zu den Pferdeställen. Bis zum Ausritt blieb noch etwas Zeit. Die übrigen Jagdbegleiter warteten ebenfalls auf die Ankunft des Königs. Amalafred setzte sich auf einen Strohballen, der an der Wand lag und drückte die Augen zu. Er fand, dass er viel zu müde war, um auszureiten.

Hartwig betrachtete die Gebäude, die den Hof einsäumten. Er kam bei den Unterkünften der Sklaven vorbei und sah durch die offenen Türen in die Räume. Plötzlich entdeckte er die junge Sklavin, die ihm einen Kuss gegeben hatte. Sie lag ausgestreckt bäuchlings auf einer Holzbank. Rote Striemen bedeckten ihren Rücken. Ihre Augen waren weit geöffnet und blickten ihn traurig an. Er wollte zu ihr gehen, doch ein Wachmann hielt ihn zurück.

„Was willst du hier?", fragte er unwirsch.

„Ich wollte nach der Sklavin sehen", erklärte ihm Hartwig.

„Das darfst du nicht."

„Was ist mit ihr? Warum hat sie rote Striemen auf dem Rücken?", fragte der Thüringer.

„Wenn eine Sklavin ihre Arbeit nicht gut macht, erhält sie zehn Streiche mit der Weidenrute."

„Was passiert danach mit ihr?"

„Sie wird auf ein Gut des Königs zur Feldarbeit geschickt. Das ist die eigentliche Strafe für sie."

Nachdenklich ging Hartwig zu den Pferdeställen zurück. Amalafred war inzwischen auf dem Strohballen eingeschlafen und schnarchte leise vor sich hin. Hartwig machte sich Vorwürfe. Es war seine Schuld, dass die Sklavin leiden musste und das betrübte ihn. Was konnte er für sie tun? Vielleicht war sie kein männerverschlingendes Weib und er hatte ihr durch seine dumme Verdächtigung Unrecht getan. Mit Amalafred wollte er darüber reden, doch der schlief tief.

Ein Diener kam eilig zu den Wartenden gelaufen und kündete das baldige Erscheinen des Königs an. Die Gurte der Sättel wurden nachgezogen und die Reiter saßen auf. Im Halbrund warteten alle Jagdbegleiter auf dem Hof. Wacho stieg die Stufen hinab und zwei Diener halfen ihm auf sein Pferd. Kaum, dass er im Sattel saß, preschte er über den Hof, zum Tor hinaus. Die Jagdgesellen folgten ihm. Sie ritten entlang des Parks der Residenz in den nahen Buchenwald. Auf einer Höhe, fern der Stadt, machten sie Halt. Dort wurden sie von den königlichen Jagdgehilfen erwartet. Hundeführer mit ihrer kläffenden Meute und zahlreiche Männer, die das Wild zusammentreiben sollten, standen dort. Der König wollte ein Wildschwein erlegen und sein Jagdaufseher hatte alles vorbereitet. Sie ritten durch das Unterholz und kamen zu einem sumpfigen Fleck, der mit hohem Gras bewachsen war. Wacho entdeckte eine frische Fährte.

„Lasst die Hunde los!", rief er freudig aus und folgte der Meute. Es ging die Hügel hinauf und hinab, durch das Dickicht und über Waldwiesen. Endlich schien die Meute das Tier gestellt zu haben, denn das Kläffen war nur an einer Stelle zu vernehmen. Sie kamen näher. Die

Hunde umkreisten einen stattlichen Eber, der mit seinen Hauern wild nach den aufdringlichen Peinigern schlug. Es gelang ihm auszubrechen und der König verfolgte ihn. Kampfesmutig trieb er seinen Hengst voran. In der Rechten hielt er einen kurzen Speer und schleuderte ihn mit voller Wucht ab. Er traf den Eber in die Brust und das Tier sank nach wenigen Schritten auf den sandigen Boden. Ein Jagdgehilfe gab ihm den Todesstoß. Wacho sprang vom Pferd und besah sich das Wildschwein. Zufrieden winkte er den anderen zu. Sie sollten seine Jagdbeute bestaunen. Alle gratulierten dem König. Der Eber wurde ausgeweidet und an eine Stange gehängt. Vier Jagdgehilfen trugen ihn auf den Schultern zu dem Sammelplatz. Dort hatten Sklaven Zelte aufgestellt und ein zweites Frühstück vorbereitet.

Wacho ließ sich feiern. Hartwig und Amalafred durften neben ihm sitzen und sie sparten nicht mit Lob für sein mutiges Vorgehen und die treffsichere Hand. Das gefiel dem alten König.

„Habt ihr in Thüringen auch stattliches Wild?", wollte Wacho von Amalafred wissen.

„Bevor die Franken kamen, gab es viel, doch wie es jetzt aussieht, kann ich nicht sagen", entgegnete der Prinz.

„Ja, mit den Franken hat man nur Ärger. Meine älteste Tochter ist seit langem mit dem Frankenkönig Theudebert verlobt und ich hoffe, dass er sie nun bald zur Frau nimmt. Deshalb will ich nach der Hochzeit eine Gesandtschaft zu ihm entsenden, die die Vermählung einfordert."

„Ist Theudebert nicht schon verheiratet?", fragte Amalafred.

„Die Ehe mit der Galloromanin Deuteria ist ungültig, da das Weib noch mit einem anderen Mann verheiratet ist. Deshalb ist es wichtig, dass bald etwas passiert und Theudebert sich endlich entscheidet", erklärte der König.

„Ich will mit den Franken nichts mehr zu tun haben. Sie sind wortbrüchig, verschlagen und gierig. Meinen Vater haben sie nach Zülpich zu Verhandlungen gelockt und heimtückisch umgebracht. Das ist kein Volk, dem man vertrauen kann", erklärte Amalafred.

Der König winkte ab.

„Gerade deshalb ist es wichtig, dass man sich mit ihnen verbündet. Auch die Huld des Kaisers ist wechselhaft. Solange er mir wohlgesonnen ist, habe ich einen starken Verbündeten, doch was ist, wenn er den Gepiden den Vorzug gibt. Sie sind ein germanischer Stamm und genauso stark wie wir."

Amalafred nickt ihm verständnisvoll zu.

Wacho langte kräftig nach den angebotenen Speisen als hätte er tagelang nichts gegessen. Der Wein machte ihn redselig und er sprach über seine innere Verstimmung gegenüber dem Kaiser Justinian.

„Du bist noch jung Amalafred, deshalb will ich dir etwas Wichtiges sagen. Traue keinem Herrscher auf der Welt und besonders nicht dem Kaiser. Diese hohen Herren haben zu viel Macht und sie ziehen die schlechten Berater an, wie das Aas die Fliegen. Deshalb sind ihre Entscheidungen nicht von Wohlwollen geprägt und gar nicht zu einem, wie mir. Für den Kaiser bin ich nichts. Das erkennst du daran, dass er nicht auf meine Einladung zu meiner Hochzeit reagiert hat."

„Es wird bestimmt noch ein hoher Beamter vom Kaiserhof anreisen", beschwichtigte Amalafred den aufgebrachten Langobardenkönig.

„Das wäre nur einer von den besagten Schmeißfliegen. Auf die kann ich verzichten", zischte Wacho mit hochrotem Kopf.

Amalafred versuchte den König zu beruhigen, doch er fing an, auf die Franken zu schimpfen.

„Die Merowinger sind nicht besser als der Kaiser. Sie haben auch nicht auf meine Einladung reagiert. Selbst Theudebert, mein zukünftiger Schwiegersohn meldete sich nicht. Seine Wertschätzung mir gegenüber hält sich in Grenzen. Vielleicht glaubt er, schon jetzt der zukünftige Kaiser von Westrom zu sein."

Der König hatte sich beruhigt, nachdem ihm Hartwig eine Frage zu seinem Hengst stellte. Über dieses prächtige Tier konnte Wacho stundenlang sprechen. Zufrieden griff er nach einer Entenkeule und biss kräftig hinein.

„Dein Hengst scheint auch von einer guten Linie abzustammen", sagte Wacho zu Hartwig.

„Er ist eine Kreuzung zwischen einer weißen Thüringer Stute und einem weißen Hengst aus der Camargue im Südfrankenreich. Ich bin sehr zufrieden mit ihm", entgegnet der Thüringer stolz.

„Du sagtest mir, dass du in deiner Heimat mit der Pferdezucht beginnen möchtest. Ich schenke dir einen meiner prächtigen Deckhengste. Mein Jagdknecht reitet ihn. Geh zu ihm und lass ihn dir vorführen."

Hartwig verließ die Runde und suchte den Knecht.

Der König forderte inzwischen Amalafred zum Trinken auf und leerte seinen Weinbecher in einem Zuge.

„Amalafred, ich möchte dich um etwas bitten", begann Wacho zögerlich.

„Worum geht es, sprich nur frei heraus!"

„Dein Freund Hartwig war lange im Frankenreich und kennt sich dort gut aus. Könntest du ihn meiner

Gesandtschaft mitgeben, damit er ihnen den Weg zu Theudebert zeigt?"

Amalafred passte das nicht. Er erklärte Wacho, dass Hartwig im Auftrag der Thüringer Königin in Vindobona bleiben sollte, bis ihr Gefolge nach Italien weiterreisen würde.

„Hartwig wird bestimmt früher aus dem Frankenreich zurück sein, bevor deine Krieger ins Ostgotenreich ziehen dürfen", entgegnete Wacho.

Der Prinz überlegte, wie er den Wunsch des Königs seinem Freund erklären konnte. Er wusste, dass Hartwig gern nach Hause zurückkehren würde und im Gegenzug könnte er ihn aus seiner Gefolgschaft entlassen. Damit dürfte er einverstanden sein.

„Gut, dann soll er deine Gesandtschaft zu Theudebert führen, doch den Heimweg müssen sie allein finden."

„Das geht in Ordnung. Sprichst du mit deinem Freund?"

Amalafred nickte.

Der Langobardenkönig war sehr zufrieden mit sich und der Welt. Er hatte einen großen Eber erlegt und einen wegekundigen Führer für seine Gesandtschaft in das Frankenreich gefunden.

„Ich reite mit meinen Gästen zu den Thermen. Bring das Wild in die Küche", sagte er zu dem Jagdaufseher und galoppierte mit Amalafred, Hartwig und seiner Leibgarde davon.

Der Weg führte durch eine Auenlandschaft. Von einem Hügel aus konnten sie im Tal die weißen Bauten des römischen Bades sehen. Als sie näherkamen, bestaunte Hartwig die prächtige Anlage.

Die Römer hatten mit Marmorplatten verkleidete Gebäude errichtet. Nachdem sie das Land verließen, verfiel die Thermenanlage und Wacho baute sie im ursprünglichen Stil wieder auf. Der Teich, mit dem heilenden Wasser lag inmitten der Anlage und große Rasenflächen mit Blumenbeeten umkränzten ihn. Sklaven verrichteten still ihre Arbeit und es war nur das Singen der Vögel und Plätschern des Wassers zu hören. Voller Stolz zeigte Wacho den Thüringern die Gebäude mit den Pfaden zum Spazierengehen. Nach dem Rundgang nahmen sie ein Bad und setzten sich auf die Steinbänke im Wasser. Sklaven brachten ihnen kühle Getränke und süßes Gebäck. Sie wedelten mit breiten Fächern frische Luft in ihre Gesichter.

„Das ist mein Lieblingsplatz", bemerkte Wacho und blickte stolz auf die Thüringer.

„Ein schöneres Bad habe ich noch nie gesehen", erklärte Amalafred bewundernd.

„Das glaube ich. Selbst der Kaiser in Byzanz würde mich darum beneiden."

Der Geruch des nach Schwefel riechenden Wassers störte Hartwig nicht. Er hörte Wacho zu, der von der Heilkraft der heißen Quelle erzählte. Er war der Ansicht, dass er durch die Bäder sein starkes Reißen in den Schultern wegbekam.

„Ist die Anlage nur für die Königsfamilie bestimmt?", wollte Hartwig wissen.

„Dieser Teil ist es. Die andere Seite des Teiches habe ich für meine Krieger und Beamten sowie deren Familien frei gegeben. Sie sollen sich hier erholen können."

Wie ein großer Gönner spielte sich der Langobardenkönig auf und erwartete von seinen Gästen großes Lob. Amalafred fand die passenden Worte am Rande der Lobhudelei.

Am Eingang waren Stimmen zu hören.

Ein Botenreiter kam zum König und gab ihm ein Schreiben vom kaiserlichen Hof. Wacho überflog das Pergament und ließ es von seinem Schreiber, der am Teichrand stand, laut vorlesen. Der Kaiser erklärte sein Bedauern, dass er zu der Hochzeit nicht selbst kommen könnte, da ihn wichtige Aufgaben davon abhielten und wünschte dem Brautpaar alles Gute. Zum Schluss gab er seinen kaiserlichen Segen.

Der Langobardenkönig war verärgert über die Absage. Er hatte gehofft, dass zumindest ein Vertreter vom kaiserlichen Hof zur Hochzeit erscheinen würde. Als er sich beruhigt hatte, erklärte er den Thüringern sein Verhältnis zum Kaiser Justinian und zu dessen Religion. Da Wacho keinen festen Glauben hatte und sich weder an die germanischen Gottheiten noch an die Arianer oder Katholiken gebunden fühlte, prahlte er mit dem Freigeist, über den er verfügte.

„Meine Krieger kommen aus verschiedenen Stämmen. Viele von ihnen glauben an Götter, von denen ich noch nie etwas gehört habe. Soll ich sie zu einer bestimmten Religion zwingen? Nein, niemals! Ich denke, dass jeder das mit sich selbst ausmachen muss, woran er glaubt. Wichtig ist, dass sie mir treu dienen und gut kämpfen."

Amalafred nickte zustimmend. Er war der gleichen Meinung und konnte nicht verstehen, dass die Katholiken und Arianer, die an den gleichen Gott glaubten, sich bis aufs Blut bekriegten.

„Kennst du den Unterschied zwischen den beiden Glaubensrichtungen?", fragte Amalafred den König.

„Ich habe ihn mir einmal erklären lassen, doch verstanden habe ich die Streithälse bis heute nicht. Die Katholiken meinen, dass Gott, Jesus und der Heilige Geist in einer Person vereint sind und die Arianer sehen sie getrennt. Wir Langobarden sind mehrheitlich Arianer und Gott ist der Größte."

„Wer ist dann Jesus?"

„Das ist sein Sohn! Jeder Sohn hat einen Vater und der steht über ihm. Bei den Germanen ist es ähnlich. Buri ist der Stammvater der germanischen Götter. Sein Sohn war Bör und dessen Sohn Odin. Odin hat die Menschen erschaffen und deshalb ist er bei ihnen Gottvater. Es ist alles ein bisschen kompliziert. Wir wollen nicht weiter darüber sprechen und das Heilwasser in Ruhe genießen."

Nach dem Bad im Thermalteich säuberten sie sich in einem beheizten Warmwasserbecken. Sie ließen sich von Sklaven mit Duftölen einreiben, um den starken Schwefelgeruch loszuwerden.

Bei der Massage schlief Amalafred ein. Alle konnten sein Schnarchen vernehmen. Es schien anzustecken und bald grunzte auch Wacho, wie eine Wildsau. Keiner störte die Schlafenden. Hartwig war von seiner Bank aufgestanden und ging in der Parkanlage spazieren. Zahme Eichhörnchen bettelten um Nüsse und Singvögel flogen in seine Nähe. Sie schienen keine schlechten Erfahrungen mit Menschen gemacht zu haben und wurden wahrscheinlich regelmäßig von den Sklaven gefüttert. Zufrieden ging Hartwig zurück in den Baderaum. Wacho und Amalafred waren aufgewacht und saßen auf den Marmorbänken. Als Hartwig zu ihnen kam, unterbrachen sie ihre Unterhaltung und der König schlug vor, in die Residenz zurück zu reiten.

„Heute Abend sehe ich euch an meiner Tafel. Die Unterhaltung am gestrigen Abend hat meiner Braut gut gefallen. Heute Morgen fragte sie mich, ob der Prinz wieder dabei sein wird. Ich hoffe, ich muss nicht eifersüchtig auf dich sein."

„Oh nein!", erwiderte Amalafred heftig.

„Soll es heißen, dass dir meine Braut nicht gefällt?", fuhr er den Prinzen heftig an.

„Das habe ich nicht gemeint. Ich finde, sie ist sehr hübsch und intelligent und man kann sich über viele Dinge mit ihr unterhalten."

„Das denke ich auch. Ich sehe, wir beide haben den gleichen, guten Geschmack. Nun lasst uns losreiten!", forderte er die Thüringer auf.

In der Residenz wurden sie von Audoin, dem Heerführer und Fürst der Langobarden, erwartet. Er war der engste Vertraute des Königs. Wacho klopfte ihm auf die Schulter.

„Wir beide müssen gleich miteinander reden. Folge mir in mein Schreibzimmer."

Dem Fürsten der Langobarden blieb keine Zeit mit seinen Thüringer Freunden zu sprechen. Gern hätte er erfahren, wie es Amalafreds Schwester in Ravenna ging. Sie war schwanger von ihm. In Carnuntum hatten sie sich heimlich arianisch trauen lassen. Niemand durfte von diesem Geheimnis wissen. Nur ein kleiner Kreis von Vertrauten war eingeweiht. Zu ihnen gehörte Amalafred und Hartwig.

Die Thüringer wollten sich die Zeit bis zum gemeinsamen Abendessen vertreiben und zogen durch die Innenstadt. Sie war übervoll mit Menschen. In den Gasthäusern gab es keinen freien Platz. Amalafred entschied zurück zum Palast zu gehen. Auf ihrer Terrasse ließen sie sich Wein und Wasser bringen. Hartwig erinnerte sich an die hübsche Sklavin, der er Unrecht getan hatte. Es wäre jetzt die Gelegenheit mit Amalafred darüber zu sprechen. Sein Freund kam ihm zuvor. Ihn schien etwas zu bedrücken.

„Ich muss unbedingt mit dir reden", sagte Amalafred zögernd.

„Hast du etwas angestellt?"

„Wacho hat mich um einen Dienst gebeten, den ich ihm nicht abschlagen konnte."

„Was ist es?"

„Du wirst seine Gesandten ins Frankenreich begleitest. Sie sollen Theudebert aufsuchen und die Hochzeit seiner Tochter vorbereiten. Ich habe ihm zugesagt, dass du es tust, ohne dich vorher zu fragen."

„Wie soll ich gleichzeitig in Vindobona und im Frankenreich sein?", entgegnete Hartwig überrascht.

„Ich werde gleich einen Boten zu meiner Mutter senden und ihr die Situation erklären. Wir müssen für dich einen anderen Anführer für unsere Krieger in Vindobona finden."

„Das wird nicht leicht sein, oder hast du schon einen im Auge?", wollte Hartwig wissen.

„Ich kenne niemand, der dein Amt übernehmen könnte. Deinem Bruder Siegbert würde ich es zutrauen, doch der wird schon auf dem Weg zu den Rebellen nach Thüringen sein."

„Wie steht es mit dir. Ich hatte den Eindruck, dass es dir in Ravenna bei deiner Mutter nicht gefällt. Mit meinem Weggang hättest du einen Grund als Befehlshaber unserer Krieger in Vindobona zu bleiben. Mich gibst du frei und ich kehre nach der Erledigung des Auftrags zu meiner Familie zurück", schlug Hartwig vor.

„Daran habe ich auch gedacht, aber meine Mutter wird damit bestimmt nicht einverstanden sein. Sie glaubt, dass ich in Italien sicherer vor den Franken bin."

„Schreib ihr einen Brief und informiere sie über die neue Situation. Damit gewinnst du Zeit und bleibst bis zu einer Entscheidung von ihr an der Donau."

Amalafred fand diesen Vorschlag gut und setzte gemeinsam mit Hartwig ein Schreiben an die Königin Amalaberga auf. Er schrieb ihr auch, dass er Hartwig von seiner Pflicht als Gefolgsmann entbunden habe und sein Freund nach der Reise ins Frankenreich zu seiner Familie in Thüringen zurückkehren kann.

Der Diener klopfte an die Tür. Er drängte die beiden Thüringer zur Eile, denn sie mussten sich noch umziehen. Amalafred beauftragte einen Krieger seiner Leibwache, den Brief der Königin zu überbringen.

Zufrieden machten sie sich auf den Weg in den Festsaal. Diesmal war die königliche Familie, mit den beiden Töchtern von König Wacho, erschienen. Audoin hatte den Platz neben Wacho eingenommen und Hartwig musste zwischen den beiden Prinzessinnen sitzen. Die älteste Tochter fragte ihn über das Frankenreich aus. Er erzählte ihr, wie die Menschen dort lebten. Sie wollte auch etwas über Theudebert erfahren, was für ein Mensch er war und warum er ihre Hochzeit lange hinauszog. Hartwig gab bezüglich der Heirat eine ausweichende Antwort und beschrieb in groben Zügen die Klugheit und den Scharfsinn des Frankenkönigs. Beide Töchter waren von der Erzählung sehr angetan und ließen Hartwig keine Zeit zum Essen.

Ein Beamter informierte zum Schluss die Anwesenden über den Ablauf der Hochzeitszeremonie für den nächsten Tag. Am frühen Morgen soll die Trauung stattfinden und danach würde der König mit seiner Braut durch die Straßen der Stadt zum Festplatz in der Nähe der Residenz reiten. Nach dem Essen war der große Empfang auf der Festwiese vorgesehen, bei dem der König die Huldigungen und Geschenke der Stämme seines Reiches und der zahlreichen Gäste entgegennehmen würde.

Der Abend soll mit einem Festessen und allerlei Belustigungen enden. Nach dieser Bekanntgabe verließ der König mit seiner Familie die Tafel.

Erst jetzt konnte Audoin seine Thüringer Freunde begrüßen.

„Wie geht es Rodalinde?", war seine erste Frage.

„Es geht ihr gut", beruhigte ihn Amalafred.

„Kommt, lasst uns zu mir gehen! Bei einem Glas Wein müsst ihr mir alles berichten!", schlägt Audoin vor.

Amalafred und Hartwig folgten dem Fürsten. Die Zimmer, die er bewohnte, waren ähnlich ausgestattet, wie die der Thüringer. Ein Diener brachte Wein, Wasser und getrocknete Früchte. Sie prosteten sich zu.

„Ihr müsst mir alles von eurer Fahrt nach Ravenna erzählen. Ich bin schon sehr gespannt. Wie seid ihr von den Ostgoten aufgenommen worden?", wollte Audoin wissen.

Hartwig berichtete von der Reise, ab der langobardischen Grenze. Immer wieder wurde er von Audoin unterbrochen, der jede Einzelheit über seine geliebte Rodalinde, Amalafreds Schwester, erfahren wollte.

„Die Königsfamilie lebt in Ravenna in einer großen Villa mit einem ausgedehnten Park. Die Prinzessin wäre gern mit uns zur Hochzeit deines Königs gereist, doch ihre Mutter erlaubte es nicht."

Finster sah Audoin den Prinzen an.

„Konntet ihr die Königin nicht dazu überreden?"

„Du kennst sie! Niemand bringt sie von ihrer Meinung ab. Vielleicht ist es gut, denn die Straßen sind holprig und das könnte womöglich eurem Kind schaden", entgegnete Amalafred.

„Spürt sie es schon?", wollte Audoin wissen.

„Das ist noch zu früh", entgegnete Hartwig und amüsierte sich innerlich über Audoins Ungeduld.

Im Detail berichtete Hartwig vom Leben der Königsfamilie in Ravenna. Amalafred probierte von den Köstlichkeiten, die auf dem Tisch standen. Auch er kam wegen der Unterhaltung der Braut nicht zum Essen. Nachdem der Prinz satt war, musste er noch einmal über alles berichten. Audoin konnte nicht genug über seine geliebte Rodalinde erfahren und Hartwig erkannte, dass ihm die Trennung sehr schwerfiel. Es musste ihm ähnlich ergehen, wie er es am eigenen Leib einst erfahren hatte.

Damals bei seiner Hochzeit in Rodewin musste er als Geisel zusammen mit Prinz Baldur ins Frankenreich reisen und seine junge Frau zurücklassen. Danach folgten die Gefangennahme und Versklavung. Die Trennung von der Frau und den Kindern hatte er nur schwer ertragen können. Mit dem Auszug der Thüringer, in Richtung Ravenna, musste er abermals längere Zeit seine Familie verlassen, doch hatte er Gewissheit, bald nach Hause zurückkehren zu können.

Für Audoin war die Situation viel komplizierter. Ob er seine geliebte Rodalinde, je wiedersehen würde, war ungewiss. Sie war eine Prinzessin und er ein unbedeutender Fürst in einem kleinen Königreich. Die Thüringer Königin hatte große Pläne mit ihrer Tochter vor und hoffte, dass sie eines Tages standesgemäß einen König heiraten würde. Einen Trumpf, den die Königin noch nicht kannte, hatte Audoin noch. Es war das Kind, das Rodalinde von ihm erwartete und die heimlich vollzogene christliche Eheschließung. Der Wein zeigte seine Wirkung. Die drei Freunde schliefen bald auf den römischen Liegen ein. Der Lärm auf den Straßen weckte Hartwig auf. Die beiden anderen waren noch im Reich der Träume. Die Sonne erhellte langsam den Himmel über dem See, doch sie zeigte sich nicht. Hartwig setzte sich auf die Terrasse und wartete den Augenblick des Sonnenaufgangs ab. Dies war der Moment, den er besonders genoss. Als Frühaufsteher hatte er das Gefühl, den anderen zeitlich voraus zu sein. In der Stadt wurde überall fleißig geputzt und die Häuserfassaden geschmückt. Wenn der König mit seiner jungen Frau die Straße zur Kirche entlang ritt, sollte er sich an dem Blumenmeer erfreuen können.

Beim Blick auf die Straßen fiel Hartwig die Sklavin ein, die gestern ausgepeitscht wurde. Sein schlechtes Gewissen drängte ihn, nach ihr zu sehen. Leise verließ er den Raum und lief durch die leeren Gänge zum Hof. Dort spähte er durch die Fensteröffnungen der Sklavenunterkünfte. Er konnte die Frau nicht entdecken. Zufällig sah er den Wächter vom Vortag, an die Hauswand gelehnt, stehen. Er schien vor sich hin zu dösen und war nicht erfreut als Hartwig ihn ansprach.

„Wo ist die Sklavin, die gestern ausgepeitscht wurde?"

„Wir haben sie zum Königsgut im Norden der Stadt gebracht", entgegnete der Mann unwirsch.

„Ihre Wunden waren noch nicht verheilt?"

„Das macht nichts, sie kann sich auf den Feldern auskurieren."

Hartwig ging zu den Pferdeställen und strich seinem Hengst über die Nüstern. Immer wieder musste er an die Frau denken und dass sie durch seine Schuld litt. Die Pferdeknechte waren mit der Pflege der Tiere beschäftigt. Am Hochzeitstag musste zum Umzug alles glänzen. Hartwig interessierte es nicht. Er ging missgelaunt in seine Unterkunft zurück. Amalafred war noch in Audoins Räumen, die am anderen Ende des Gangs lagen.

Seine Gedanken flogen zu Elke. Bald würde er frei sein und zu ihr zurückkehren. Er sehnte sich nach einem ruhigen, geordneten Familienleben. Vielleicht war es das Alter, das dieses Gefühl in ihm aufkommen ließ.

Die Tür ging auf und Prinz Amalafred trat schlaftrunken in den Raum.

„Ich habe Hunger, lass uns frühstücken", rief er Hartwig zu.

Sie gingen zur Küche. Die Küchenmägde brachten ihnen unaufgefordert Schalen mit Brei und darauf gestreuten Rosinen. Gierig langte Amalafred mit seinem Löffel hinein als hätte er tagelang nichts zu essen bekommen.

„Iss nicht so hastig!", warnte ihn Hartwig. „Dir wird schlecht und beim Festmahl kannst du nichts mehr zu dir nehmen."

„Das ist mir gleich. Wenn mich Wacho wieder neben seine Braut setzt, komme ich ohnehin nicht zum Essen."

Hartwig amüsierte sich.

„Gestern ging es mir ebenso. Die älteste Tochter des Königs hatte mir eine Frage nach der anderen gestellt. Sie hatte nicht bemerkt, dass ich hungrig war. Nur gut, dass Audoin Nüsse und getrocknete Früchte in seinem Zimmer hatte. Wo ist er jetzt? Ist er mit dir aufgestanden?"

„Als ich wach wurde, war er nicht mehr im Raum. Vielleicht ist er zum König gegangen", meinte Amalafred und aß hastig weiter.

„Wacho wird heute bestimmt nicht ans Regieren denken, wo er Hochzeit hat", entgegnete Hartwig.

„Es ist seine dritte Braut und da wird es Routine", bemerkte der Prinz schmunzelnd.

„Glaubst du, dass er mit der jungen Frau mithalten kann?"

„In seinem Alter sollte man es etwas ruhiger angehen", meinte Amalafred.

„Ihm ist nur der Stammhalter wichtig und den wird sie ihm schenken."

„Was ist, wenn es wieder ein Mädchen wird?"

„Dann musst du ihn als sein Verwandter fragen, ob du einmal aushelfen sollst. Verstehen tust du dich gut mit ihr, so angeregt wie ihr euch unterhalten habt", erwiderte Hartwig lachend.

„Rede nicht weiter! In meinem Bett möchte ich sie nicht haben, dazu ist sie mir viel zu bestimmend und eitel."

„Ich dachte, du magst solche Frauen."

„Wie kommst du darauf? Du weißt doch, worauf ich stehe!"

Hartwig sprach nicht weiter. Er musste wieder an die Sklavin denken und das betrübte ihn.

„Was ist mit dir?", wollte Amalafred wissen, dem der Stimmungswechsel seines Freundes auffiel.

„Bist du mit deinen Gedanken bei deiner Familie?"

Hartwig nickte und blieb stumm. Amalafred ließ ihn in Ruhe. Der Diener kam in die Küche und suchte nach ihnen. Er berichtete, dass bald die Trauung in der Kirche stattfinden würde und sie sich dort rechtzeitig einfinden sollten. Je gelassener die Thüringer reagierten, umso nervöser wurde er. Irgendwann gaben sie es auf, ihn zu ärgern und folgten ihm in ihr Quartier. Sie zogen sich ein Feiertagsgewand an und gingen in die Kirche. Die war schon übervoll. Viele Menschen standen auf dem Kirchplatz und hofften, einen Platz im Inneren zu bekommen. Durch eine bewachte Seitentür brachte der Diener die Thüringer zu ihrem reservierten Stehplatz.

Hartwig sah sich um. Der Kirchenraum musste einmal ein römischer Tempel gewesen sein. Hohe Steinsäulen beidseits des breiten Mittelgangs trugen das weit ausladende Dach. Die Menschen standen bis zu den Säulen, wie Fische in einem Fass aneinandergereiht. Der Mittelgang blieb frei. Es dauerte lange, bis das Brautpaar angekündigt wurde. Endlich erschien der König im Hauptportal und schritt ruhig zum Altar. Nach ihm kam die Braut, die von ihrem Vater geführt wurde. Am Altar übergab er seine Tochter dem Bräutigam und der arianische Priester nahm die Hochzeitszeremonie vor. Während der ganzen Zeit sangen Kinder im Hintergrund christliche Lieder. Es war so laut, dass Hartwig nichts von dem verstehen konnte, was der Priester sagte. Zum Glück dauerte diese Prozedur nicht allzu lange, denn das Stehen war für die meisten Gäste beschwerlich.

Der König ging nach der Zeremonie gemeinsam mit der jungen Königin durch das Kirchentor auf den Vorplatz. Dort stiegen sie in einen offenen römischen Reisewagen, der von vier Pferden gezogen wurde. Huldvoll winkte das Paar den Menschen zu, die dichtgedrängt am Wegesrand standen und ihnen begeistert zuriefen. Die Gäste, die der Zeremonie in der Kirche beiwohnen durften, folgten dem Wagen. Es war wie eine endlose Prozession und Hartwig erinnerte es an den Durchzug geordneter Kriegerscharen durch eine befreite Stadt.

Auf dem Festplatz, der zum Park der königlichen Residenz gehörte, war ein Zelt aufgebaut, unter dem das frisch vermählte Königspaar und die Ehrengäste an einer langen Tafel Platz nahmen. In größerem Abstand vor ihnen, standen die Bänke und Tische für die übrigen Gäste. Diener brachten verdünnten und gewürzten Traubenwein und Früchte. Hartwig hatte wieder das Glück, zwischen Wachos Töchtern zu sitzen. Diesmal musste er ihnen von den Hochzeitsbräuchen im Frankenreich berichten. Diese basierten auf katholischen Traditionen und wurden von geistlichen Würdenträgern zelebriert. Amüsant fanden sie die Erzählung von König Chlodwigs Heirat mit der burgundischen Prinzessin Chrodechild und den Wundern, die in der Kirche geschehen sollten. Freigelassene Vögel führten jedoch zu einem Chaos in der Kirche und der engelsgleiche Gesang eines Knaben im Gebälk wurde durch sein Husten unterbrochen.

Nach dem Festessen traten die Vertreter der wichtigsten Stämme vor den König und gratulierten. Sie übergaben ihre Geschenke und Wacho bedankte sich. Es schien kein Ende zu nehmen. Dem König gefiel es. Viele der Gratulanten kannte er persönlich. Sie waren tapfere Krieger und treue Gefolgsleute. Für jeden hatte er ein freundliches Wort und die so Geehrten gingen zufrieden zu ihren Plätzen zurück.

Auch Amalafred überbrachte offiziell die Grüße und besten Wünsche der Thüringer Königin Amalaberga. Als Geschenk übergab er Wacho eines der kostbaren Schwerter seines Vaters und für die junge Königin ein Geschmeide aus Gold mit roten Edelsteinen besetzt.

Nachdem er wieder Platz genommen hatte, wollte die Königin von ihm wissen, wer diesen Schmuck hergestellt hatte. Er wusste es nicht und sah hilfesuchend zu Hartwig. Der bemerkte die Verlegenheit seines Freundes und kam ihm zu Hilfe. Als er erfuhr, worum es ging, sagte er, dass das Schmuckstück in einer Thüringer Zwergen-Schmiede gefertigt wurde, wo auch das Geschmeide für die germanische Göttin Freya herkam. Das war geflunkert. Diese Schmiede gab es in Wirklichkeit nicht. Mit einem Lächeln bedankte sich die Königin für diese Auskunft.

Schmunzelnd kehrte Hartwig zu seinem Platz zurück. Wachos Töchter wollten wissen, wonach die Königin gefragt hatte. Er sagte es ihnen. Doch die Neugierde war nicht befriedigt. Nun erzählte er ihnen die Geschichte mit dem Schmuck Brisingamen der germanischen Göttin Freya. Amüsiert hörten sie ihm zu. Er verschwieg nicht den Lohn zu nennen, den die Zwerge von der Liebesgöttin forderten. Sie musste mit jedem der Zwerge, die den Schmuck fertigten, eine Nacht verbringen. Verschämt wandten sich die Töchter von Hartwig ab.

In bestimmten zeitlichen Abständen unterbrachen Tanzaufführungen und Gaukler den Ablauf des Gratulierens. In einer dieser Pausen kam ein Bote der Thüringer Königin zu Amalafred und überreichte ihm einen Brief seiner Mutter. Geschwind öffnete der Prinz das Lederfutteral und las das Schreiben. Besorgt sah er Hartwig an und reichte ihm den Brief.

„Es muss etwas Außergewöhnliches passiert sein. Deinen Brief kann sie noch nicht erhalten haben", sagte Hartwig.

Audoin bemerkte die Unruhe bei seinen Freunden und fragte Hartwig nach dem Grund.

„Die Königin schrieb ihrem Sohn, dass er unverzüglich nach Vindobona reisen soll und dort Näheres erfährt."

„Was hat sie als Grund angegeben? Gibt es Unruhen im Ostgotenreich?", wollte Audoin wissen. Er machte sich große Sorgen um Rodalinde.

„Seine Mutter hat keinen Grund genannt. Das ist das Verwunderliche an der Nachricht."

„Dann wird es sehr dringend sein. Ich spreche mit dem König, dass er Amalafred eine Begleitung und seine schnellsten Pferde gibt. Er kann Vindobona in wenigen Tagen erreichen."

Bevor Hartwig etwas entgegnen konnte, informierte Audoin seinen König über den Vorgang. Hartwig sah nur, wie Wacho ihm stumm zunickte. Dann kam Audoin zurück und sprach mit Amalafred. Der kam zu ihm und zog ihn etwas abseits zu der Zeltwand.

„Ich werde sofort losreiten. Audoin bereitet alles vor. Wenn du die Gesandten ins Frankenreich begleitest, werden wir uns vielleicht in Vindobona sehen. Ich hoffe, dass es jetzt nicht ein Abschied für immer ist. Du wirst mir fehlen."

Hartwig war gerührt. Amalafred sah angespannt und traurig aus.

„Ich könnte dich bis Vindobona begleiten und dort auf die Gesandtschaft warten", schlug Hartwig vor.

„Bleibe hier! Ich habe es dem König zugesagt. Vielleicht sind noch einige Sachen mit ihm abzustimmen. Leb wohl mein Freund!"

Eilig verließ der Prinz das Festzelt, ohne sich von den anderen zu verabschieden und folgte Audoin in Richtung Residenz. Sie hatten die Stallungen erreicht und Audoin erteilte kurze Befehle. Danach sagte er zu Amalafred: „Dein Pferd und die persönlichen Sachen bringe ich mit nach Vindobona. Du bist schneller, wenn du nicht viel bei dir hast. Dein Leibwächter und der Bote sollen mit dir reiten. Ich gebe dir noch zwei von meinen Männern mit, die den Weg gut kennen. In den Stationen für die Botenreiter gibt es genug Wechselpferde, damit ihr die Nacht durchreiten könnt. Wenn du weißt, was los ist, gib mir gleich Bescheid!"

Ehe sich Amalafred versah, war seine Begleitung zum Abritt bereit. Im Galopp ritt die Gruppe aus dem Tor und war bald nicht mehr zu sehen.

Audoin ging zum Festzelt zurück. Wacho sah zu ihm hin und sein Heerführer nickte ihm zu. Hartwig machte sich Sorgen. Warum hatte die Königin ihrem Sohn nicht den Grund mitgeteilt? Er sprach mit Audoin darüber.

„Hast du eine Ahnung, was los ist? Sage es mir!"

„Ich kann es mir denken, doch es ist nicht sicher."

„Was glaubst du? Sprich!", drängte ihn Hartwig.

„Von einem unserer ostgotischen Kundschafter erfuhren wir, dass der König der Ostgoten bei der Ermordung der Regentin Amalasuntha beteiligt war und sich einige Fürsten gegen ihn stellen. Damit ist auch die Thüringer Königin in Gefahr."

„Sollte ich zu ihr reiten?", bot Hartwig an.

„Du kannst ihr nicht helfen. Als ich gestern von den Unruhen erfuhr, habe ich gleich einige meiner besten Männer in ostgotischer Verkleidung nach Ravenna entsandt. Sie sollen mir alles melden, was dort passiert und die Königin und Rodalinde beschützen. Es ist gut, wenn Amalafred und du nicht dort seid und ihr die Frankenfreunde auf euch aufmerksam macht. Die Königin stellt für sie keine Gefahr dar."

Hartwig war überrascht, wie gut die Langobarden in Italien Bescheid wussten und welch gutes Informationsnetz sie dort besaßen. Er musste an die Worte von König Theudebert denken, der ihm sagte, dass Amalafred vor seinem Onkel, König Chlothar, nicht sicher wäre und dieser ihn jederzeit töten könnte, wenn er es nur wollte.

Hartwig ging an seinen Platz zurück. Wachos Töchter wollten unterhalten werden. Er erzählte ihnen die Göttergeschichte von dem Raub der Göttin Iduna und ihren lebensverlängernden Äpfeln. Die Hochzeitsfeier dauerte bis in die späten Abendstunden. Als das Königspaar die Festtafel verließ, kehrten auch die anderen heim.

Sklaven richteten den Festplatz für den nächsten Tag wieder her. Drei Tage sollte die Feier dauern. Audoin war auf Anweisung von König Wacho schon am zweiten Tag nach Carnuntum abgereist. Ihn interessierten die Nachrichten, die Amalaberga ihrem Sohn in Vindobona zukommen ließ und er hoffte, dass Amalafred ihn darüber ausführlich unterrichtete.

Wegen der Gesandtschaft musste Hartwig in der Residenz bleiben. Am dritten Tag saß er neben dem König an der Tafel. Wacho wollte alles über die Franken von ihm wissen. Er interessierte sich besonders für das Heer, das König Theudebert anführte und welches Verhältnis er zu seinen beiden Onkeln, den merowingischen Königen Childebert und Chlothar, hatte. Der König war zufrieden mit den Auskünften.

„Du kennst dich gut bei den Franken aus und man könnte fast meinen, du bist einer von ihnen."

„Ich habe lange Zeit bei ihnen gelebt und großes Glück gehabt, dass ich Theudebert dienen durfte."

„Er scheint mir von der Merowingerbrut der Beste zu sein und ich bin froh, dass er mein Schwiegersohn wird."

„In seinem Wesen und der edlen Gesinnung ist er bestimmt mit dem verstorbenen Ostgotenkönig Theoderich zu vergleichen. Ihm geht es vordergründig nicht um Krieg mit seinen Nachbarn, sondern er sucht den Ausgleich und die Verständigung der Völker."

„So einen König wünsche ich mir an meiner Grenze im Nordwesten. Wenn wir miteinander verwandt sind, brauche ich mir keine Sorgen mehr zu machen."
Wacho tastete unter seinem Umhang an seinem Gürtel herum und schien etwas zu suchen.

„Du hast mich mit deiner Schilderung erfreut. Ich möchte dir ein Geschenk machen. Sag, was du dir wünschst, wenn es nur nicht meine Frau ist".

Er musste selbst über diesen Gedankenblitz lachen.

„Wenn du mir nicht deine Frau gibst, kannst du mir die Sklavin geben, die uns bei der Ankunft bedient hat."

Verwundert sah ihn Wacho an und unterbrach das Suchen unter dem Umhang.

„Eine Sklavin wünschst du dir von mir, das ist doch nicht dein Ernst."

Wieder begann er sich mit seinem Gürtel zu beschäftigen und hielt sein Messer in der Hand.

„Doch", sprach Hartwig und sah Wacho ins Gesicht.

„Dein Wunsch sei dir gewährt und mein Messer bekommst du noch dazu. Das ist mehr wert als ein Dutzend Sklavinnen. Ich will dich auch nicht fragen, wozu du sie willst. Mir soll es recht sein."

Der König winkte einen Diener zu sich.

„Gib meinem jungen Freund die Sklavin, die er will. Sie gehört jetzt ihm."

Gönnerhaft sah Wacho zu Hartwig. Er konnte nicht verstehen, warum sich der Thüringer dieses Weib von ihm wünschte. Hartwig betrachtete das Messer und Wacho erzählte ihm, dass er es einst von dem Thüringer König Bisin geschenkt bekam als er dessen einzige Tochter heiratete.

„Sie war eine sehr hübsche Frau und ich war glücklich mit ihr. Leider hatte sie eine Krankheit schnell dahingerafft."

„Woran ist sie gestorben?"

„Das konnte mir keiner sagen. Sie hatte schwer leiden müssen, die Arme."

Hartwig sah sich die Klinge an und strich vorsichtig über die Schneide. Sogleich ritzte er die Haut ein und das Blut trat langsam aus der kleinen Wunde.

„Du siehst, wie scharf es ist. Damit kannst du dich leicht rasieren. Wir Langobarden tragen jedoch aus Tradition lange Bärte, weil es Odin mag. Das ist eine alte Geschichte, die ich dir vielleicht einmal erzähle."

Hartwig verriet nicht, dass er sie schon kannte. Er öffnete die Gürtelschnalle und schob die lederne Scheide, die mit kunstvoll zisliertem Silberblech verstärkt war, darüber. Wacho sah ihm interessiert zu und wartete auf den Moment, wo er das Messer hineinschob.

„Achte sorgsam darauf, dass du es nicht verlierst. Ein so kostbares Damaszenermesser gibt es kein Zweites im ganzen Reich. Es ist ein Geschenk an dich, weil du meine Gesandtschaft zu König Theudebert führst."

Wacho musste sich seiner jungen Frau widmen. Seitdem Amalafred verschwunden war, schien sie unzufrieden zu sein. Die Männer, die danach an ihrer Seite saßen, langweilten sie. Dem Prinzen Amalafred konnte keiner von ihnen das Wasser reichen. Am letzten Abend der Feierlichkeiten hatte Hartwig die Ehre, beim abendlichen Festessen neben der Königin zu sitzen. Er überlegte, wie er sie unterhalten konnte, ohne sie zu langweilen. Die Königin kam ihm zuvor. Sie hatte erfahren, dass Hartwig den Töchtern die Geschichte von dem Geschmeide „Brisingamen" ausführlich erzählt hatte und es viel Gelächter deswegen in den Frauengemächern gab. Jetzt sollte er sie ihr erzählen. Bei dem Lohn für die Zwerge stockte Hartwig. Sie forderte ihn auf, die frivolen Details nicht wegzulassen. Ihr schien die Göttin Freya die Mächtigste der Göttinnen in Asgard, der Götterburg der Asen, zu sein und sie verglich sich selbst ein wenig mit ihr. Hartwig erzählte ihr mehrere Sagen, in denen Freya eine wichtige Rolle einnahm. Es schien die Königin nicht zu stören, dass die Göttin der Liebe viele Liebhaber hatte. Die meisten wählte sie nach besonderen Erfordernissen und Notwendigkeiten aus. Die Herulerin bewunderte diese Göttin und wäre gern, wie sie. Ihre Aufgabe jedoch war es, dem König der Langobarden den langersehnten Thronerben zu gebären. Sie musste darüber hinwegsehen, dass ihr Ehemann in die Jahre gekommen war und nicht wie ein jugendlicher Held seinem Heer voranritt. Der innere Druck, ihm einen Sohn zu schenken, dominierte ihr ganzes Denken und Handeln. Flüsternd gestand sie Hartwig, dass sie manchmal in der Nacht schweißgebadet aufwacht und in der vorbereiteten Wiege eine Tochter sieht. Ein Mädchen zu bekommen, schien ihr schlimmer zu sein als gar kein Kind zu haben. Dieser Gedanke war bei ihr zu einem Wahn gereift. Hartwig beruhigte die Königin und prophezeite ihr überzeugend, dass sie einen Sohn bekommen würde. Er riet ihr, der Liebesgöttin heimlich zu opfern.

„Wo und wie kann ich es tun?", fragte ihn die Königin.

„Geht zeitig am Morgen zu einer Quelle im Wald und streut Blütenblätter in das klare Wasser. Freya wird dich sehen und es dir danken."

Etwas besseres war Hartwig nicht eingefallen. Die Königin hatte sich beruhigt und war zufrieden.

König Wacho war müde und verließ mit seiner Gattin das Festzelt am frühen Abend. Seine beiden Töchter folgten ihm. Hartwig saß allein an der Tafel und niemand von den Festgästen setzte sich zu ihm. Er vermisste Amalafred. Sie waren viele Monde, seit der Ermordung König Herminafrids und der Flucht der Königin aus Thüringen, zusammen. Wenn es zwischen ihnen manchmal kleine Unstimmigkeiten gab, hielt die Verstimmung nie lange an. Oft hatte er den Eindruck, dass er sich mit ihm besser verstand als mit seinem Bruder Siegbert. Der war sturer und nicht so lebenslustig wie Amalafred. Jetzt musste er lange Zeit auf beide verzichten. Der eine war auf dem Weg nach Thüringen und der andere musste möglicherweise zurück nach Ravenna, zu seiner Mutter.

Hartwig ging in sein Quartier. Er pflegte sein Trübsal und versuchte, die miese Stimmung mit Wein zu ertränken. Der Diener vor der Tür runzelte die Stirn, wenn er ihn nach einem neuen Krug, des süßen Getränks, schickte. Aus Erfahrung schien er zu wissen, wohin das führte.

Am nächsten Morgen hatte Hartwig einen schweren Kopf. Der Diener gab ihm ein Pulver, dass gegen die Schmerzen in seinem Schädel helfen sollte. Er berichtete Hartwig, dass der König mit seiner jungen Frau die Residenz verlassen hatte und zu einer Villa auf der anderen Seite des Sees gereist war. Hartwig musste warten, bis die Gesandtschaft zur Abreise bereit war. Er traf sich mit ihrem Anführer Rudolf, der ihn zu verschiedenen Dingen im Frankenreich befragte. Seit ihrer ersten Begegnung wusste Hartwig, dass er nicht gut mit ihm auskommen würde. Der Mann war arrogant und ließ dem Thüringer bei jeder Gelegenheit wissen, wer das Sagen hatte.

Die neue Königin war seine Nichte und durch die Heirat zählte er nun zur Königsfamilie. Das stieg ihm zu Kopf und selbst die alten Freunde schienen ihn zu meiden.

Die Gesandtschaft bestand aus zwei weiteren Männern, die der Anführer selbst ausgewählt hatte. Der König ließ ihm freie Hand, da er von den Fähigkeiten seines bewährten Hundertschaftsführers überzeugt war. Es kam sogar vor, dass der Gesandte Hartwig in der Nacht zu sich rufen ließ, weil er von ihm irgendeine belanglose Frage beantwortet haben wollte. Anfangs dachte Hartwig, dass es reine Schikane sei, doch bald erkannte er, dass es pure Dummheit war. Nach ein paar Tagen fand sich der Thüringer damit ab.

Als er eines Abends von einer dieser Besprechungen in sein Quartier zurückkam, saß die Sklavin, um die er den König gebeten hatte, auf der Steinbank. Sie sprang auf und kniete vor ihm nieder. Immer wieder senkte sie den Kopf und blickte danach zu Hartwig auf. Er sah sie verständnislos an, bis er begriff, dass er durch das Auflegen seiner Hand, sie als Sklavin annahm. Zögerlich legte er die rechte Hand auf ihr Haupt. Lächelnd sah sie zu ihm auf, ohne etwas zu sagen.

„Wie geht es deinem Rücken? Ich will ihn sehen!", sagte er zu ihr.

Erschreckt wich sie ihm aus.

„Du brauchst vor mir keine Angst haben."

Sie drehte ihm den Rücken zu und löste die Fibeln von ihrem Kleid. Es fiel nach unten. Hartwig besah sich die eiternden Wunden.

„Hast du Schmerzen?", fragte er.

„Nein, es tut nicht weh", beschwichtigte sie ihn.

„Ich werde eine Heilsalbe besorgen, damit es besser wird."

Er ging zur Tür und wies den Diener an, schnell eine geeignete Salbe zu bringen. Der eilte davon.

Es dauerte nicht lange und er kam mit einer kleinen Schale zurück. Hartwig hob den Deckel und roch an der weißen Mixtur. Die Tinktur stank und er verzog die Nase. Erschreckt sah ihn der Diener an.

„Die habe ich von dem Medicus des Königs. Er sagte mir, dass du sie dünn auf die Wunde auftragen sollst." Eifrig kramte er aus seiner Gürteltasche eine kleine Flasche hervor.

„Diese Tinktur gab er mir auch noch. Sie ist zum Reinigen der entzündeten Stellen."

Hartwig sagte der Frau, dass sie sich bäuchlings auf die Marmorbank legen sollte. Der Diener stand ratlos daneben. Als er die Striemen sah, wurde er ganz blass. Hartwig betupfte mit der Tinktur vorsichtig den äußeren Wundbereich. Als aus Versehen etwas von der Flüssigkeit auf eine der eitrigen Striemen kam, zuckte die Sklavin vor Schmerzen zusammen, doch sie sagte kein Wort. Danach strich er mit den Fingern die milchweiße Wundcreme auf die nässenden Stellen. Das schien der jungen Frau angenehm zu sein, denn ihr Rücken entkrampfte sich allmählich.

„Du bleibst jetzt liegen und rührst dich nicht weg", sagte Hartwig zu ihr.

Der Diener holte ein dünnes Leinentuch, das Hartwig über die Beine und das Gesäß der Sklavin legte. Er ließ sich einen Eimer mit kaltem Wasser und mehrere Tücher bringen und deutete an, dass der Diener nun gehen konnte. Eilig verließ der blass aussehende Mann den Raum. Mit eitrigen Wunden und deren Behandlung hatte er nicht viel im Sinn.

Hartwig setzte sich in einen aus Weidenholz geflochtenen Sessel und betrachtete seine Patientin. Die Sklavin schien eingeschlafen zu sein. Sie hatte die Augen geschlossen und atmete ruhig. Er war mit sich und seinem Handeln zufrieden. Ein wenig wunderte es ihn, dass er sich für eine Sklavin einsetzte. Vielleicht lag es daran, dass er in seiner Kindheit mit einem Sklavenmädchen aufwuchs. Sie hieß Rosa. Seine Gedanken flogen in die

Heimat. Rosa hatte ihm das Schwimmen in den Waldteichen beigebracht. Sie war nicht älter als er, doch irgendwie schien sie ihm um einige Jahre voraus gewesen zu sein. Er musste lächeln als er sich daran erinnerte, wie er auf ihre Annäherungsversuche reagierte. War es Dummheit oder Schüchternheit die ihn davon abhielten, die dargebotenen Früchte zu kosten? Er war noch nicht reif und unerfahren in Dingen, die das andere Geschlecht betrafen. Über diese Gedanken schlief er in dem Korbsessel ein.

Gegen Mitternacht schreckte ihn ein Geräusch aus dem Halbschlaf. Er hatte ein Klirren vernommen. Was konnte das gewesen sein? Neben der Liege entdeckte er das kleine Fläschchen mit der reinigenden Tinktur, das umgestoßen war. Die Sklavin musste aus Versehen dagegen gekommen sein. Der Mond schien in den Raum und sein fahles Licht fiel auf den unbedeckten Körper der Frau. Sie lag da, wie er sie vor ein paar Tagen im Bett mit Amalafred gesehen hatte. Vorsichtig hob er die Flasche auf und sah nach den Wunden. Schweißtropfen lagen wie Perlen auf ihrer Haut. Mit einem Tuch tupfte er sie ab und fühlte die Temperatur auf ihrer Stirn. Sie war heiß. Ihr Zustand hatte sich verschlechtert. Ob die Tinktur daran schuld war?

Nach kurzer Zeit bekam die Sklavin heftigen Schüttelfrost. Sie hatte Fieber. Hartwig wischte ihr den Schweiß mit einem feuchten Tuch ab. Sie sah ihn mit ihren großen schwarzen Augen an. Es war der gleiche Blick, mit dem sie ihn vor ein paar Tagen, auf der Strafbank liegend, ansah. Was musste sie seinetwegen gelitten haben? Die Hilfe, die er ihr jetzt zukommen ließ, beruhigte sein schlechtes Gewissen. Womöglich wusste sie gar nicht, dass er der Verursacher ihrer Pein war, doch das war jetzt nicht mehr wichtig. Die ganze Nacht kümmerte er sich um sie und in den Morgenstunden fiel sie in einen tiefen Schlaf. Über den kritischen Punkt schien sie gekommen zu sein. Die Morgensonne stieg über dem See auf. Hartwig legte sich auf seine Liege und versuchte zu schlafen.

Immer wieder tauchte das Bild von Rosa vor seinen Augen auf. Sie war ein schönes Mädchen und gern hätte er seine Erfahrungen im Umgang mit dem anderen Geschlecht bei ihr erweitert. Doch es kam anders. Sie hatte sich in seinen älteren Bruder Harald verliebt. Anfangs war das für Hartwig schmerzlich, doch die Zeit heilte irgendwann diese Wunde.

Gegen Mittag wurde er wach. Der Diener sagte ihm, dass der Gesandte inzwischen nach ihm gerufen habe und er ihn informierte, dass er nicht wüsste, wo sein Herr hingegangen wäre. Hartwig lächelte. Es war eine gute Notlüge. Dem Diener gefiel die fürsorgliche Art des Thüringers, die er noch nie bei einem seiner hochwohlgeborenen Herren festgestellt hatte. Die Sklavin hatte kein Fieber mehr, doch sie fühlte sich schwach. Immer wieder versuchte sie aufzustehen, doch Hartwig erlaubte es nicht.

Am nächsten Tag war ihr Gesundheitszustand besser. Die eitrigen Striemen hatten sich teilweise geschlossen und eine Kruste von gelbgrünem Schorf lag darüber. Die Sklavin stand auf und band sich ein weißes Tuch um die Hüfte. Ihr Oberkörper blieb frei, damit Luft an die geschlossenen Wunden kommen konnte. Das sollte den Heilungsprozess fördern. Hartwig blickte von der Terrasse auf den See. Die Sklavin saß auf der Marmorbank und sang leise vor sich hin.

„Was ist das für ein Lied, das du singst?", rief Hartwig ihr zu.

Sie kam zu ihm auf die Terrasse.

„Es ist ein Lied aus meiner Heimat und handelt von einem Jungen und einem Mädchen. Sie wollten heiraten, wenn sie alt genug sind. Der Junge wurde ein Krieger und niemand wusste, ob er noch lebte und das Mädchen wartete Tag für Tag auf ein Lebenszeichen von ihm."

Die Räume waren durch die Mittagssonne aufgeheizt. Hartwig ließ vom Diener einen Zuber mit kaltem Wasser auf die Terrasse stellen. Er setzte sich kurzzeitig hinein und kühlte seinen erhitzten Körper ab. Die Sklavin wischte mit einem Tuch die Möbel und Marmorbänke ab und sang dabei. Der Thüringer sah ihr dabei zu. Schweiß lief ihr über das Gesicht, doch es schien sie nicht zu stören.

„Möchtest du dich ein wenig abkühlen?", fragte er.

„Das ist mir nicht erlaubt", erwiderte sie unsicher.

„Ich bin jetzt dein Herr! Was du tun darfst und lassen sollst, bestimme ich."

Die Sklavin erschrak. Sie fiel vor ihm auf die Knie und ihre Stirn berührte den Steinboden.

„Steh auf, ich meine es gut mit dir."

Hartwig stieg aus dem Zuber und legte sich ein Leinentuch um die Hüfte. Er setzte sich auf die Steinbank und betrachtete die junge Frau. Sie stand bewegungslos da.

„Steig ins Wasser und pass auf, dass dein Rücken trocken bleibt", wies er sie an.

Sie setzte vorsichtig einen Fuß in den Bottich und zog nach einer Weile den zweiten nach. Dann löste sie das Tuch um ihre Hüfte und ließ es auf die Steine fallen. Ganz langsam ging sie in die Hocke und benetzte mit den nassen Händen ihr Gesicht, die Schultern und die Brüste. Ihr Gesichtsausdruck zeigte eine kindliche Freude und dankbar sah sie zu Hartwig hin. Er genoss den Anblick ihres wohlgeformten Körpers. Sie war schön,

66

doch ein wenig zu dünn für seinen Geschmack. Wahrscheinlich hatte sie nicht genug zu essen bekommen.

Jetzt erst kam ihm die Frage in den Sinn, was er mit ihr machen sollte. Er konnte sie seiner Frau Elke schenken. Sie würde sich bestimmt darüber freuen. Noch immer sah er ihr zu, wie sie sich im Wasser wie ein Kind vergnügte und wusch. Das vertrieb ihm die Zeit. Der Gesandte hatte nicht erneut nach ihm gefragt und er verbrachte den ganzen Tag auf der Terrasse seiner Unterkunft. Zu den Mahlzeiten brachte der Diener allerlei Dinge aus der Küche. Seine Sklavin kostete nur von den Früchten.

„Hast du schon einmal Wein probiert?", wollte er von ihr wissen.

Sie verneinte.

„Trink einen Schluck aus meinem Becher", forderte er sie auf.

Zögernd ergriff sie den Tonbecher und nahm einen kleinen Schluck. Sie verzog das Gesicht als hätte sie Essig geschluckt.

„Schmeckt er dir nicht?"

„Er ist sauer!", entgegnete sie hustend.

Hartwig rief nach dem Diener und wies ihn an, aus der Küche einen süßen Wein zu holen. Der kam mit einem Krug des gewünschten Getränks zurück. Hartwig nippte davon. Ihm war er viel zu süß.

„Der ist gut!", sagte er zum Diener und deutete ihm an, zu gehen.

„Koste diesen!"

Sie probierte einen Schluck.

„Schmeckt er dir?"

Die Sklavin nickte ihm zufrieden zu. Hartwig blieb bei seinem trockenen Wein. Sie prosteten sich immer wieder zu. Die Sklavin erzählte von ihrer Heimat in Illyrien und der schönen Kindheit bis zu der Zeit, wo sie als Sklavin verschleppt wurde. Hartwig erinnerte sich an die vielen Thüringer Mädchen und Frauen, die nach dem Sieg der Franken an der Unstrut, in die Sklaverei geführt wurden und ein ähnliches Schicksal erdulden mussten. Auch er war einst Sklave, doch hatte er Glück, dass er dem Frankenkönig Theudebert dienen durfte. Nicht jedem seiner Landsleute erging es so gut, wie ihm. Die meisten mussten auf den fränkischen Feldern schuften und bekamen nicht genug zu essen. Es gab für sie keine Hoffnung auf Rettung, denn Thüringen war nun eine Provinz des großen Frankenreiches und niemand aus den Familien hatte genügend Geld, die Sklaven frei zu kaufen.

Der Wein stieg der Frau in den Kopf. Das sah Hartwig an ihren geröteten Wangen.

„Trink nicht so hastig, sonst bist du gleich betrunken und fällst von der Bank", warnte er. Ungläubig sah sie in den Becher und lachte. Jetzt erst bemerkte er ihre schönen weißen Zähne. Inzwischen war es Nacht geworden und ein kühler Wind blies von der Seeseite herüber.

„Kannst du ein Musikinstrument spielen?", fragte er sie. Sie nickte und sagte: „Fistula."

Hartwig rief den Diener und der brachte eine Knochenflöte und eine langgestreckte Trommel. Sie fing an, auf der Flöte zu spielen. Es war eine sanfte Weise, die Hartwig ganz melancholisch stimmte. Er winkte ab. Sie nahm die Trommel und klemmte sie zwischen ihre Oberschenkel. Leicht schlug und strich sie im Rhythmus darüber und sang ein fröhliches Lied dazu. Das gefiel Hartwig besser. Sie freute sich, seinen Geschmack getroffen zu haben. Er legte sich auf die Steinbank und genoss die Musik und den Wein.

Irgendwann übermannte ihn die Müdigkeit und er schlief ein. Sie merkte es und ließ das Lied langsam ausklingen. Ihr neuer Herr gefiel ihr und sie hoffte, dass er mit ihr zufrieden sein würde. Das Musizieren hatte sie durstig gemacht und sie goss sich einen Becher von dem süßen Wein ein. Versonnen betrachtete sie das gewellte Haar des Thüringers. Im Mondlicht sah es silbern aus. Vor der Liege kniete sie nieder und ließ die dünnen Strähnen langsam durch ihre Finger gleiten.

Sie küsste ihn auf Wange und Lippen und sah ihn verzückt an. Mit der rechten Hand strich sie über seinen Hals und die muskulösen Arme. Ein starkes Gefühl der Zuneigung und Dankbarkeit überkam sie. Vorsichtig löste sie den Knoten seines Tuchs, das er sich um die Taille gebunden hatte und schob es zur Seite. Hartwig wurde dadurch wach, doch ließ er es sich nicht anmerken. Mit geschlossenen Augen stellte er sich schlafend. Sie bedachte ihn mit vielen Zärtlichkeiten, die er dankbar genoss. Nie hätte er sie dazu aufgefordert. Erschöpft und zufrieden legte sie sich neben seiner Steinbank auf den Boden und schlief ein.

Hartwig wurde zeitig wach. Der Mond schien noch und er sah die Frau neben sich ausgestreckt am Boden liegen. Die Erinnerung an den schönen Abend stimmte ihn froh. Langsam ging die Sonne am Horizont auf. Es schien als würde sie den Mond vom Himmelsgewölbe schieben.
Auf dem Weg zur Küche sah er kurz in den Pferdestall. Die Knechte striegelten die edlen Tiere und versorgten sie mit Wasser und Heu. Zufrieden ging er weiter und setzte sich an den Frühstückstisch. Die Mägde brachten ihm eine Schale mit Brei und stellten einen Becher mit Milch dazu. Sie hatten viel zu tun, obwohl der König

nicht in seiner Residenz weilte. Hartwig aß langsam und dachte darüber nach, was er für die Reise ins Frankenreich besorgen wollte.

Über den Hof lief einer der Begleiter des Gesandten. Er erblickte Hartwig und schrie von weitem, dass er sich zur Abreise fertig machen soll. Hartwig reagierte nicht auf den Zuruf und sah in die andere Richtung. Der Mann kam näher und stotterte vor Aufregung. Hartwig sah ihn lächelnd an.

„Atme langsam durch und sage mir was passiert ist", beruhigte er ihn.

„Der Gesandte will noch heute die Stadt verlassen und sagte mir, dass ich dich suchen soll."

„Wieso hat er es auf einmal eilig?", wollte Hartwig wissen.

„Das musst du ihn selbst fragen. Mir hat er nichts erzählt."

Hartwig ging in sein Quartier und packte die Sachen. Der Diener half ihm und der Sklavin. Kurze Zeit danach saßen beide im Sattel und ritten zum Haus des Gesandten.

Auf dem Hof sah er die Begleiter mit ihren Pferden stehen. Zwei schwer beladene Packtiere hatten sie am Zügel. Es sah aus als würde eine Handelskarawane auf die Abreise warten.

„Was willst du mit der Sklavin? Denkst du, dass es im Frankenreich keine Weiber gibt?", fragte ihn der eine Begleiter und lachte.

„Ich kann doch ein Geschenk des Königs nicht zurücklassen oder denkst du anders darüber", entgegnete Hartwig.

Das Lachen verstummte.

Der Gesandte kam auf den Hof und sprang in den Sattel. Er sah sich um und erblickte den Thüringer mit der Frau.

„Bist du endlich da, dann können wir losreiten. Was ist mit dem Weib an deiner Seite? Willst du die etwa mitnehmen?", fragte er mürrisch.

„Ja! Der König hat sie mir geschenkt", erwiderte Hartwig trocken.

„Das ist mir egal, wer dir eine Sklavin schenkt. Weiter als bis zur langobardischen Grenze darf sie nicht mit uns reisen. Sieh zu, dass du sie wieder loswirst!"

Hartwig erwiderte nichts. Es hätte keinen Sinn, sich gegen die Entscheidung des Gesandten aufzulehnen.

Rudolf hob seine Hand als würde er ein Reiterheer in die Schlacht führen und ritt im Schritt durch das Tor der Stadt. Die beiden Begleiter folgten ihm mit den Packpferden und als letzte ritten Hartwig mit seiner Sklavin.

2. Vindobona *(Wien)*

Der Weg führte in Richtung Carnuntum und verlief geradlinig, wie viele altrömische Verbindungen. Beidseits lagen ausgedehnte Getreidefelder, die zu den Gütern des Langobardenkönigs gehörten. Eine weite Ebene lag vor ihnen, über die ein sengender Wind fegte und den Staub aufwirbelte. Bäume, die Schatten spendeten, gab es kaum. Einzig die Herbergen am Weg boten den Reisenden für kurze Zeit Schutz vor der gleißenden Hitze. Sie waren auch die Stationen für die Botenreiter, die dort frische Pferde bekamen. Die Tiere standen dösend in der glutheißen Sonne auf den Weiden. Kleine Gruppen von Pferden und Rindern bildeten sich bei den Tränken, neben den Ziehbrunnen.

Hartwig war froh als sich das Landschaftsbild veränderte. Eichenwälder und kleine Teiche wechselten mit Weideflächen ab. Der heiße Wind war nicht mehr stark zu spüren und die Pferde konnten an den Gewässern öfter getränkt werden. Ohne ein Wort zu reden ritt der Gesandte an der Spitze. Als Krieger war er oft hier entlanggezogen und kannte sich gut aus. Die Entfernung, die sie täglich zurücklegten, war selbst für gute Reiter eine Herausforderung. Vielleicht wollte der Heruler sehen, wie der Thüringer mithalten konnte. Hartwig machte es nichts aus, doch er war in Sorge, ob seine Sklavin den anstrengenden Ritt durchhalten konnte. Immer wieder sah er nach ihr. Sie war zäh und ausdauernd und ließ sich die Anstrengungen nicht anmerken. Ein nasses Tuch genügte ihr, dass sie sich über den Kopf legte und damit Kühlung verschaffte.

Endlich erreichten sie Carnuntum und ritten bis zum Kriegerlager. Der Gesandte war früher mehrere Jahre in diesem Winterlager gewesen. Jetzt hatte er die Sprache wiedergefunden und sein Redefluss war nicht mehr zu bremsen. Viele seiner früheren Krieger waren hier stationiert und gratulierten ihm zu der Standeserhöhung, wegen der Heirat seiner Nichte mit dem Langobardenkönig.

Der Ankunftsabend artete in eine haltlose Sauferei aus. Hartwig besuchte indessen Audoin und erfuhr von ihm, was in Italien passiert war und dass Amalafred nicht nach Ravenna zurückkommen soll. Der Fürst war in großer Sorge, ob seine Angetraute von der Leibwache der Königin gut beschützt werden konnte. Einige seiner Männer waren in unmittelbarer Nähe der Villa in Ravenna als verkleidete Landarbeiter untergebracht, um notfalls helfend eingreifen zu können. Ob das genügte?

Der Gesandte Rudolf entschied, noch einen Tag länger in Carnuntum zu bleiben und erlaubte Hartwig, allein nach Vindobona voraus zu reiten. Dort wollten sie sich am nächsten Tag am nördlichen Tor treffen. Der Thüringer sollte bis dahin das Problem mit der Sklavin lösen. Rudolf erlaubte ihm nicht, die Frau auf der Reise bei sich zu haben. Hartwig musste sie deshalb in Vindobona zurücklassen. Dort kannte er ein älteres Thüringer Ehepaar, die keine Kinder hatten und seine Sklavin bestimmt aufnehmen und wie eine Tochter behandeln würden.

Die Straße von Carnuntum nach Vindobona war in gutem Zustand. Hartwig und die Sklavin erreichten die ehemalige Legionsstadt und ritten durch das Osttor. Der Thüringer war überrascht, wie sich die Stadt verändert hatte. Im Verwaltungsgebäude erfuhr er, dass Amalafred zur Jagd ausgeritten war und erst am späten Nachmittag in Vindobona zurückerwartet wurde. Hartwig zog in Richtung Westtor weiter. Entlang der Straße hatten sich viele Handwerker angesiedelt. Vor einer kleinen schilf-bedeckten Hütte eines Schneiders klopfte Hartwig an die Tür. Eine alte Frau öffnete ihm.

„Ich brauche ein paar neue Hosen", sagte er zu ihr.
Die Frau schreckte zusammen und rief erfreut: „Hartwig, bist du es? Das ist eine große Freude. Mann, komm schnell her. Sieh nur, wer da ist!"
Ein kleiner Mann kam aus der hinteren Ecke des Raums herbeigeeilt und schüttelte Hartwig fest die Hand. Das Ehepaar stammte aus dem Elbkniegau und war mit seinem Schwiegervater Weibel befreundet.

„Wie geht es dir mein Junge? Hast du Hunger? Soll ich dir etwas zubereiten?"

„Nein, ich bin satt. Ich wollte euch nur kurz besuchen und etwas mit euch besprechen."

„Was gibt es Neues? Erzähl schon!", forderte ihn der Mann auf.

„Ich muss mit einer langobardischen Gesandtschaft ins Frankenreich reisen."

„Ist das nicht gefährlich für dich?", unterbrach ihn die Frau aufgeregt.
Hartwig nickte.

„Von König Wacho habe ich vor ein paar Tagen eine Sklavin geschenkt bekommen, die ich nicht mitnehmen darf. Würdet ihr sie bei euch aufnehmen?"
Ohne die Meinung des Mannes abzuwarten, sagte die Frau gleich zu.

„Wo ist sie denn?", rief sie und lief zur Tür. Draußen saß die Sklavin auf dem Pferd und sah ängstlich zu der Frau.

„Fürchte dich nicht, mein Kind. Steig vom Pferd und komm ins Haus."
Zögernd folgte sie ihr.

Hartwig sagte der Sklavin, dass sie bei dem Ehepaar bleiben soll. Verwundert starrte sie ihren Herrn an.

„Ich schenke dir die Freiheit. Du bist keine Sklavin mehr und darfst auch heiraten", sprach Hartwig zu ihr. Sie fiel auf die Knie und umschlang seine Beine.

„Was hat sie nur?", fragte die Frau.

„Sie kann ihr Glück nicht fassen", entgegnete ihr Mann.

„Das sieht aber nicht aus als würde sie sich freuen", meinte die Frau.

Hartwig zog die Sklavin hoch und erklärte ihr nochmals, dass er weit fortreisen müsse und er sie dorthin nicht mitnehmen dürfe.

Tränen liefen über ihre Wangen. Die Hausfrau drückte sie an die Brust und weinte mit.

Hartwig nutzte den Augenblick und ging. Der Mann begleitete ihn nach draußen und versprach, gut auf die junge Frau aufzupassen und wie eine eigene Tochter zu behandeln. Hartwig gab dem Schneider einen Lederbeutel mit Silbermünzen.

„Das ist für die Mitgift, wenn ihr sie verheiratet. Pass gut auf sie auf."

Der Abschied fiel auch Hartwig schwer, doch er versuchte sich nichts anmerken zu lassen.

Er ritt zum Hafen und setzte sich am Donauufer auf einen Stein. Dort hoffte er, seinen Kopf frei zu bekommen. Immer noch sah er den traurigen Blick seiner Sklavin, die ihn mit großen Augen ansah. Er drückte bei der Verabschiedung keine Angst aus, sondern eine tiefgründige Traurigkeit. Ihm war bewusst, dass dieses Gesicht ihm noch lange Zeit im Gedächtnis bleiben würde. Er hatte sich in ihre Augen verliebt. Trost fand er in dem Gedanken, dass das Thüringer Ehepaar gut für sie sorgen würde.

Sein Blick glitt zu den Schiffen, die am Donauufer ankerten und den Männern, die sie beluden. Das brachte ihn in die Wirklichkeit zurück. Es war schon Nachmittag. Amalafred könnte von seinem Jagdausflug zurück sein. Eilig ritt er zu dem Verwaltungsgebäude. Welche Nachrichten hatte Amalafred aus Ravenna erhalten?

In der Schreibstube fand Hartwig den Ostgoten Emeric. Er war ein Vertrauter der Thüringer Königin in Ravenna. Hartwig hatte Emeric kennengelernt als er die Thüringer Königsfamilie nach Ravenna begleitete. Er stammte aus einer Fürstenfamilie und diente einst in der Leibwache der Regentin Amalasuntha. Über die aktuellen Vorgänge im Ostgotenreich musste er berichten können. Hartwig fragte ihn, was passiert war. Eine Magd brachte zwei Becher mit Wein und Wasser zum Verdünnen.

Emeric begann zu erzählen: „Es gibt Unruhen im Ostgotenreich. König Theodahad soll gestürzt werden, weil er sich mit den Franken verbinden will. Die Situation ist sehr unklar und die Oströmer sehen dem nicht tatenlos zu."

„Was bedeutet das für die Thüringer Königin?", unterbrach ihn Hartwig.

„Was ich berichten kann, habe ich von meinen Freunden erfahren. Nach dem Tod des Sohns der Regentin Amalasuntha wählten die Ostgotenfürsten pro forma Theodahad als neuen König. Amalasuntha sollte jedoch die Regierungsgeschäfte weiterführen. Das ging nicht lange gut. Amalasuntha wurde ermordet und es gab das Gerücht, dass ihr Cousin Theodahad von dem Anschlag auf die Regentin wusste. Wer dahinter stand, war nicht zu erkennen. Die frankenfreundlichen Fürsten behaupteten, dass es die Kaiserin Theodora war, die aus Eifersucht Amalasuntha umbringen ließ."

„Was glaubst du? Mir erscheint es abwegig, dass die weit entfernt lebende Kaiserin eifersüchtig auf Amalasuntha war."

„Das denke ich auch, zumal die grausame Art, wie Amalasuntha umgebracht wurde, ungewöhnlich ist. Die Regentin soll auf der Insel Martana im See von Bolsena gefangen gehalten und im Bad erwürgt worden sein."

„Wer ist zu so einer Schandtat fähig?", erwidert Hartwig entrüstet.

„Ich glaube, dass es aus Rache geschah. Die Ehefrau von König Theodahad konnte nicht verwinden, dass Amalasuntha regierte und ihr Mann nur ein Schattenkönig war. Sie wollte selbst Königin der Ostgoten sein und neben ihrem Mann auf dem Thron sitzen. Dazu musste Amalasuntha verschwinden. Die frankenfreundlichen Fürsten unterstützten sie bei diesem Vorhaben und Theodahad sah nur zu."

Amalafred stürzte in den Raum. Er hatte unterwegs erfahren, dass Hartwig eingetroffen war.

„Wie lange kannst du bleiben?", wollte er wissen.

„Morgen früh holen mich die Heruler ab."

„Ich bin froh, dich wiederzusehen. Auf der Hochzeit von Wacho dachte ich, dass wir uns nie wieder begegnen werden und jetzt stehst du vor mir."

Amalafred war sichtlich gerührt und berichtete seinem Freund von den Neuigkeiten, die ihm seine Mutter durch Emeric zukommen ließ. Er zeigte ihm das Schreiben der Thüringer Königin. Darin stand, dass Prinz Amalafred in Vindobona bleiben soll, weil sein Leben in Ravenna zurzeit nicht sicher sei. Die frankenfreundlichen Fürsten schienen die Oberhand zu gewinnen und es war damit zu rechnen, dass fränkische Krieger in Norditalien eindringen würden.

„Es hätte für dich nicht besser kommen können. Jetzt bist du hier und musst dich in Italien nicht zu Tode langweilen", entgegnete Hartwig erfreut.

„Besorgt bin ich wegen meiner Mutter und der Schwester."

„Da brauchst du dir keine Gedanken machen. Selbst wenn Theodahad ein Scheusal ist und am Tod von Amalasuntha beteiligt war, wird er deiner Mutter nichts antun."

„Das kann ich ihm nur raten. Krümmt er ihr nur ein Haar, bekommt er es mit mir zu tun."

„Du wirst sehen, es wird alles gut werden. Wie lange bleibt Emeric bei dir?"

„Er ist desertiert, um mir die Nachricht von meiner Mutter zu überbringen und kann jetzt nicht mehr zurück nach Ravenna."

„Dann hast du einen neuen Jagdbegleiter. Trinkfest ist er auch, wie er uns in der Taverne in Ravenna bewiesen hatte."

Schmunzelnd bestätigte es Emeric durch Nicken.

„Da ich jetzt in Vindobona bleibe, darfst du gleich vom Frankenreich zu deiner Familie in den Elbkniegau reisen und dortbleiben. Das hatte ich dir bereits versprochen."

„Gern nehme ich das Angebot an", entgegnete Hartwig freudig.

„Ich denke, dass ich allein mit allem fertig werde und Emeric wird mich auf den Heerzügen des Langobardenkönigs Wacho begleiten."

Emeric nickte zustimmend.

„Es ist schade, dass du nicht länger in Vindobona bleiben kannst. Deshalb werden wir heute Abend Abschied feiern", schlug der Prinz vor.

„Damit bin ich einverstanden. Morgen früh muss ich weiter. Die Heruler drängen mich. Sie wollten nicht in Vindobona übernachten. Ihnen gefällt es besser in Carnuntum. Der Gesandte ist ein komischer Kauz. Es ist mir unerklärlich, warum Wacho ihn ausgesucht hat."

„Mir sagte der König, dass es einer seiner Verwandten ist und einen Besseren hat er nicht. Du sollst sie sicher ins Frankenreich begleiten. Das ist deine Aufgabe und nicht mehr."

„Spätestens, wenn sie den König Theudebert gesprochen haben, werde ich sie verlassen und nach Thüringen weiterziehen. Zurückfinden müssen sie allein."

„Wenn sie unterwegs verloren gingen, wäre es nicht schade um sie", meinte Amalafred und alle drei mussten lachen.

„Was machen wir heute Abend?", wollte Hartwig wissen.

„Ich denke, dass wir durch die Weinstuben von Vindobona ziehen und Abschied feiern. Es sind viele dazu gekommen, nachdem wir mit meiner Mutter ins Ostgotenreich reisten."

„Diesmal lass ich mich nicht auf ein Wetttrinken, wie in Ravenna, ein", erwiderte Hartwig.

Emeric schmunzelte als er daran dachte, wie Amalafred und Hartwig vom Wein berauscht, nicht mehr auf den Beinen stehen konnten. Siegbert und er hatten die beiden wie Mehlsäcke auf ihre Pferde gepackt und nach Hause gebracht.

Amalafred legte die Dokumente, die auf seinem Schreibtisch verstreut lagen, zusammen. Sie betrafen die Verwaltung der Stadt und mussten durchgesehen und unterzeichnet werden.

„Das ist eigentlich deine Arbeit, die ich jetzt täglich machen muss und sie gefällt mir ganz und gar nicht.

Meine Mutter hatte dich vor unserer Abreise zur Hochzeit mit der Verwaltung in Vindobona beauftragt. Jetzt muss ich in den sauren Apfel beißen. Deshalb musst du heute die ganze Zeche in den Weinschenken übernehmen", bemerkte der Prinz zu Hartwig.

„Ich wehre mich nicht!", entgegnete Hartwig. „Wacho hat mir den Lohn für die Begleitung seiner Gesandten bereits ausgezahlt und das ist nicht wenig. Es reicht, um ein ganzes Jahr jeden Abend durch die Weinstuben zu ziehen."

„Wenn dir die Münzen zu schwer sind, können wir gern in die Gasthäuser gehen, wo unsere Krieger ihr Geld bei den Schankmädchen lassen. Die verstehen es, einen Mann auszunehmen."

„Woher weißt du das?"

„Meine Krieger haben es mir gesagt", erklärte Amalafred.

„Dort dürfen wir nicht auftauchen. Die ehrbaren Bewohner von Vindobona wären schön verstimmt, wenn sie ihren Prinzen in den Hurenhäusern sehen würden", erwiderte Hartwig.

„Wenn wir uns verkleiden, erkennen sie uns nicht", schlug Emeric vor.

„Das ist gut! Auf diese Art höre ich, wie meine Leute über mich reden."

Amalafred ließ seinen Leibdiener kommen und beauftragte ihn, drei einfache Gewänder zu beschaffen. Nach einer Weile kam er mit einem Händler zurück, der in seinem Warenkorb verschiedene oströmische Kleidungsstücke hatte. Die zogen sie an und sahen aus, wie byzantinische Handelsleute. Der Kaufmann färbte die Haare von Hartwig schwarz, dass man ihn nicht mehr erkennen konnte. Für Amalafred und Emeric genügte die fremdländische Kleidung. Sie benötigten nur noch eine passende Kopfbedeckung.

Als die drei eingekleidet waren, zogen sie los. Sie liefen lachend in das nächste Lokal, setzten sich an einen Tisch und bestellten Wein. Der Wirt hatte die neuen Gäste misstrauisch angesehen, doch als Hartwig ein paar Silbermünzen auf die Tischplatte legte, wich die Skepsis, dass die Fremden nicht zahlen konnten. Sein Weib kam mit einem Weinkrug und drei Bechern. Sie schenkte den oströmischen Handelsleuten ein und fragte, ob sie essen möchten. Kaum, dass sie weg war, kamen zwei Küchenmädchen und brachten kalten Braten und allerlei eingelegte Zutaten. Amalafred und seine Freunde ließen es sich munden und amüsierten sich, wie der Wirt und seine Frau ständig zu ihnen hinsahen. Damit der Wirt sie nicht an ihrer Sprache erkennen konnte, sprachen sie untereinander Latein. Diese Sprache wurde nur in gehobenen Kreisen oder vom Klerus verwendet.

Nach dem Essen zahlte Hartwig die Zeche und der Wirt fragte ihn, aus welchem fernen Land sie kämen.

„Siehst du das nicht?", entgegnete Hartwig entrüstet.

„Ich denke aus Byzanz. Das ist eine weite Reise bis nach Vindobona."

Großspurig bestätigte Amalafred die Annahme des Wirtes und sie zogen lachend weiter.

Der Prinz hielt Ausschau nach der nächsten Schankstube. Sie zogen durch einige Gassen und entdeckten ein belebtes Gasthaus. Fast jeder Platz war besetzt. In einem großen Raum standen lange Tische mit Bänken.

Der Wirt hatte drei Plätze am Ende eines Tisches freigemacht und sie konnten sich zu den anderen setzen. Eine Magd kam mit einem nassen Lappen und reinigte die Tischplatte.

„Bekommen wir etwas zu trinken?", rief Amalafred ungeduldig.

„Gleich die Herren", erwiderte die junge Frau.

Sie rannte davon und kam mit drei Bechern Wein zurück.

„Wir hätten auch gern etwas zu essen?"

„Was kann ich euch bringen? Wir haben eine große Auswahl an Speisen, warm oder kalt."

„Dann bring uns ein paar Wachteleier, gedünstetes Gemüse und Fisch vom Meer", sagte Amalafred.

„So etwas haben wir nicht. Ich kann euch Braten bringen und frisches Brot. Auch mit einer köstlichen Gemüsesuppe kann ich dienen", erwiderte sie entschuldigend. Amalafred sah betont enttäuscht Hartwig und Emeric an.

„Danach haben wir keinen Appetit. Bring uns nur frisches Brot!"

Die Magd lief in die Küche und die drei amüsierten sich. Gleich danach brachte der Wirt einen halben Laib Brot und stellte ihn auf den Tisch. Er beugte sich zu Amalafred hinab und sagte: „Habt ihr Geld?"

„Ich habe keines", entgegnete Amalafred und grinste den Wirt an.

„Dann könnt ihr bei mir nicht bleiben. Wer kein Geld hat, muss gehen", sprach er ernst und wies in Richtung Tür.

Hartwig zog ein Silberstück aus der Tasche und zeigte es dem Wirt.

„Kann man damit bezahlen?"

Erstaunt blickte der Wirt auf die Münze und seine Miene veränderte sich im Nu.

„Natürlich, meine Herren, dafür könnt ihr alles bekommen, was mein Keller und die Küche hergeben."

Die verkleideten Handelsleute trieben ihre Späße mit dem Wirt. Sie bestellten Kostproben von allem, was die Küche zu bieten hatte. Nach einer Weile kam die Wirtin mit zwei Küchenmädchen im Gefolge und sie brachten mehrere Holzbretter belegt mit köstlich duftenden Braten und verschiedenen anderen Sachen. Es war zu viel, dass sie es allein hätten essen können. Die Männer an ihrem Tisch staunten und dachten, dass die Fremden einen gewaltigen Appetit hätten. Sie freuten sich als sie eingeladen wurden und die aufgetragenen Köstlichkeiten verspeisen durften. Hartwig und seine Freunde kamen mit den Männern ins Gespräch. Es waren Krieger der Langobarden und Thüringer, die mit dem Bau der Straßen befasst waren. Sie erzählten, dass sie die Arbeit gern täten und sich auf den nächsten Heerzug freuen würden.

„Wo soll es hingehen?", wollte Hartwig wissen.

„Nach dem Süden, an die Küste des großen Meeres."

„Wohl nach Illyrien?", fragte Amalafred.

„Ja, ich glaube so heißt das Land."

„Wer ist euer Heerführer?"

„Amalafred!", sagte der eine und ein anderer rief „Audoin".

„Wer ist nun eurer Heerführer? Wisst ihr es nicht?", fragte Hartwig ungeduldig.

„Doch, doch! Bei uns Thüringern ist es Amalafred und bei den Langobarden Audoin."

„Jetzt verstehe ich dich. Du bist also ein Thüringer und kämpfst für Amalafred."

Die Landsleute am Tisch nickten heftig und prosteten sich zu.

„Ist dieser Amalafred ein guter Heerführer?"

„Er ist der Beste, den man sich wünschen kann. Irgendwann wird er unser König sein."

„Wollt ihr wieder in eure alte Heimat zurückkehren?", fragte Hartwig.

Keiner gab eine Antwort.

„Warum sagt ihr nichts?"

„Wir möchten lieber hierbleiben. Es gefällt uns gut bei den Langobarden. Viele von uns haben vom König Land bekommen und der Boden ist für den Ackerbau und die Viehzucht geeignet. Wenn es nach uns ginge, würden wir nicht ins Ostgotenland weiterziehen. Unser Heerführer, der Prinz, ist der gleichen Meinung, deshalb ist er aus Italien wieder zu uns zurückgekommen."

Freimütig plauderten die Krieger über ihr Leben, die Sorgen und Hoffnungen. Amalafred fühlte sich bestätigt, dass es gut für die Thüringer Krieger wäre, hier an der Donau bleiben zu können.

Die vermeintlichen Kaufleute verabschiedeten sich und verließen das Gasthaus. Der Mond schien hell und es war warm an diesem Abend. Viele Menschen spazierten auf der Hauptstraße. Am Straßenrand standen Feuerkörbe, die das Umfeld ausleuchteten. Einige Handwerker hatten ihre Läden noch geöffnet und priesen ihre Waren auf der Straße an.

Amalafred blieb plötzlich stehen und hielt Hartwig zurück.

„Was ist mit dir, mein Freund? Ist dir schlecht?", wollte Hartwig wissen.

„Nein! Ich glaube ich sehe Geister. Es muss an dem vielen Wein liegen, den ich getrunken habe."

Amalafred rieb sich die Augen als wollte er ein Trugbild wegwischen.

„Sieh nur mein Freund da vorn an dem Stand. Ist das nicht unsere Sklavin aus Wachos Palast."

„Das ist sie nicht! Komm, lass uns weitergehen!",
forderte Hartwig ihn unwirsch auf und schob ihn vor
sich her in die entgegengesetzte Richtung.

Plötzlich blieb Amalafred erneut stehen und drehte sich
um.

„Ich habe doch keine Wahnvorstellungen, das will ich
herausfinden", sagte er und ging in die Richtung, aus der
sie kamen. Hartwig wollte Amalafred zurückhalten,
doch es gelang ihm nicht. Sein Freund stakste
schnurstracks auf das Haus des Schneiders zu. Auf einem Tisch vor der Haustür waren Kleider und bunte
Tücher zum Verkauf ausgebreitet. Die Frau des Schneiders fragte, was die Herren zu kaufen wünschten. Verdutzt sah sich Amalafred um.

„Stand hier nicht vor einem Augenblick eine junge
Frau?", wollte der verkleidete Prinz wissen.

„Sie meinen meine Tochter! Die ist zurück ins Haus
gegangen."

„Kannst du sie rufen?"

„Wer seid ihr, dass ihr sie sehen wollt?"

„Ich bin ein Kaufmann und komme von sehr weit
her. Vielleicht verwechsle ich sie mit jemand?"

In dem Moment erschien die ehemalige Sklavin und
brachte neue Ware aus dem Haus, die sie auf den Tisch
zu den anderen Sachen legte. Amalafred erkannte sie
sofort. Die junge Frau war verwundert, dass sich ein
byzantinischer Kaufmann für sie interessierte. Hartwig
versuchte seinen Freund vom Verkaufsstand wegzuzie-
hen. Es gelang ihm nicht. Amalafred bestellte mehrere
Tücher und bat die Frau des Schneiders, die Waren
noch am Abend durch ihre Tochter in das Verwaltungsgebäude bringen zu lassen. Ein Diener Namens Emeric
würde die Sachen entgegennehmen und bezahlen.

Die Frau war einverstanden und legte die bestellten Tücher beiseite. Still zogen sich die Männer zurück und gingen in dem Gedränge heimwärts. Emeric überlegte, warum er zu einem Diener degradiert wurde, Amalafred war auf das verdutzte Gesicht der Sklavin gespannt, wenn sie ihn wiedersehen würde. Hartwig dagegen war in Sorge um ihren Schutz.

„Wie kommt sie nur nach Vindobona?", fragte der Prinz Hartwig.

„Ich habe sie mitgebracht. Wacho hat sie mir als Sklavin geschenkt, doch ich darf sie nicht mit ins Frankenreich nehmen."

„Ich kaufe sie dir gern ab", schlug Amalafred vor.

„Ich habe sie der Schneiderfamilie überlassen und ihr die Freiheit geschenkt. Sie soll nach den schlechten Erfahrungen in der Vergangenheit ein normales und ruhiges Leben führen können. Ich hoffe, dass sie einmal einen netten Mann zum Heiraten findet."

„Das kann ich ihr auch bieten!", erwiderte Amalafred spontan.

„Ich will nicht, dass sie deine Konkubine wird."

„Sie wird bei mir ein schönes Leben haben und es soll ihr an nichts fehlen", entgegnete der Prinz.

„Würdest du sie auch heiraten?", will Hartwig wissen.

„Das geht nicht! Ich glaube, dass meine Mutter etwas dagegen hätte."

„Deshalb soll sie bei der Schneiderfamilie bleiben und du lässt sie in Ruhe."

Amalafred schwieg. Hartwig dachte, dass das Thema abgeschlossen sei. Nach einer Weile fing der Prinz erneut an, von der Sklavin zu sprechen.

„Du sagtest, dass sie keine Sklavin mehr ist. Als freie Frau kann sie aber selbst entscheiden, mit wem sie sich abgibt. Wenn sie sich zu mir hingezogen fühlt, ist doch nichts einzuwenden oder sehe ich das falsch?"

„Ich will nicht, dass du sie berührst. Suche dir eine andere Gespielin. Es gibt genügend davon in Vindobona, die gern in dein Bett steigen."

„Mir gefällt nun einmal diese Illyrerin. Das musst du verstehen. Ich hatte in Wachos Residenz eine wunderbare Nacht mit ihr verbracht und denke, dass sie mir sehr zugetan war."

„Damals hätte sie dich nicht abweisen können. Sie wurde uns als Sklavin zugeteilt."

„Mich würde interessieren, ob sie mich noch mag", sinniert Amalafred vor sich hin.

„Wenn dir meine Freundschaft lieb ist, versuche nicht, das herauszufinden", entgegnet Hartwig schroff. Sie erreichten das Verwaltungsgebäude und leerten Emerics Weinschlauch in den privaten Räumen des Prinzen. Hartwig war müde und zog sich in eines der Gästezimmer zurück. Morgen musste er zeitig aufstehen und am nördlichen Tor auf die Gesandtschaft warten. Er konnte nicht schlafen. Ihm gingen die Worte von Amalafred nicht aus dem Sinn. Die Sklavin hätte er besser bei Audoin zurücklassen sollen. Dort könnte sie in seinem Haushalt ein ruhiges Leben führen. Nun war es zu spät.

Die ersten Sonnenstrahlen weckten ihn. Er packte seine Sachen zusammen und ging zum Pferdestall. Die Knechte versorgten die Tiere. Sein weißer Hengst war gestriegelt und schnaubte unruhig. Er schien zu ahnen, dass eine weite Reise bevorstand. Hartwig wollte sich noch ein letztes Mal von Amalafred und Emeric verabschieden. Er lief eilig über den Hof und nahm mehrere Stufen auf einmal, bis zur obersten Etage. Vorsichtig öffnete er die Tür zu Amalafreds Schlafraum und trat geräuschlos hinein. Voller Entsetzen wich er zurück. Neben Amalafred lag ausgestreckt seine ehemalige Sklavin. Sie hatte ihn bemerkt und sah ihn ängstlich an. Hartwig wich zurück und rannte hinab in den Hof. Emeric begegnete ihm. Er kam gerade aus der Küche.

„Was ist los? Ist dir der Teufel über den Weg gelaufen?", fragte er.

Hartwig hielt inne und blickte wütend nach oben zu den Fenstern von Amalafreds Privatgemächern.

„Wenn du den Prinzen siehst, kannst du ihm sagen, dass er meine Freundschaft verspielt hat."

Ohne ein weiteres Wort ging Hartwig zum Stall und ritt im Galopp vom Hof. Emeric sah ihm verblüfft nach.

3. Ratisbona *(Regensburg)*

Hartwig ritt mit dem langobardischen Gesandten und seinen Begleitern auf der ehemaligen römischen Heerstraße an der Donau flussaufwärts. Sie hatten die Packpferde bei sich, die mit Geschenken beladen waren. Der Weg verlief nahe dem Fluss und manchmal tangierten sie sein Ufer. Hin und wieder sahen sie ein Boot oder Floß in der Strömung dahingleiten. Wenige Menschen waren darauf zu sehen, die versuchten, das schwimmende Gefährt in der Flussmitte zu halten.

Der Gesandte ritt voran. Er kannte sich hier gut aus. Schon einige Male war er mit seinen Kriegern auf diesem Weg bis zur Nordwestgrenze des Langobardenreichs gezogen, um Präsenz zu zeigen. Jenseits des Flusses Enns lebten die Bajuwaren, ein Mischvolk aus Naristen, Alamannen, Slawen und anderen Stammesgruppen, die sich in den ehemaligen römischen Provinzen Rätien und Noricum angesiedelt hatten. Damals gehörte das Gebiet den Ostgoten. Sie waren die Herren in den beiden Provinzen, die südlich der Donau lagen. Nach dem Tod ihres Königs Theoderich wurde das Ostgotenreich geschwächt und die Franken übernahmen die Herrschaft in dem Land zwischen der Einmündung des Flusses Enns in die Donau bis nach Passau. Raubgesindel hatte sich in diesem Gebiet niedergelassen. Sie überfielen die Handelsleute auf der alten Römerstraße an der Donau und raubten sie aus. Die Stadtoberhäupter von Passau und Ratisbona *(Regensburg)* versuchten etwas dagegen zu unternehmen, doch der Erfolg war gering.

Am ersten Abend erreichte die Gesandtschaft eine Herberge am Flussufer, von der sie die steil aufragenden Berge der Wachau sehen konnten. Der Wirt lebte mehr von der Landwirtschaft als von dem Gastbetrieb. Selten

kehrten Leute bei ihm ein. Manchmal kamen flussaufwärts ziehende Bootsleute oder ein Trupp von Lango-
bardenkriegern. Erfreut begrüßte er den Gesandten auf
seinem Hof.

„Sorge für unsere Pferde!", wies dieser ihn im barschen Ton an. Der Wirt nahm an, dass es Handelsleute
waren und erhoffte sich ein gutes Geschäft. Unterwürfig
verbeugte er sich mehrere Male und rief nach den Sklaven. Die kamen herbei und sattelten die Pferde ab. Sie
rieben sie trocken und führten sie auf eine kleine Koppel neben dem Stall. Dort standen eine Tränke und
Raufen mit frischem Heu.

Für die Pferde war gesorgt. Der Gesandte und seine
Begleiter wurden vom Wirt in das schilfgedeckte Langhaus geführt. Durch den niedrigen Eingang konnten alle
nur in gebückter Haltung hindurch gehen. Die Gaststube war geräumig. Ein paar Tische mit Holzschemeln
standen an der einen Wand und in der Mitte war die
Kochstelle, an der eine gebückte Frau emsig in einem
großen Kessel herumrührte. Es roch nach Gemüsesuppe. Rudolf ging zum Herd und sah der Frau über die
Schulter. Die rührte weiter und ließ sich nicht stören. Er
griff nach einer Schöpfkelle und probierte die Suppe.

„Wenn du noch ein paar Stück Fleisch hineintust,
kannst du sie uns auftragen!", sagte er zu ihr. Die Frau
nahm aus einem Holzfass gepökeltes Fleisch und zer-
schnitt es in kleine Stücke. Zögernd fragte sie: „Reicht
das?"

„Nochmal so viel! Wir können es bezahlen!", rief er
laut und lachte. Der Wirt hatte inzwischen Wein herbei-
gebracht und den Krug auf den Tisch gestellt. Der Heruler probierte ihn und spuckte den Wein auf den Boden.

„Willst du uns mit dem Gesöff vergiften? Bring den
Besten, den du hast, sonst mache ich dir Beine!", schrie

er den Wirt an und trat ihn gegen das Schienbein. Humpelnd ging der Mann zur Tür und lief zum Keller, der sich hinter dem Haus befand. Mit einem kleinen Fässchen kam er zurück und zog den Spund heraus. Er reichte einen Becher dem Gesandten. Mit Kennermiene kostete der das Getränk.

„Warum nicht gleich so!", rief er triumphierend aus und leerte in einem Zug sein Trinkgefäß.

Ungeduldig warteten sie auf die Suppe. Inzwischen hatte eine Sklavin frisches Brot gebracht und auf den Tisch gestellt. Hungrig griffen die Männer danach und rissen es auseinander. Der Wein schien schnell zu wirken. Immer lauter wurde die Gesandtschaft. Nur Hartwig hielt sich zurück. Er saß am äußeren Ende des Tisches und kaute genüsslich auf seinem trockenen Brot. Die Suppe wurde aufgetragen und gierig verschlangen die Männer die fleischige Brühe und brachen das Brot in Stücke. Jetzt wurde es still und nur das Schmatzen war zu hören.

Auf dem Hof wurde es unruhig. Eine Gruppe von acht Handelsmännern war eingetroffen. Sie versorgten ihre Pferde und packten die Waren und das Sattelzeug in einen neben dem Haus stehenden Speicher. Mit den Örtlichkeiten schienen sie gut vertraut zu sein, denn der Wirt brauchte ihnen nicht zu helfen. Gelassen verrichteten sie ihre Arbeit. Als sie alles verstaut und ihre Pferde versorgt hatten, kamen sie in die Gaststube und blickten misstrauisch zu den Langobarden. Der Wirt hatte für sie zwei Tische zusammengestellt. Sie saßen wie an einer langen Tafel. Er stellte ihnen einen Krug von dem Wein auf den Tisch, den der Gesandte zuvor abgelehnt hatte. Den neuen Gästen schien er zu schmecken. Das traf auch für die Suppe zu, die sie immer wieder lobten.

„Die gute Suppe habt ihr mir zu verdanken", verkündete lautstark der Anführer der langobardischen Gesandtschaft. „Ich habe sie abgeschmeckt und mit Fleisch angereichert."

Anerkennend nickten sie ihm zu. Einer von ihnen fragte, ob er ein Koch wäre. Beleidigt verstummte der Langobarde und schmollte.

„Ich wollte dich nicht beleidigen. Sag schon, wer du bist. Nach deiner Kleidung müsstest du ein Handelsmann oder etwas Ähnliches sein."

Noch immer saß der Gesandte stumm und verärgert da. Die Fremden schienen ihn nicht mehr zu interessieren.

„Wir sind Bootsleute aus Ratisbona und befinden uns auf dem Heimweg", sagte ihr Anführer.

Hartwig spitzte die Ohren. Wenn sie aus Ratisbona kamen, waren sie vielleicht Thüringer.

„Wir kommen aus Vindobona und sind auf dem Weg in eure Stadt. Wieviel Tage brauchen wir?", wollte Hartwig wissen.

„Es kommt darauf an, wie schnell ihr seid und welche Hindernisse es gibt."

„Wie meinst du das?"

„Ihr seid wohl noch nie die Strecke gereist? Wenn wir die Enns überquert haben, ist das Reisen bis Passau gefährlich."

„Wird dort der Weg schlecht?", fragte Hartwig.

„Nein, es gibt da viele Wegelagerer, die auf Leute, wie uns warten. Wenn ihr euch nicht wehren könnt, bleibt lieber gleich hier."

Jetzt hatte der Heruler seine Missstimmung überwunden und beteiligte sich an der Unterhaltung.

„Die sollen nur kommen, das Raubgesindel. Bis in das letzte Schlupfloch werde ich sie verfolgen und ausräuchern, diese Brut."

„Du warst wohl ein Krieger, bevor du Handelsmann wurdest?", wollte der Bootsmann wissen.

„Ich bin immer noch ein großer Krieger und im Auftrag meines Königs Wacho unterwegs."

Verwundert blickten die Bootsleute auf die kleine Gruppe an dem Nebentisch.

„Das nenne ich großes Glück. Wenn wir uns unter euren Schutz stellen dürfen, werden wir das erste Mal rechtzeitig zu Hause sein."

Der Gesandte stand von seinem Schemel auf und sprach pathetisch: „Ihr dürft es, wenn ihr uns nicht im Vorankommen behindert. Wir haben es eilig und wollen noch bis nach Reims."

„An uns soll es nicht liegen, wir sind das schnelle Fortkommen gewöhnt. Deshalb nehmen wir auf dem Rückweg keine Ochsenkarren, sondern nur Pferde. Die lassen sich nach unserer Ankunft gut an die Franken verkaufen."

„Sagtet ihr nicht, dass ihr Bootsleute seid?", unterbrach ihn Hartwig.

„Das sind wir, aber auch gleichzeitig Handelsleute. Wir transportieren unsere Waren von unserer Heimatstadt Ratisbona mit dem Boot bis Vindobona oder noch weiter bis nach Pannonien. Dort verkaufen wir alles. Auf den Märkten kaufen wir Pferde und Waren und reisen damit nach Hause zurück."

„Dann braucht ihr für jede Reise neue Boote?"

„Das stimmt! Es wäre viel zu aufwendig, wenn wir sie gegen die Strömung nach Ratisbona zurück brächten. Alles zu verkaufen ist einfacher und seit langer Zeit üblich."

Der Bootsmann erzählte von seinen Fahrten auf der Donau. Es war ein schweres Leben, das diese Männer führten. Die Stromschnellen waren gefährlich und manches Boot ging zu Bruch.

Eine größere Gefahr schienen die Wegelagerer zu sein. Sie raubten nicht nur die Handelsleute aus, sondern brachten auch viele von ihnen um. Er sprach von einem Überfall, der in der Nacht stattfand. Mehrere seiner Männer verloren dabei ihr Leben. Auch auf dieser Reise rechneten sie mit Überfällen.

Am nächsten Morgen hieß es zeitig aufstehen. Der Gesandte kümmerte sich nicht um die Bootsleute. Er trieb seine Männer zur Eile an. Als sie vom Hof ritten, hatten sich noch nicht alle Männer aus Ratisbona von ihren Schlafplätzen erhoben.

„Seht euch die Schlafmützen an und die wollen mit uns mithalten", höhnte Rudolf.

Grinsend ritt der Heruler an dem Bootsführer vorüber und grüßte ihn huldvoll.

Bis zur Grenze am Fluss Enns kamen sie gut voran.

Vor dem Anlegeplatz der Fähre waren viele Zelte und provisorische Schilfhütten aufgestellt. Die Leute, die dort lagerten, schienen es nicht eilig zu haben.

Hartwig fragte den Fährmann, ob er sie ans andere Ufer bringen würde. Der nannte seinen Preis und schickte sich an, das Fährboot frei zu machen.

Ein Mann kam aus einem der Zelte auf die Langobarden zu und fragte, ob sie nicht mit den anderen reisen wollten.

„Wir haben es eilig!", antwortete der Gesandte in seinem üblichen barschen Ton.

„Hat euch niemand gesagt, dass es gefährlich ist, ohne Schutz bis nach Passau zu reisen. Überall lauern Räuber, die nur darauf warten, eine kleine Gruppe von Händlern zu überfallen."

„Die sollen nur kommen. Mein Schwert ist schon mit anderen fertiggeworden als mit solchem Raubgesindel."

„Wenn ihr ein Krieger seid, erlaubt uns, euch anzuschließen. Wir würden für den Geleitschutz zahlen." Verwundert über dieses Angebot sah der Gesandte seine Männer an. Er beugte sich zu dem Fremden und fragte: „Was wäre euch der Schutz wert?"

„Ich spreche mit meinen Leuten und gebe euch gleich Bescheid", antwortete der Mann und ging zum Zelt zurück.

„Was meint ihr, sollen wir die mitnehmen und beschützen?"

„Es kommt darauf an, was sie dafür bezahlen?", entgegnete einer der Begleiter.

Es dauerte nicht lange und der Fremde kam zurück. Er hatte einen Beutel mit Silbermünzen in der Hand. Die Augen des Langobarden funkelten. Soviel Geld für den Schutz hätte er sich nicht vorgestellt und die Zeitverzögerung nahm er dafür gerne in Kauf. Gierig griff er nach dem Beutel und schüttete die Silberstücke in seine Hand.

„Ist es nicht genug?", fragte der Fremde.

„Viel ist es nicht, doch ich bin kein Unmensch. Wer von euch mitkommen will, der soll sich auf dem Weg hier aufstellen. Ich habe es eilig. Es darf keine Verzögerung geben."

Der Fremde trommelte alle Wartenden zusammen und nach kurzer Zeit standen sie in einer langen Schlange zur Überfahrt bereit. Es waren auch Ochsenkarren dabei, was den Gesandten verdross. Sie würden ihn am schnellen Vorankommen hindern. Doch er hatte bereits zugesagt und wollte das gute Geschäft nicht rückgängig machen. Der Fährmann musste mehrere Male fahren, bis alle das andere Ufer erreichten. Es waren Bootsleute, die sich auf der Rückreise befanden. Durch die schwer beladenen Ochsenkarren verzögerte sich das Fortkommen. Das gefiel Rudolf gar nicht. Immer wieder trieb er zur Eile. Hartwig ritt an der Spitze des Zugs. Die Römerstraße, die einst die Kastelle des Limes miteinander verband, war in gutem Zustand. Man musste nicht befürchten, vom Weg abzukommen. In vielen Windungen schlängelte sie sich durch die bergige Landschaft. Nahe dem Weg lagen verlassene Siedlungen, deren Hütten und Häuser verfallen waren.

Nach drei Tagen erreichten sie am Abend einen der unbewohnten Höfe. Der Gesandte befahl, hier bis zum nächsten Morgen zu rasten. Die Tiere wurden versorgt und die Männer bereiteten in kleinen Gruppen ihr Essen auf offenen Feuerstellen. Hartwig ritt mit den Langobarden zu einer Anhöhe und sie beobachteten das Gelände. Kein Mensch und Tier waren zu sehen. Alles schien wie ausgestorben.

„Mir kommt das sehr sonderbar vor. Wenn ich mich nicht täusche, dürften wir bald Besuch von den Räubern bekommen. Das Gelände bietet sich geradezu an", meinte Rudolf.

„Sollen wir die Wachen verstärken?", wollte Hartwig wissen.

„Ich denke, das ist nicht nötig. Sie werden versuchen uns an einer der Wegengen am Tage zu überfallen".

„Ich würde es an ihrer Stelle nachts probieren, wenn alle schlafen", entgegnete Hartwig.

„Sie wissen, dass wir Wachen aufstellen und deshalb versuchen sie es mit Sicherheit tagsüber."

Die Langobarden ritten zurück zum Lager und teilten die Wachen ein. Das Essen war inzwischen vorbereitet worden. In einem kupfernen Kessel köchelte die Fleischbrühe vor sich hin. Ein Trupp Reiter kam auf den Hof zugeritten. Der Gesandte rief die Männer zu den Waffen und sie verschanzten sich hinter den Ochsenkarren. Möglicherweise waren es Räuber, obwohl die normalerweise nicht so offen daherkamen. Als die Gruppe in Sichtweite war, erkannte Hartwig die Bootsleute aus der ersten Herberge am Weg.

„Dürfen wir bei euch übernachten?", fragte der Bootseigner.

„Wir haben nichts dagegen!", antwortete der Gesandte mürrisch.

„Weit seid ihr nicht gekommen. Wie es aussieht werden wir früher in Ratisbona sein als ihr."

„Die Leute haben mich um Schutz gebeten und die Ochsenkarren halten uns zu sehr auf", rechtfertigte sich Rudolf.

„Es ehrt dich, dass du als großer Krieger die Handelsleute beschützt, weil es hier von Räubern wimmelt", bemerkte der Bootsführer mit einem spöttischen Unterton.

„Ich habe noch keinen von dem Lumpengesindel gesehen. Das ist bestimmt nur ein Gerede, dass hier welche sind."

„Wir werden es früh genug erfahren. Hinter den nächsten Wegebiegungen war ich einmal bei einem Überfall dabei."

„Den scheinst du gut überstanden zu haben", spottete Rudolf.

„Es waren nur wenige Räuber und wir hatten lange Messer. Da haben sie schnell aufgegeben und sind davongerannt."

„So setzt euch zu uns. Ein wenig von der Brühe ist noch übriggeblieben. Die könnt ihr haben. Wenn ihr einen Kübel Wasser hinzugebt, wird sie reichen."

Der Gesandte stand auf, um die Wachen zu kontrollieren. Hartwig sollte ihn begleiten. Hinten und vorn auf dem Weg sowie gegenüber dem Ufer war jeweils ein Mann postiert. Wichtigtuerisch redete Rudolf auf die Wachposten ein, dass sie gut aufpassen und bei einem ungewöhnlichen Geräusch sofort Alarm schlagen sollten. Wen er bei seinen Rundgängen schlafend vorfinden würde, dem wollte er gleich mit seinem Schwert den Kopf abschlagen. Ängstlich zogen sich die Wachposten ihre Decke über die Schulter und blickten stumpfsinnig in die Dunkelheit.

Kurz vor Mitternacht erfolgte der zweite Kontrollgang. Es war alles in Ordnung. Beruhigt legte sich Hartwig zum Schlafen nieder. Kaum, dass er eingeschlafen war, wurde er durch ein ungewöhnliches Geräusch geweckt. Er hörte in die Stille der Nacht und glaubte nur geträumt zu haben. Da war es wieder. Ein Vogellaut, der Schrei eines Habichts. Um diese Zeit? Da schwiegen diese Greifvögel.

Vorsichtig stand er auf und sah sich um. An der Stelle, wo sich gegenüber dem Ufer der Wachposten befand, konnte er einen vagen Lichtschein erkennen. Er schlich zu dem Posten hin und sah, dass der Mann ein glimmendes Holzscheit hin und her bewegte. Wem gab er ein Zeichen?

Hartwig stand nur wenige Schritte hinter dem Verräter. Als der ihn bemerkte, warf er blitzschnell das Holzscheit gegen ihn und griff mit seinem langen Messer an. Gewandt wich Hartwig dem Stich aus und schlug dem Angreifer mit der Faust auf den Schädel. Der Mann sank besinnungslos zu Boden. Hartwig packte ihn wie ein Stück erlegtes Wild über seine Schulter und ging vorsichtig zurück ins Lager. Dort weckte er Rudolf und erzählte ihm, was vorgefallen war.

„Der Kerl gehört bestimmt zu den Räubern und wollte damit seinen Kumpanen ein Zeichen geben. Geh zu der gleichen Stelle und schwenke das glühende Holzscheit weiter. Wir werden die Burschen hier gebührend empfangen."

Hartwig schlich zu der Stelle, wo sich zuvor der Wachposten befand und schwenkte einen glimmenden Ast langsam hin und her. Alles blieb still. Nach einer Weile hörte er wieder den Habichtschrei, doch diesmal ganz nah. Er zog seine Kapuze über den Kopf, dass man ihn nicht erkennen konnte und wartete ab. Bald erschien, wie aus dem Nichts eine Gruppe schwer bewaffneter Männer. Ihr Anführer fragte, ob alles in Ordnung sei. Hartwig antwortete mit einem kurzen „Ja". In gebückter Haltung ging er den anderen voran.

Als sie den Hof erreichten, wollten die Männer mit dem Morden beginnen, doch die daliegenden Bootsleute waren gewarnt und auf den Angriff vorbereitet. Es kam zu einem harten Kampf, Mann gegen Mann.

Fünf Räuber wurden getötet und der Rest ergab sich. Gefesselt lagen die Unholde inmitten des Hofs. Der Gesandte ließ sie einzeln in sein Zelt bringen. Seine beiden Krieger versuchten von ihnen zu erfahren, ob noch andere Räuber in der Nähe waren und sie mit einem weiteren Angriff rechnen mussten. Sie gingen dabei nicht zimperlich mit ihnen um. Die vor dem Zelt Stehenden konnten schemenhaft erkennen was die Langobarden mit den Räubern anstellten.

Die übrige Nacht blieb ruhig, doch keiner schlief. Angespannt sahen die Bootsleute in die Dunkelheit und erwarteten einen erneuten Angriff. Als die Sonne aufging, trat der Gesandte vor sein Zelt und suchte einige Freiwillige, die mit ihm das Räubernest aufsuchen und zerstören sollten. Nur eine Handvoll Männer waren dazu bereit. Die meisten hatten Angst und blieben lieber auf dem Hof. Einer der Gefangenen wurde quer auf ein Pferd gebunden. Er sollte ihnen den Weg in das Räuberlager zeigen. Hartwig ritt mit. Die beiden langobardischen Begleiter blieben mit den anderen auf dem Hof und bereiteten sich auf einen weiteren Überfall vor.

Das Gelände war unwegsam und sie mussten ihre Pferde am Zügel führen. Der auf das Pferd gebundene Gefangene stöhnte vor Schmerzen.

„Sag uns wie wir schnell zu eurem Lager gelangen. Dann darfst du aufrecht im Sattel sitzen", schlug ihm Hartwig vor. Die Gruppe folgte einem Bachlauf, der von starken Laubbäumen gesäumt war. Es ging steil bergan. Bald erreichten sie eine Lichtung, die unterhalb eines großen Felsmassivs lag. Sie ließen ihre Pferde zurück. Der Räuber wurde geknebelt und musste vorangehen. Der Gesandte stieß ihn vor sich her und zwang ihn zur Eile.

Das Räuberlager war bald erreicht.

Zwei Frauen saßen vor der Höhle am Feuer. Sie waren überrascht, dass fremde Männer plötzlich auftauchten und ergaben sich, ohne Widerstand zu leisten. Der Gesandte ließ sie fesseln und durchsuchte das Lager. Es war nichts Brauchbares zu finden. Er ging zu dem Gefangenen und fragte ihn, wo die Beute versteckt sei. Der Räuber schwieg. Rudolf zog sein Messer aus der Scheide und wollte ihm einen Finger abschneiden. Eine der gefesselten Frauen schrie laut auf.

„Ist das dein Mann?"

„Ja! Tu ihm nichts!", jammerte sie.

„Dann sag mir, wo die Beute versteckt ist."

Sie nickte heftig mit dem Kopf. Hartwig löste die Fesseln der Frau und folgte ihr zu einem entfernt gelegenen Eingang einer Felsenhöhle. Dort fand er das Raubgut.

In einer Holzkiste lagen mehrere kleine Lederbeutel mit verschiedenen Münzen. Stoffballen und andere Sachen waren fein säuberlich in Regalen verstaut. Der Gesandte ließ alles zu der Lichtung bringen und auf die Pferde packen. Er befahl das Lager abzubrennen. Schwer beladen kehrten sie zurück zu dem unbewohnten Bauernhof.

Mit den Gefangenen zogen sie auf der Römerstraße weiter. Ohne weitere Vorkommnisse erreichten sie Passau. Dort übergaben sie die Räuber und deren Raubgut dem Stadthauptmann. Wie er mit ihnen umgehen würde, interessierte die Langobarden nicht mehr. Die versäumten Tage wollten sie einholen und blieben nur eine Nacht, obwohl die Stadt verschiedene Annehmlichkeiten versprach.

Vor der Abreise verabschiedete das Oberhaupt von Passau die Gesandtschaft persönlich und dankte nochmals für die hilfreiche Unterstützung im Kampf gegen die Wegelagerer auf dem Donauweg. Der Gesandte bekam einen nicht unbeträchtlichen Geldbetrag als Belohnung überreicht. Für die Stadt war der sichere Handelsweg flussabwärts wichtig, denn ein Großteil ihrer Steuern stammte aus dem Handelsgeschäft. Erfreut über die unerwartete Belohnung ritt der Langobarde mit seinem Gefolge flussaufwärts aus der Stadt.

Ohne Behinderung gelangten sie bis nach Ratisbona. Die Stadt war von weitem zu erkennen. Ihre Türme und Dächer ragten hoch über die Mauer. Die Befestigung wurde bereits zur Zeit des römischen Kaisers Mark Aurel als Legionslager im zweiten Jahrhundert errichtet. Bis 531 war es die südöstlichste Stadt des Thüringer Königreichs und nach der Niederlage an der Unstrut gehörte sie zu einem wichtigen fränkischen Stützpunkt. Hier wollte Rudolf einen Tag ausruhen.

Nach dem Passieren des Stadttors wurden sie nach dem Woher und Wohin gefragt. Als die Wachleute erfuhren, dass der Anführer der Gesandte des langobardischen Königs war, der sich auf dem Weg nach Reims befand, verloren sie ihre stoische Ruhe. Eilig wurde der Stadthauptmann herbeigeschafft, der die Gesandtschaft in eine Herberge geleitete. Sie befand sich in der Nähe des Rathauses und bot allen Komfort, den sie sich wünschten. Hartwig wollte ein wenig die Stadt erkunden. Er fragte den Gesandten, ob er gehen darf. Der schien froh zu sein, seinen vermeintlichen Aufpasser für eine Weile nicht in seiner Nähe zu haben und gestattete es.

Auf den Straßen war viel Betrieb. Geschäftig liefen die Leute durch die engen Gassen und die Handwerker boten ihre Waren vor ihren Werkstätten an. In der Nähe des Hafens standen große Häuser, die als Speicher genutzt wurden. Hartwig ging zum Ufer und kehrte in eine Schenke ein. Außerhalb des Gastraums hatte der Wirt ein paar Tische und Bänke aufgestellt, damit seine Gäste die warme Nachmittagssonne und das Bier genießen konnten. Hartwig musste nicht lange auf den Gerstensaft warten. Eine Magd verteilte die vollen Humpen an alle durstigen Männer. Er konnte beobachten, dass auch die anderen Gäste prompt versorgt wurden. Sobald einer seinen Trinkbecher geleert hatte, wurde nachgeschenkt.

Von seinem Platz waren die Bootsanlegestellen gut zu erkennen. Nicht weit weg lag ein großes Schiff, eine Zille, die am Ufer mit mehreren Tauen angebunden war. Sie hatte mittschiffs eine Holzhütte, in der verschiedene Waren eingelagert werden konnten. Es waren einfache

Boote, mit denen die Handelsleute donauabwärts ins Reich der Langobarden, Gepiden und sogar ins Kaiserreich nach Byzanz fuhren.

Hartwig kam mit einem Schiffseigner ins Gespräch. Der hatte ihn gleich als Langobarden an seiner Kleidung erkannt. Er erzählte ihm von seinen Handelsfahrten nach Pannonien und dass er schon einmal bis ans Schwarze Meer gekommen war.

„Wenn es dich interessiert, kann ich dir mein Boot, mit dem ich in ein paar Tagen nach Vindobona fahre, zeigen."

„Ich muss vorher noch austrinken", bemerkte Hartwig und nahm einen großen Schluck.

„Der Gerstensaft wird nicht schal. Nachher können wir weiterbechern."

Hartwig folgte dem Mann und betrat das schwankende Boot. Vor und hinter der Holzhütte lagen große Bündel mit einem derben Tuch verschnürt und fest vertäut. Der Bootseigner öffnete die Tür zur Hütte. Hier waren viele Kisten gestapelt und es gab einen kleinen freien Platz mit einer provisorischen Kochstelle.

„Tagsüber können wir uns hier eine Suppe kochen und vor dem Wetter schützen", erklärte der Bootseigner.

„Nehmt ihr auch Fahrgäste mit?", wollte Hartwig wissen.

„Es kommt selten vor, dass jemand flussabwärts reisen will, doch ich hatte schon dreimal Passagiere an Bord. Willst du mit mir zurückreisen, weil du fragst?"

„Nein, ich nehme einen anderen Weg. Von Reims werde ich auf der Via Regia heimwärts ziehen."

„Da kommst du aber nicht nach Vindobona. Die Königstraße liegt weit im Norden und geht von West nach Ost."

„Das stimmt! Ich reise nicht ins Langobardenreich zurück, sondern in das Gebiet zwischen Saale und Elbe."

„Das ist interessant! Ich stamme von dort. Ich bin einst als junger Mann hierhergekommen. Warum willst du in das von den Franken besetzte Land im Osten?"

„Meine Familie lebt dort", antwortete Hartwig versonnen.

„Dann bist du wohl ein Thüringer?"

„So ist es, genauso einer wie du!"

Freudig klopften sie sich auf die Schulter.

„Das hätte ich nicht gedacht, weil du wie ein waschechter Langobarde aussiehst."

„Ich begleite eine Gesandtschaft des Königs Wacho nach Reims. Wir sind erst heute angekommen."

„Wenn du in die Heimat kommst, musst du unbedingt nach meinen alten Eltern sehen. Ich hoffe, sie leben noch und haben die schwere Zeit der Besetzung gut überstanden."

„Wie kann ich sie finden?"

„Sie haben weit oben im Elbkniegau einen kleinen Bauernhof. Es ist an der Stelle, wo die Saale in die Elbe mündet. Kennst du die Gegend?"

„Nicht weit weg davon habe ich einen Hof und meine Familie wartet auf mich."

„Ist das ein Zufall! Du musst mir mehr von dir erzählen! Wie bist du ins Langobardenreich gekommen?", wollte der Bootseigner wissen. Sie gingen zurück zur Schenke.

Hartwig begann von der Reise der Königin nach Ravenna zu berichten. Der Bootseigner hörte ihm interessiert zu und bat ihn, am Abend sein Gast zu sein.

„Du musst unbedingt meine Frau und die Kinder kennenlernen, damit du den Eltern von ihnen berichten kannst."

104

Nachdem sie ausgetrunken hatten, gingen sie in die Innenstadt. Vor einem der schönen Handelshäuser blieben sie stehen.

„Hier wohne ich. Das Haus gehörte den Eltern meiner Frau, doch die sind früh verstorben."

Der Mann öffnete die Tür und sie kamen in einen kleinen Hof, der mit verschiedenen Sehenswürdigkeiten ausgestattet war. In der Mitte stand ein Brunnen, den römische Steinfiguren begrenzten. Kleinere Holztore schienen in die Kellerräume zu führen. Gegenüber dem Hoftor befand sich eine breite geschnitzte Eingangstür. Sie führte in den Wohnbereich. Über eine Holztreppe gelangten sie in den ersten Stock. Dort befand sich ein großes Esszimmer. Die Hausfrau saß mit ihren beiden Töchtern am Tisch und sie schienen auf den Hausherrn zu warten.

„Frau, ich habe einen Gast aus meiner Heimat mitgebracht. Er wird mit uns essen", sagte der Bootseigner und wies Hartwig einen Platz am Tisch zu. Sie setzten sich und der Hausherr erzählte seiner Frau, wie er Hartwig kennengelernt hatte und wer er war.

Spät am Abend begleitete der Bootseigner Hartwig in seine Herberge. Nachts sahen die Häuser und Straßen ganz anders aus als am Tag und Hartwig überlegte, ob er den Weg allein gefunden hätte. Sie liefen durch die engen Gassen und konnten durch die Fenster der Wirtsstuben das ausgelassene Treiben der Gäste beobachten. In einer der dunklen Seitengassen sahen sie, wie zwei Burschen einen Mann bedrohten. Der eine hielt ihm das Messer an den Hals und der andere schnitt den Geldbeutel vom Gürtel.

„Wachen! Wachen!", schrie der Bootseigner und rannte auf die Räuber los. Als er den einen packen wollte, stieß ihm der andere seinen Dolch in den Unterarm.

Hartwig konnte gerade noch verhindern, dass der Unhold ein zweites Mal zustach. Den Räuber mit der Beute schlug er zu Boden und versuchte den Messerstecher zu ergreifen, doch der verschwand hinter der Haustür in einer Seitengasse. Hartwig ging zurück und besah sich die Wunde des Bootseigners. Sie blutete stark. Er riss einen Stoffstreifen von seinem Oberhemd und schnürte den Oberarm damit ab. Das Bluten hörte auf. Inzwischen waren Leute mit Fackeln und Stöcken bewaffnet, aus den Häusern getreten, um nach dem Rechten zu sehen. Es dauerte nicht lange und zwei Männer der Stadtwache erschienen. Sie ergriffen, den noch immer ohnmächtig daliegenden Räuber und fesselten ihn. Er wachte auf und sah ängstlich in die Runde der gaffenden und wütend schreiender Menschen. Sie wollten den Unhold auf der Stelle lynchen. Da es in den letzten Tagen mehrere nächtliche Überfälle gab, waren die Menschen nervös. Die Wachen hielten sie zurück. Den Beraubten, den Bootsmann und Hartwig begleiteten sie in das Wachzimmer. Es war ein dunkler ebenerdiger Gewölberaum an der Stadtmauer. Auf einer Herdstelle brannte ein schwaches Feuer. Der junge Wachmann legte ein paar Holzscheite nach und die auflodernden Flammen erhellten bald den ganzen Raum.
Alle mussten einzeln erzählen, was sie von dem Tathergang wussten. Der Bestohlene erhielt den geraubten Geldbeutel zurück, nachdem der Inhalt genauestens angesehen wurde. Es befanden sich viele fremdländische Silbermünzen darin.

„Wer bist du und woher kommst du?", wollte der ältere Wachmann wissen.

„Ich bin ein Handelsmann aus Illyrien und auf dem Weg nach Paris."

„Von woher? Aus Illyrien? Von dem Land habe ich noch nichts gehört! Liegt das im Süden oder im Osten?" Verdutzt sah der Handelsmann die anderen an.

„Es liegt im Süden am Meer. Der byzantinische Kaiser stammt von dort."

„Ach so, der Kaiser! Dann muss es wohl ein bedeutendes Reich sein und wird sich mit unserem Frankenreich messen können."

Nun wandte sich der Wachmann an Hartwig. Der brauchte sich nicht lange erklären. Der Wachmann hatte ihn als Begleiter des Gesandten erkannt.

„Der Handelsmann ist dir großen Dank schuldig. Meist geht ein solcher Überfall tödlich aus. Erst gestern wurde ein Mann in der Nähe dieser Gasse überfallen und ermordet. Vielleicht waren es die gleichen Täter? Wir werden es bald wissen."

Er sah dabei zu dem Gefesselten, der an einen Balken gekettet war und wie ein, in die Enge getriebenes, Raubtier um sich blickte.

„Dich nehmen wir uns gleich vor. Überlege dir inzwischen, wo wir deinen Komplizen finden können."

Es schien alles geklärt zu sein und Hartwig durfte gehen.

„Begleite die Fremden in ihre Herberge, damit sie wohlbehalten dort ankommen!", wies der alte, den jungen Wachmann an.

Hartwig verabschiedete sich von dem Bootseigner und versprach seine Eltern im Elbkniegau aufzusuchen.

Der illyrische Handelsmann war in der gleichen Herberge untergebracht, wie die Gesandtschaft. Auf dem Weg dorthin versuchte er Hartwig auszufragen. Ihn schien sehr zu interessieren, wohin sie reisten und ob er sich schutzsuchend ihnen anschließen könne.

„Das entscheide nicht ich, sondern der Gesandte. Da musst du ihn selbst fragen. Ich zeige ihm nur den Weg ins Frankenreich."

„Du bist ein sehr intelligenter Mann, das habe ich gleich gemerkt. Dafür habe ich ein Gespür. Einen solchen Wegbegleiter könnte ich gut gebrauchen. Willst du nicht in meine Dienste treten?"

Erbost sah Hartwig den Mann an.

„Ich bin ein freier Mann und kein Diener!"

„Entschuldige, ich wollte dich nicht beleidigen. Natürlich habe ich gleich erkannt, dass du zum gehobenen Stand gehörst, doch deshalb muss man einen kleinen Zuverdienst nicht verschmähen. Geld braucht doch jeder, auch unser Kaiser."

Sie hatten inzwischen die Herberge erreicht und Hartwig ging in die Gaststube, wo seine Leute emsig becherten.

„Hast du dich gut amüsiert!", rief der Gesandte ihm zu.

„Es ging!", antwortete Hartwig kurz.

„Setz dich her an unseren Tisch und trink einen Humpen Bier. Ich bin in Spendierlaune und du sollst nicht dursten."

Hartwig überlegte, ob er in den Schlafraum gehen sollte, doch das würde ihm Rudolf mit Sicherheit übelnehmen. Er setzte sich zu den Dreien und trank mit. Im Schankraum waren keine weiteren Gäste. Vielleicht lag das an den hohen Preisen. Die Langobarden störte es nicht. Sie leerten einen Humpen nach dem anderen. An dem Nebentisch nahm der überfallene Handelsmann Platz und bestellte Essen. Er grüßte höflich zu dem Gesandten hin, der ihn verwundert ansah.

„Kennen wir uns?", fragte er neugierig.

„Ich hatte leider noch nicht das Vergnügen, doch habe ich schon viel von euch gehört!"

„So, so! Spricht man über mich?", erwiderte er verwundert.

„In der ganzen Stadt hört man davon, wie ihr das Räubernest bei Passau ausgehoben habt."

„Na ja, leicht war es nicht, doch für einen Kriegsmann, ist das eine Kleinigkeit."

„Habt ihr schon an vielen Heerzügen teilgenommen?"

Etwas anderes hätte der Handelsmann nicht fragen brauchen, um die volle Aufmerksamkeit des Gesandten zu erlangen. Prahlerisch zählte der Heruler einige der Schlachten auf, in denen er viel Ruhm erlangte und verwundet wurde.

„Setz dich zu uns!", forderte er den Fremden auf. „So lässt es sich besser erzählen."

Mit einer Handbewegung deutete er einem seiner Begleiter an, den Sitz für den Gast zu räumen. Mürrisch tat er es. Eilig wechselte der Handelsmann den Platz. Selten hatte der alte Krieger einen so aufmerksamen Zuhörer. Hartwig kam das übertriebene Interesse des Fremden seltsam vor. Rudolf erzählte die gleichen Geschichten, die bereits alle kannten. Die Begleiter des Gesandten schien das nicht zu langweilen. Sie taten als hörten sie die Erzählungen zum ersten Mal, um ihrem Anführer damit zu gefallen. Hartwig beobachtete heimlich den Handelsmann. Geschickt stellte der seine Fragen und neben den Kriegserlebnissen erfuhr er ganz nebenbei alles über den Grund ihre Reise ins Frankenreich.

Es wurde spät und der Gesandte fing an zu gähnen. Er stand auf und ging die Treppe hinauf in den Schlafraum. Die Gesandtschaft war in einem großen Zimmer untergebracht. Es war spartanisch eingerichtet. Ein Tisch mit vier Schemeln stand in der Mitte. An der rechten Wand waren die Schlafsäcke übereinander gestapelt und in einer Ecke befanden sich die Sättel ihrer Pferde sowie das gesamte Gepäck. Sie legten sich mit ihrer Kleidung auf die mit Stroh gefüllten Schlafsäcke und deckten sich mit Wolldecken zu. Bald war das rhythmische Schnarchen zu vernehmen.

Am nächsten Morgen trafen sie sich wieder beim gemeinsamen Frühstück in der Gaststube. Freudig kam der Handelsmann an ihren Tisch und zeigte ihnen eine kleine Kollektion seiner Waren. In einer schmalen Holzschatulle lagen ein paar Edelsteine in Silber und Gold gefasst.

„Es sind alles erlesene Stücke aus dem Byzantinischen Reich, die ich an den Königshöfen der Merowinger verkaufen will. Gefallen sie euch?"

Der Gesandte sah sich die Steine genau an.

„Es sind wahrlich schöne Stücke. Die müssen sehr wertvoll sein?"

„Das sind sie!", bestätigte der Handelsmann und er schien zu überlegen, ob er seine Waren gleich wieder zusammenpacken und sicher verstauen soll.

„Ist es nicht gefährlich, mit dieser Ware durchs Land zu reisen?"

„Ihr habt es erkannt! Ich habe zwei kräftige Sklaven, die auf meine Sachen aufpassen, doch manchmal benötige ich noch zusätzlichen Schutz, wenn ich durch unbekanntes Gebiet reise."

„Das denke ich mir. Erst vor ein paar Tagen habe ich einen Überfall von Räubern an der Donau erfolgreich abgewehrt und ob es im Frankenreich ebensolche Wegelagerer gibt, weiß man nicht", bemerkte der Gesandte prahlerisch.

„Vielleicht könnten wir bis Toul gemeinsam reisen. Für diesen Schutz würde ich mich erkenntlich zeigen und mit einem dieser Anhänger zahlen. Ihr könnt ihn euch selbst aussuchen und behalten."

Die Augen des Gesandten strahlten vor Begierde und er sagte zu. Ihm fiel die Wahl nicht leicht. Immer wieder nahm er einen Anhänger in die Hand und tauschte ihn dann aus. Geduldig sahen die anderen ihm zu.

Hartwig wollte diesen Tag für sich verbringen und fragte, ob er frei bekäme. Diesmal lehnte der Gesandte jedoch ab. Er schritt hoch erhobenen Hauptes durch die Gassen, seinen Begleitern voran. Es gefiel ihm, dass die Leute aufmerksam zu ihm hinsahen und miteinander tuschelten. In dem Glauben, dass es sich bereits herumgesprochen hatte, dass er die Räuber an der Donau bezwang, wusste er vor Stolz nicht mehr, wie er sich noch besser in Positur bringen konnte. Hartwig amüsierte dieses eitle Gehabe. Er blieb immer ein paar Schritte zurück und sagte nur dann etwas, wenn er gefragt wurde.

Als sie zum Stadttor kamen, trafen sie den Hauptmann, der Wache. Er bat die Langobarden in die Wachstube und überreichte ihnen ein Reisedokument, mit dem sie in den übrigen Städten leichter die Wachen passieren konnten.

„Wenn ihr das Pergament an den fränkischen Stadttoren vorzeigt, wird man euch überall einlassen und jegliche Unterstützung geben, um die ihr ansucht. Die Stadträte haben euch diese Ehre zugedacht, da ihr den Handelsweg zwischen Passau und Enns von Wegelagerern gesäubert habt. Große Verluste mussten die Handelsleute durch dieses Gesindel ertragen, doch nun können sie wieder gute Geschäfte donauabwärts machen."

Der Gesandte bedankte sich vielmals für die Ehre und verstaute das Lederfutteral mit dem Dokument in seinem Wams.
Vor der Wachstube zeigte er es Hartwig, der es seinen Begleitern laut vorlesen sollte.

Sie gingen zum Hafen und ruhten sich in der Bierschenke, die Hartwig am Vortag besucht hatte, aus. Von hier aus konnten sie den Bootsleuten zusehen, wie sie die Waren auf den Flößen und Zillen verstauten.
Auf einem Hügel stand ein großer Eichenbaum. An einem der massiven Äste hing ein eiserner Käfig, in dem ein Mann kauerte.

„Was ist das für ein Galgenvogel?", fragte der Gesandte den Wirt.

„Die Wachen haben ihn heute Morgen da hingehängt, damit ihn alle sehen können."

„Was hat er angestellt?"

„Er soll jemanden ausgeraubt haben und muss solange in dem Käfig bleiben, bis sich sein Raubgeselle bei dem Stadthauptmann von selbst meldet."

„Da wird er wohl lange warten müssen. Dieses Diebesgesindel hat keine Ehre im Leib. Sie würden ihre eigene Mutter verraten, wenn es ihnen einen Vorteil bringt", bemerkte der Gesandte.

„So ist es Herr!", bestätigte der Wirt und machte eine Drohgebärde in Richtung des Käfigs.

„Ist das nicht der Übeltäter von gestern?", fragte der Handelsmann Hartwig.

„Ich kann ihn nicht erkennen, er ist zu weit weg."
Neugierig wandte sich Rudolf an den Handelsmann und wollte wissen, worum es ging. Der erzählte die ganze Geschichte und berichtete von dem heldenhaften Einschreiten von Hartwig und dem Bootseigner.

„Wieso hast du mir das nicht berichtet!", herrschte Rudolf den Thüringer an.

„Es war für mich nicht von Belang, eine Kleinigkeit im Gegensatz zu deinem großen Sieg über die Räuber an der Donau."

Sein Gegenüber verstand ausnahmsweise diese Spitze und schwieg dazu.

Das Essen wurde aufgetragen. Nach der reichlichen Mahlzeit suchten sie sich eine geeignete Stelle auf der angrenzenden Wiese, um einen kurzen Verdauungsschlaf zu halten. Hartwig wollte nicht ruhen und vertrat sich ein wenig die Beine. Zufällig führte ihn sein Weg an dem Käfig mit dem Räuber vorbei. Der Mann blickte ängstlich um sich.

„Dich kenne ich! Du warst gestern auf der Wache", zischte der Kerl aus dem Käfig.

„Du warst auch dort, weil du einen Fremden beraubt hast", erwiderte Hartwig.

„Das Schwein hätte ich erstechen sollen, wie ich es vorhatte."

„Reicht es nicht, dass dein Komplize ihm den Geldbeutel abgeschnitten hat."

„Mit Geld kann man das nicht wieder gut machen, was der Kerl angestellt hat", zischte der Mann vor sich hin.

„Wovon sprichst du?", fragte ihn Hartwig.

„Der Fremde ist ein großes Schwein. Er hat meine Schwester vergewaltigt und ihr danach ein Silberstück vor die Füße geworfen."

„Vielleicht war sie mit dem Lohn einverstanden?"

Der Gefangene schlug mit der Faust gegen die Eisenstangen.

„Sie ist keine Hure! Vierzehn Jahre ist sie alt und arbeitet als Küchenmagd."

„Wer war der andere Mann?"

„Es war ihr Freund, der sie heiraten wollte."

„Warum hast du das nicht den Wachleuten gesagt?"

„Die glauben keinem, wie mir. Ich bin ein armer Tagelöhner und der bekommt kein Recht", murrte verzweifelt der Bursche.

„Sag mir, wie deine Schwester heißt und wo sie arbeitet?"

„Was willst du von ihr?", fragte der Gefangene misstrauisch.

„Ich will sie fragen, ob das stimmt, was du sagst."

„Anna heißt sie und arbeitet im ‚Gasthaus zum Bären'."

„Wenn du nicht gelogen hast, helfe ich dir. Stimmt es nicht, wirst du in dem Käfig verdorren."

Hartwig ging zu den anderen, die immer noch schliefen und setzte sich zu ihnen ins Gras. Der Handelsmann hatte die Augen geschlossen, doch schien er nicht zu schlafen. Er sah nicht aus wie einer, der zu so einer Tat fähig wäre. In seinem Wesen glich er eher einem Fuchs als einem Wolf, verschlagen und klug und berechnend.

Nach der Ruhepause gingen sie zurück in die Stadt und besuchten den Markt. Die Bauern der Umgebung verkauften ihr Gemüse und andere Dinge des täglichen Bedarfs. Sie hatten kleine Tische aufgestellt oder Decken auf dem Boden ausgebreitet. Darauf legten sie ihre Waren. Hausfrauen prüften kritisch die Qualität und versuchten einen guten Preis auszuhandeln. Die Langobarden interessierten sich mehr für die Auslagen der Handwerker, insbesondere der Messerschmiede. Dort erstand Rudolf nach zähen Verhandlungen einen Damaszenerdolch. Es war eine besonders schöne Arbeit, die der Meister selbst gefertigt hatte. Danach suchten sie ein Gasthaus auf, um auf den Kauferfolg anzustoßen und den Durst mit Bier zu löschen.

Der Gesandte kam mit seinem Gefolge am „Gasthaus zum Bären" vorbei und Hartwig schlug vor, dort einzukehren und den Durst zu stillen. Begeistert klopfte ihm Rudolf auf die Schulter.

„Es ist das erste Mal, dass du einen guten Vorschlag machst", rief er laut, damit es alle hören konnten.

„Es gibt noch bessere Wirtshäuser", erwiderte der Handelsmann.

„Lass es gut sein, mein Freund, hier kehren wir ein", bestimmte Rudolf.

Er stieß die Tür auf und stürmte in den Raum. Zu dieser Zeit waren noch keine Gäste in der Wirtsstube. Sie suchten sich einen Tisch aus, von dem sie alles überblicken konnten. Der Wirt kam hastig angelaufen und fragte nach den Wünschen der Gäste.

„Bring uns Bier, wir verdursten gleich!"

Zwei Mägde brachten die vollen Humpen und stellten sie kräftig auf den Tisch, dass das Bier herausspritzte.

Mit einem Klaps auf den Hintern der einen Magd bedankte sich der Langobarde für die schnelle Bedienung. Die Magd warf ihm einen kessen Blick zu.

„Das nächste Mal kostet das was", bemerkte sie schmunzelnd.

„Sag mir deinen Preis und ich bin noch viel netter zu dir", erwiderte der Gesandte übermütig. Die Mägde schienen diese Art der Ansprache gewohnt zu sein, denn sie lachten.

Rudolf band sein neues Messer vom Gürtel und besah es sich in Ruhe.

„So etwas habt ihr noch nicht gesehen, da staunt ihr. Jeder darf es betrachten. Ein zweites Stück gibt es davon auf der ganzen Welt nicht."

Mit Kennerblick sahen sich seine Gefährten die Neuerwerbung an und fanden viele lobende Worte. Hartwig tat als wäre er hungrig und wollte in der Küche nach dem Essen sehen.

„Geh nur und treib den Koch an. Wenn ich es mir überlege, bin ich hungrig, wie ein Wolf", meinte Rudolf. In der Küche war Hochbetrieb. Das Fleisch wurde auf Spießen gebraten und in den Kesseln köchelten die Suppen und Fleischbrühen. An einem der Spieße stand ein junges Mädchen. Hartwig ging zu ihr und fragte leise, ob sie Anna wäre. Erschrocken drehte sie sich um.

„Du brauchst keine Angst haben. Ich komme von deinem Bruder. Er sagte mir, dass du gestern von einem Fremden vergewaltigt wurdest. Stimmt das?"
Die Magd fing an zu weinen.

„Sei still! Uns darf niemand bemerken!", flüsterte Hartwig ihr zu. Sie nickte mehrmals mit dem Kopf und unterdrückte die Tränen.

„Im Gastraum sind ein paar Männer. Sieh sie dir an und sage mir, ob der Mann dabei ist, der dir das angetan hat."
Hartwig ging langsam zurück zum Tisch. Er setzte sich an seinen Platz am Ende der Tafel und schlürfte langsam sein Bier. Der Gesandte war dabei, von seinen Heldentaten zu erzählen.
Nach einer Weile erschien in der Tür zur Küche die junge Magd und sah zu den Gästen. Unbemerkt nickte sie Hartwig zu. Er stand auf und ging in die Küche.

„Wo bleibt denn das Essen?", rief er laut der Köchin zu. „Wir sind am Verhungern!"
Alle waren in Eile und bemerkten nicht, dass sich Hartwig mit der jungen Magd unterhielt.

„Erzähl mir, was gestern Abend passiert ist!"

„Der Mann an eurem Tisch hatte gestern Wein bestellt. Der Wirt brachte ihm einen Krug, doch der schmeckte ihm nicht. Ich sollte mit dem Gast in den Weinkeller gehen, damit er sich selbst einen Wein aussuchen kann."

„Wieso ist der Wirt nicht gegangen und hat dich geschickt?"

„Die Wirtsstube war voller Gäste. Er hatte keine Zeit."

„Was ist dann passiert?"

„Als wir im Weinkeller ankamen, hat mich der Mann festgehalten und die Bluse aufgerissen. Ich habe ihm mit dem Kienspan die rechte Wange versengt, dann hat er mir sein Messer an die Kehle gehalten und gesagt, dass er mich töten würde, wenn ich nur einen Laut abgebe. Er riss mir die Kleider vom Leib und band mir die Hände mit einem Strick zusammen. Danach steckte er mir ein Tuch in den Mund, damit ich nicht schreie und vergewaltigte mich."

„Dieser Mistkerl!", zischte Hartwig leise.

„Ich lag da und habe nur noch geweint. Danach hat er mir eine Münze zugeschmissen und hämisch gelacht. Später hat mich der Wirt gefunden und gesagt, dass ich das Geld nehmen und nichts sagen soll. Er schickte mich heim. Mein Bruder und mein Freund waren gerade zu Hause und ich erzählte es ihnen. Die sind gleich losgelaufen und wollten den Unhold zur Rede stellen und bestrafen."

„Woher wussten sie, wer es war?"

„Sie suchten den Mann mit der Verbrennung im Gesicht. Wo ist mein Bruder jetzt? Kann ich zu ihm?"

„Das geht nicht, aber er wird sich bald bei dir melden."

Hartwig nahm das Holzbrett vom Tisch, auf dem verschiedene Fleischstücke vom Spieß lagen und trug es in den Gastraum. Mit Hochrufen wurde er empfangen. Alle stürzten sich auf den Braten als hätten sie tagelang nichts gegessen. Die Mägde brachten Brot und Fleischbrühe. Ein zünftiges Schmatzen hielt an. Heimlich sah Hartwig zu dem Handelsmann und erkannte die Verbrennung an der rechten Wange. Er war überzeugt, dass der Bruder und die Magd die Wahrheit gesagt hatten.

Draußen wurde es dunkel und die Gaststube füllte sich bis auf den letzten Platz. Es wurde immer lauter und der Handelsmann schlug vor, ein besonderes Etablissement aufzusuchen, das nicht weit entfernt war. Er wollte für die Kosten aufkommen. Hartwig gelang es, sich von den anderen loszumachen und erntete dafür ihren Spott.

Er ging zum Hafen und von dort ungesehen zu dem Hügel, wo der Eisenkäfig mit dem Gefangenen hing.

Erschrocken über den nächtlichen Besuch verkroch sich der Mann in dem Käfig. Es kam vor, dass Bürger der Stadt zu ihm kamen und ihn verspotteten und drangsalierten. Als er Hartwig erkannte, fragte er, ob er seine Schwester gesprochen hatte und wie es ihr ging.

„Sie ist wohlauf und wartet auf dich. Das Beste ist, wenn ihr beide aus der Stadt flieht."

„Wir haben doch nichts Unrechtes getan!"

„Darum geht es nicht. Dich kennen jetzt viele Leute und du kannst deine Unschuld nicht beweisen. Darum zieht noch heute Nacht weit weg von Ratisbona. Hier bist du deines Lebens nicht sicher."

Mit seinem Messer öffnete Hartwig die Verriegelung und ließ den armen Wicht aus dem Käfig. Er gab ihm einen kleinen Beutel mit Münzen.

„Nimm das und warte hier in der Nähe auf deine Schwester. Ich sage ihr, dass sie zu dir kommen soll."

Voll Dankbarkeit fiel der Mann auf die Knie und umschlang Hartwigs Beine.

„Lass das! Du bist ein freier Mann und hast nichts Unrechtes getan. Sorge für deine Schwester, dass es ihr gut geht."

Hartwig eilte zurück in die Stadt und ging ins „Gasthaus zum Bären". In dem Gedränge fiel es nicht auf, dass er nach der Magd suchte. Als er sie fand, sagte er ihr, dass sie gleich mit ihm kommen soll. Heimlich verschwanden sie durch die Hoftür aus dem Haus und Hartwig brachte die Magd noch bis zum Hafen. Dort zeigte er ihr die Stelle, wo ihr Bruder auf sie wartete.

Auf dem Rückweg fragte ihn der Torwächter warum er so oft zum Hafen ging. Hartwig erschrak.

„Ich hatte mein Messer verloren und es jetzt wiedergefunden", gab der Thüringer zur Antwort und zeigte es dem Wachmann.

„Das ist ein wirklich kostbares Stück. Ich kann verstehen, dass du die ganze Nacht danach gesucht hast."

Hinter ihm verriegelte der Wächter die Eichentür, die von der Stadtmauer zum Hafen hinab führte.

In der Herberge wartete Hartwig auf die Gesandtschaft. Erst spät nach Mitternacht, kamen sie angetrunken und fröhlich nach Hause. Lautstark berichteten sie von den Vergnügungen. Sie waren sich sicher, dass Hartwig etwas Großartiges verpasst hatte. Sie tranken in der Herberge weiter. Als sich die Morgensonne zeigte, hatten sie immer noch keinen Schlaf gefunden. Übermüdet stiegen sie auf ihre Pferde und trabten durch die Gassen der Stadt zum Westtor hinaus. Bis Mittag ritten sie, ohne ein Wort zu sagen. Dann kehrten sie in eine Herberge am Weg ein. Rudolf hatte Hunger und wollte eine Kleinigkeit essen. Der nachfolgende Mittagsschlaf dauerte länger als vorgesehen. Erst abends wurden sie wach.

Hartwig versuchte mit den beiden Sklaven des illyrischen Handelsmanns ins Gespräch zu kommen. Sie waren jedoch sehr einsilbig, wenn es um ihren Herrn ging. Freimütig erzählten sie von den Reisen durch viele Länder. Ausgangspunkt war die Stadt Konstantinopel. Der Handelsmann hatte dort eine große Villa und ein Warenlager. Er schien gute Beziehungen zum Kaiserhaus zu haben, denn die Kaiserin Theodora war eine seiner Kundinnen. Die Schmuckstücke, die er handelte, wurden bei den besten Goldschmieden im Kaiserreich gefertigt. Er kaufte erlesene Stücke zu einem guten Preis auf und verkaufte sie zu einem mehrfach erhöhten Betrag an den Fürstenhäusern im Ostgoten- und Frankenreich. Die wohlhabenden Damen waren seine Abnehmer, aber auch Goldschmiede, die mit seiner Ware ihr Angebot erweiterten.

Das Reisedokument des Hauptmanns von Ratisbona wirkte Wunder. Wenn sie in eine Stadt kamen und das Pergament am Tor vorzeigten, bemühten sich die Wachleute zu ihrer großen Zufriedenheit. Rudolf schwoll jedes Mal die Brust, wie einem Pfau. Es vermittelte ihm die Anerkennung und Bedeutung seines Amtes als Gesandter des Langobardenkönigs Wacho. Er trug das Futteral mit dem Dokument stets bei sich. Lesen konnte er nicht, was darauf geschrieben stand. Ihn überzeugte die Wirkung, die es auslöste. Das Pergament war wie ein Schlüssel zu den Stadttoren.

4. Strateburgum *(Straßburg)*

Nach vielen Tagen erreichte die Gesandtschaft Strateburgum *(Straßburg)*, das römische Argentoratum. Sie ruhten sich dort, wie in Ratisbona, einen Tag länger aus. Für die Langobarden und den Handelsmann war es eine gute Gelegenheit, das Nachtleben der Stadt zu genießen. Hartwig fragte Rudolf, ob er wieder allein durch die Stadt ziehen darf.

„Wenn du übermorgen früh rechtzeitig da bist, reicht es mir!", erwiderte der Anführer grinsend.

Einer seiner Männer bemerkte hämisch: „Lass dich aber nicht von den Weibern verführen. Hier sollen sie noch viel verrückter sein als in Ratisbona."

„Ich werde gut auf mich aufpassen!", entgegnete Hartwig betont gelassen, ohne sich anmerken zu lassen, dass er diese Art von Bemerkungen nicht mochte.

Allein zog er los, die Stadt zu erkunden. Er war noch nie hier, doch hatte er viel von der Schönheit und Bedeutung dieser großen Siedlung gehört. Sie lag im Mündungsgebiet, wo der Fluss Ill in den Rhein fließt. Während der Römerzeit waren hier zwei Legionen stationiert. Wie in Vindobona und Ratisbona wurden die angrenzenden zivilen Bezirke von der Stadtmauer mit eingebunden. Nach den Römern folgten die Alamannen und danach die Franken. Die Stadt erhielt den Namen Strateburgum oder „Stadt der Straßen". Durch sie spazierte der Thüringer und genoss das rege Leben in der Innenstadt. Bis zum Nachmittag waren die Händler noch auf den Märkten und versuchten ihre Waren los zu werden. Hartwig besah sich das Gemüse. Ein Bauer fragte ihn nach seinen Wünschen.

„Ich sehe mich nur um!", sagte er kurz.

„Du bist wohl nicht von hier?"

„Nein, ich bin auf der Durchreise."

Neugierig fragte der Bauer weiter.

„Ein Franke bist du nicht. Du siehst aus, wie einer aus dem Osten."

„Ich komme aus dem Langobardenreich und will weiter nach Reims."

„Das ist eine weite Reise", erwiderte der Bauer verwundert und seine Frau stellte sich neben ihn, um das Gespräch der beiden mit anzuhören.

„Viele Tagereisen bin ich unterwegs."

„Du siehst was von der Welt. Ich dagegen bin noch niemals weggekommen. Das Weiteste ist diese Stadt. Hierher fahren wir zweimal in der Woche und verkaufen unser Gemüse."

Die Frau musterte Hartwig und mischte sich plötzlich in das Gespräch ein.

„Wenn du redest, hört es sich an als würde unser Sklave etwas sagen. Der stammt aus Thüringen. Wir haben ihn schon ein paar Jahre auf dem Hof."

„Es stimmt! Ich bin in Thüringen geboren und dort aufgewachsen. Du hast ein gutes Gehör."

Die Frau hob stolz den Kopf und sah sich um. Zu ihrem Mann gewandt, rief sie begeistert: „Ich habe es dir immer gesagt, dass ich die Leute an ihrer Sprache erkenne."

„Schon gut Frau, sei jetzt still. Ich unterhalte mich mit dem Herrn und da spricht man nicht dazwischen. Wie oft soll ich dir das noch sagen."

Verärgert stellte sich die Frau an das andere Ende des Verkaufstisches und pries laut schreiend ihre Waren an.

„Wenn du zum Schluss des Marktes noch einmal vorbeikommst, kannst du meinen Sklaven kurz sprechen. Er kommt mit dem Ochsenkarren und holt die restlichen Sachen ab. Hartwig dankte und ging weiter.

Langsam schlenderte er durch die Gassen und fand in der Nähe der Stadtmauer ein großes Gebäude aus Backsteinen. Neugierig sah er durch das Tor. Ein großer gepflasterter Hof lag vor ihm. In der Mitte stand ein Brunnen mit einer Bronzefigur. Ein Mann, der in den Hof wollte, sprach ihn an.

„Komm herein! Dies ist das alte römische Bad. Es wird leider nicht mehr stark genutzt, wie in der Vorzeit. Vergnügen, wie damals, bereitet es immer noch."

„Wie lange ist es geöffnet?"

„Bis es dunkel wird! Viel Zeit hast du nicht mehr."

„Dann werde ich morgen wiederkommen."

„Das ist besser, denn es ist den ganzen Tag über offen."

„Wenn du willst, zeige ich dir kurz den Innenraum mit den kalten und warmen Wasserbecken."

Ohne eine Antwort abzuwarten schritt der alte Mann voraus. Er zeigte Hartwig die einzelnen Badestuben und erklärte, dass diese zur Zeit der Römer viel prächtiger ausgestattet waren.

„Ich kenne römische Bäder und bin verwundert, dass dieses nicht zerstört ist. Es gibt nur wenige, die nördlich der Alpen erhalten sind."

„Das stimmt! Die Hunnen und andere wilde Krieger haben vieles kaputt gemacht, doch Strateburgum wurde von ihnen, wie durch ein Wunder, verschont."

Die Sonne stand sehr tief und Hartwig erinnerte sich, dass der thüringische Sklave mit dem Ochsenkarren am Gemüsemarkt sein müsste. Eilig lief er dorthin. Als er ankam, war der Bauer mit seiner Frau schon weg. Er fragte den Nachbarn, der beim Zusammenpacken war, wo er hinfuhr und ob man ihn noch einholen könne.

„Der wohnt in meinem Ort. Wir sind gewissermaßen Nachbarn. Wenn du willst, kann ich dich mitnehmen."

„Wie soll ich dann wieder zurückkommen?"

„Du kannst bei mir über Nacht bleiben und etwas zu Essen bekommst du auch."

„Ich kann dafür zahlen."

„Das brauchst du nicht. Mir genügt es, wenn du mir etwas von der Welt erzählst, denn du siehst aus als wärest du schon weit herumgekommen."

„Damit bin ich einverstanden", antwortete Hartwig und half beim Packen. Er lud die restlichen Waren auf einen einachsigen Karren und spannte den Esel davor. Viel hatte der Bauer nicht mit nach Hause zu nehmen und sie liefen vor dem Esel auf dem Sandweg dahin. Unterwegs erzählte ihm Hartwig woher er kam und wohin er wollte. Vom Langobardenreich hatte der Mann noch nie etwas gehört und Reims, die Königsstadt, kannte er nur vom Hörensagen. Interessiert lauschte er Hartwigs Worten und stellte hin und wieder eine Frage, wenn er etwas nicht verstand.

Bevor es dunkel wurde, hatten sie die langgestreckte Dorfsiedlung erreicht. Die Frau und die älteste Tochter begrüßten den Bauern auf dem Hof.

„Ich habe uns einen Gast mitgebracht, der schöne Geschichten aus der weiten Welt erzählen kann. Heute Abend wollen wir ein Fässchen Wein aufmachen und uns anhören, was er zu sagen hat."

„Oft bringst du jemand aus der Stadt mit, damit du ein neues Weinfass anstechen kannst", meinte die Hausfrau lächelnd.

„Wenn es schon kein Schwiegersohn ist, mit dem ich trinken kann, sind es eben Männer, die etwas in der Welt herumgekommen sind."

Der Tochter gefiel dieser versteckte Vorwurf nicht und sie verschwand im Haus.

„Wenn du willst, gehen wir zuerst zu meinem Nachbarn. Du wolltest ihn doch sprechen."

Hartwig nickte. Am Tor des Nachbarn stand die Bäuerin und sah die Männer kommen.

„Hast du Galle geschluckt, dass du böse dreinschaust? Hol mir deinen Mann ans Tor", sagte er zu der Frau.

„Du kannst ihn selbst suchen, aber dieser fremde Kerl kommt mir nicht auf meinen Hof."

„Was bist du nur für ein garstiges Weib", murmelte der Nachbar in seinen Bart und ging in den Hof. Hartwig blieb vor dem Tor mit der Bäuerin stehen. Sie musterte ihn, wie eine Ware.

„Ihr Thüringer seid gute Sklaven und nicht billig auf dem Markt zu haben. Für einen von euch könnte man leicht zwei Slawen bekommen. Mir wären die lieber als dieser neunmalkluge Thüringer auf unserem Hof."

„Bist du nicht zufrieden mit ihm?"

„Immer weiß er es besser und mein Mann gibt ihm ständig recht."

„Als Sklave müsste er in erster Linie auf die Herrin hören", bemerkte Hartwig ironisch.

Sie erkannte die Spitze in seinen Worten nicht.

„Das habe ich meinem Mann auch gesagt, doch der behandelt mich als wäre ich eine dumme Gans."

Inzwischen kamen die beiden Bauern zum Tor.

„Willst du den Gast nicht hereinlassen!", schnarrte der Hausherr seine Frau an.

Hartwig beschwichtigte den Bauern.

„Es ist schon gut, sie mag Thüringer nicht. Ich kann mit meinem Landsmann hier draußen sprechen."

„Das kommt gar nicht in Frage. Immer noch habe ich das Sagen und bestimme ganz allein, wer auf meinen Hof darf oder nicht."

Verärgert drehte sich die Frau um und lief schnurstracks ins Haus.

„Lass uns in den Stall gehen, da werden wir meinen Sklaven finden", sagte der Bauer und lief quer über den Hof zum Kuhstall. Inmitten des Hofs befand sich ein Misthaufen, auf dem Hühner munter scharrten. Es war ein Vierseithof mit Scheune und Stallungen. Der Zugang zum Wohnhaus war nur über den Hof möglich. Ein Hund kam bellend auf Hartwig zu gerannt. Der Bauer schrie ihn an und der Hund verkroch sich in einer Ecke.

Ein Mann war damit beschäftigt, den Kühen Gras und Heu zu geben. Er ließ sich nicht ablenken und verrichtete seine Arbeit mit einer stoischen Ruhe.

„Udo, komm einmal her. Hier ist jemand der dich sprechen will."

„Ich bin gleich da, Herr!", rief Udo und stieß seine Gabel in den Grashaufen. Gemächlich kam er auf die Männer zu. Der Bauer wies auf Hartwig und sagte: „Dies ist ein Landsmann von dir. Er wollte wissen, wo du herkommst."

Udo sah den bärtigen jungen Mann befremdet an.

„Wie ein Thüringer siehst du nicht aus, eher wie ein Langobarde", erwiderte er.

„Ich komme jetzt aus dem Langobardenreich und begleite eine Gesandtschaft von König Wacho nach Reims."

„Dann musst du ein hoher Herr sein. Was willst du von einem Sklaven, wie mir?"

„Du siehst aus, wie Udo aus Alfenheim!"

Verwundert sah Udo den Langobarden an.

„Ich bin Hartwig aus Rodewin! Erkennst du mich?"

Der Sklave wich einen Schritt zurück und beäugte sein Gegenüber verwundert.

126

„Bist du es wirklich?", war das Einzige, was Udo noch sagen konnte.

Hartwig ging auf ihn zu und drückte ihn an seine Brust. Lange standen die Männer umschlungen da und keiner vermochte zu reden.

„Wir lassen euch allein", sagte der Bauer und ging mit seinem Nachbarn aus dem Kuhstall.

Nach einer Weile erschienen die beiden Thüringer in der Tür.

„Euer Wiedersehen soll gefeiert werden", sagte der Nachbar. „Ich lade euch alle zu mir ein und denke, wir werden heute viel zu hören bekommen."

Freudig ging er auf seinen Hof und informierte die Frau und die beiden Töchter.

Udo konnte es immer noch nicht glauben, Hartwig vor sich zu sehen.

„Ich werde die Kühe fertig füttern, dann ist die Arbeit getan."

„Mach nur! Ich unterhalte mich derweil mit deinem Herrn."

Hartwig ging mit dem Bauern zu der Linde, die neben dem Brunnen stand und setzte sich auf die Holzbank.

„Wie lange hast du den Sklaven?", wollte Hartwig wissen.

„Seit ein paar Jahren. Er kam mit einem Tross von Chlothars Kriegern hier vorbei. Auf einem Karren lagen vier halbtote Gestalten und ich fragte den Anführer, ob ich ihm einen Gefangenen abkaufen kann. Er antwortete, dass ich sie alle für ein kleines Silberstück haben darf und meinte, dass ich ein gutes Geschäft gemacht habe, wenn ich sie durchbekomme. Ich gab ihm die Münze. Zwei sind noch am selben Tag verstorben, doch die anderen beiden haben wir wieder auf die Beine gebracht. Einen schenkte ich meinem Bruder und den anderen behielt ich selbst. Die Tochter meines Nachbarn hat seine Wunden gepflegt und schon nach wenigen Wochen konnte er arbeiten. Mit ihm habe ich einen guten Griff gemacht. Er kennt sich in allen Arbeiten aus und ist fleißig wie kein anderer."

„Was hatte er für eine Verwundung?"

„Ihm steckte noch eine Pfeilspitze in der Brust und es hatte sich Eiter gebildet. Die Tochter vom Nachbarn hat sie selbst herausgeschnitten und die Wunde versorgt. Sie ist ein großartiges Mädchen. Ohne sie, wäre er gestorben."

Hartwig überlegte eine Weile. Er sah den Bauern an und suchte nach Worten.

„Würdest du mir deinen Sklaven verkaufen. Es soll dein Schaden nicht sein."

„Das geht nicht! Ich brauche ihn auf dem Hof. Er macht die ganze schwere Arbeit allein."

„Ich würde dir so viel Geld geben, dass du dir dafür drei Sklaven kaufen könntest."

„Die sind zurzeit nicht billig!"

„Ich kenne die Preise und weiß, dass man für einen kräftigen Mann ein Silberstück ausgeben muss."

„Wer soll sie anlernen? Keiner könnte das besser als Udo."

„Er kann als Knecht bei dir noch einen Mond lang arbeiten und den Leuten alles beibringen."

Der Bauer fing an zu überlegen. Es schien ihm ein gutes Geschäft zu sein. Die drei Slawen, die er auf dem Sklavenmarkt kaufen könnte, würden bestimmt nicht mehr als zwei Silberstücke kosten. Ihm bliebe eine Münze als reiner Gewinn übrig.

Der Nachbar kam zurück und setzte sich zu ihnen. Er wunderte sich, dass der Bauer in sich gekehrt war.

„Was hat er?", fragte er Hartwig.

„Ich habe ihm ein Angebot gemacht, seinen Sklaven Udo an mich zu verkaufen."

„Was will er für ihn haben?"

„Ich bot ihm drei Silberstücke."

„So viel Geld! Da überlegt er noch?"

Nach einer Weile streckte der Bauer seine Hand aus und Hartwig schlug ein.

„Das Geschäft ist abgemacht. Bis zum nächsten Vollmond ist er noch als Knecht bei mir und danach kann er nach Hause ziehen."

Hartwig zählte ihm die drei Silberstücke in die Hand. Freudig betrachtete der Bauer die glänzenden Münzen. Er steckte sie in den Geldbeutel am Gürtel, in dem sich nur kleine Kupfermünzen befanden. Sein Nachbar drängte. Er hatte Durst.

„Gehen wir zu mir. Meine Frau hat bestimmt schon das Weinfässchen angestochen."

Sie standen auf und sahen nach Udo, der gerade mit der Stallarbeit fertig wurde.

„Lasst uns das Wiedersehen feiern und folgt mir!", rief der Nachbar laut und ging voran.

Auf seinem Hof liefen die Vorbereitungen für ein kleines Festessen. Die Bäuerin hatte eine Hühnersuppe im Kessel angesetzt und war dabei, frisches Brot zu backen. Ihre beiden Töchter halfen eifrig mit. Die Männer setzten sich in der Wohnstube an den Tisch und probierten von dem selbstgekelterten Wein. Udo hielt sich zurück, denn es war ihm als Sklave nicht erlaubt, ohne die Einwilligung seines Herrn Wein zu trinken.

„Du darfst mit uns zusammen anstoßen Udo. Du bist ab jetzt nicht mehr mein Sklave, sondern ein freier Mann. Dein Freund aus Thüringen hat dich freigekauft."

Erstaunt sah Udo in die Runde.

„Einen Mond lang musst du mir jedoch noch als Knecht dienen, bis du nach Hause gehen darfst. In dieser Zeit sollst du die neuen Sklaven, die ich kaufen werde, anlernen. Ich nehme dich übermorgen auf den Markt mit, damit du mich bei der Wahl der Männer berätst."

Udo brachte kein Wort über die Lippen. Es schien ihm, wie im Traum.

„Trinken wir auf Udos Freiheit. Das ist ein guter Grund", rief der Bauer und hob seinen Tonbecher in die Höhe. Alle stießen an und tranken die Becher leer. Udo sollte erzählen, wie er in Gefangenschaft geriet.

„Es war in der Schlacht an der Unstrut. Zusammen mit meinem Vater kämpften wir an vorderster Stelle gegen die Feinde. Viele von ihnen hatten wir getötet, doch es folgten immer mehr nach. Mein Vater fiel durch einen Speer, den ihm ein fränkischer Reiter in die Brust stieß. Mich traf bald darauf ein Pfeil. Ich stürzte vom Pferd und wurde ohnmächtig. Als ich aufwachte, lag ich mit toten und verwundeten Kriegern am Ufer der Unstrut. Im Wasser waren viele Leichen aufgetürmt und die Leiber der toten Pferde stauten das Wasser an einigen Stellen. Ich stand auf und wollte den Pfeil aus meiner Brust ziehen. Dabei brach die Eisenspitze ab."

Udo musste eine Pause machen. Die Gedanken an die Schrecken der Schlacht nahmen ihn sehr mit.

„Wer von unseren verwundeten Kriegern noch laufen konnte, der wurde von den Siegern zusammengetrieben. Die anderen Verwundeten haben sie einfach erstochen oder mit ihrer Franziska erschlagen. Alle Gefangenen hatte Chlothar sofort in sein Königreich bringen lassen, um sie als Sklaven zu verkaufen. Meine Wunde hatte sich inzwischen entzündet und es ging mir schlecht. Wie durch ein Wunder bin ich hier gelandet und die Tochter des Bauern hat mich gesund gepflegt. Ohne sie, würde ich nicht mehr leben."

Der Nachbar war sehr gerührt von der Erzählung.

„Sie ist ein braves Kind, meine Große", bemerkte er nicht ohne Stolz.

Udo erzählte weiter.

„Was mit den anderen passiert ist, weiß ich nicht. Bestimmt sind viele von ihnen gestorben."

„Was willst du tun, mit deiner neu gefundenen Freiheit?", wollte der Bauer wissen.

„Ich werde auf meinen Hof zurückkehren und hoffe, dass er nicht verwüstet ist."

„Wartet dort deine Frau und Kinder auf dich?", wollte der Bauer wissen.

„Ich habe noch keine eigene Familie."

„Aber ganz bestimmt eine Braut."

Udo sah verlegen zu den Frauen.

Er zögerte mit einer Antwort.

„Es wartet niemand auf mich, außer meine Mutter und die jüngere Schwester, wenn sie noch am Leben sind."

Der Bauer hoffte, dass Udo bei ihnen im Ort bleiben würde. Im Rahmen der Nachbarschaftshilfe könnte er ihm bei der Aussaat und Ernte helfen.

„Im Nachbarort gibt es ein Gehöft, das zum Verkauf steht. Es ist seit Jahren verfallen und wenn sich niemand findet, der es nimmt, wird in ein paar Jahren nichts mehr davon da sein. Du bist geschickt in allen Dingen und wirst es bald wieder auf Vordermann bringen können. Das Geld leihe ich dir und nach einer Braut können wir uns inzwischen für dich umsehen."

Udo schwieg.

„Sag schon, wie findest du diesen Vorschlag!", drängte ihn sein früherer Herr.

„Ich werde lieber in die Heimat ziehen und wegen der Braut wüsste ich schon eine."

Verblüfft sahen alle zu Udo.

„Sie lebt hier im Ort. Ich weiß jedoch nicht, ob sie mit mir nach Thüringen gehen wird?"

„Frag sie doch!", rief der Bauer lachend in die Runde.

„Das geht nicht leicht!", gab Udo schüchtern zu verstehen.

„Als ich meine Frau kennenlernte, war ich nicht zurückhaltend. Ich habe sie einfach gefragt, ob sie mich will. Nun sind wir viele Jahre verheiratet und haben zwei hübsche Töchter. Wenn die noch unter der Haube sind, wollen wir zufrieden sein mit unserem Leben."

Der Bauer drängte Udo, endlich zu verraten, wer die Glückliche sein könnte.

Udo sah die ältere Tochter des Nachbarn an.

„Sie würde ich gern zur Frau nehmen", sagte er halblaut.

Alle schwiegen betroffen.

„Hast du soeben um die Hand meiner Tochter angehalten? Du kannst sie nicht kriegen, du bist ein Sklave und mittellos!"

„Das stimmt nicht!", meldete sich Hartwig spontan zu Wort.

„Udo ist jetzt ein freier Mann und auch nicht ohne Habe. Sein Hof ist einer der größten im Oberwipgau und den Brautpreis kann ich für ihn bezahlen."

Verdutzt sah der Mann zu seiner Frau.

„Was sagst du dazu, Weib?"

„Soll doch unsere Tochter entscheiden, ob sie ihm folgen will", schlug sie vor.

„Damit bin ich einverstanden!" erwidert der Bauer und sah zu seiner Tochter.

Mit hochrotem Kopf stand sie inmitten des Raums und wusste nicht, was sie sagen sollte.

„Hör mich an, Große. Was hältst du vom Heiraten. Du bist jetzt alt genug und Udo sagte uns, dass er dich gern zum Eheweib nehmen würde. Willst du das auch?"

„Ja, Vater!"

„Vorher müssen wir uns jedoch noch über den Brautpreis einig werden."

„Udo hat doch kein Geld", erwiderte sie enttäuscht.

„Dann kann er dich nicht bekommen!", entgegnete ihr Vater.

Enttäuscht wand sich die Tochter ab und rannte weinend in die Küche.

Es entstand eine betroffene Stille. Hartwig wollte wissen, wie hoch der Brautpreis wäre, den der Bräutigam an die Eltern der Braut zu entrichten hätte. Der Nachbar überlegte und schien in Gedanken den Verlust der Arbeitskraft seiner Tochter auf seinem Hof in Geld abzuschätzen. Ihm war bewusst, dass Udo kein eigenes Geld besaß, doch sein langobardischer Freund schien vermögend zu sein. Vielleicht würde er ihm aushelfen. Immerhin hatte er ihn für drei Silberstücke freigekauft. Diese Geldsumme fand er als Brautgabe angemessen.

Skeptisch sah er in die Runde und formulierte seine Forderung.

„Ich denke, dass drei Silberstücke nicht zu viel sind. Dafür könnte ich mir, wie mein Nachbar, auf dem Markt ein paar Sklaven kaufen, die die Arbeit meiner Tochter übernehmen."

Er sah fragend zu Udo und dann zu Hartwig und überlegte ob seine Forderung zu hoch gegriffen war.

„Für die Brautgabe komme ich auf", erbot sich Hartwig.

„Na, dann ist ja alles geregelt und ihr könnt schon morgen Verlobung feiern", meinte zufrieden der Brautvater.

Alle schienen überglücklich und besonders die Brautleute. Die Frauen zogen sich in die Küche zurück, um das Essen fertig zu machen. Der Geruch von frischem Brot durchströmte den Raum.

Hartwig fragte den Nachbarbauern, wo seine Frau wäre.

„Die ist daheim."

„Wir sollten sie holen, denn durch sie habe ich heute den Weg von Strateburgum hierher gefunden. Sie hatte mich an der Sprache als Thüringer erkannt und gesagt, dass auf eurem Hof ein Landsmann als Sklave arbeitet."

„Wenn du den Ärger nicht vermeiden willst, hole sie nur. Wir kennen sie zu gut und lassen uns nicht gern den Abend verderben", gab der Bauer zur Antwort und verzog missgestimmt sein Gesicht.

Hartwig ging allein zum Nachbarhof und fand die Frau in der Küche.

„Was willst du schon wieder hier. Ich habe dir doch gesagt, dass ich dich auf meinem Hof nicht sehen will."

„Vergiss deinen Ärger und komm mit zum Nachbarn. Wir haben etwas zum Feiern."

„Was kann das schon sein. Da bleibe ich lieber an meinem Herd."

„Udo, euer Sklave ist frei."

„Das kann nicht sein! Hat mein Mann den Verstand verloren?"

„Er kauft in ein paar Tagen drei neue auf dem Markt und vielleicht ist da eine Frau für deine Hauswirtschaft dabei, damit du dich nicht plagen musst."

Die Bäuerin schien zu überlegen und rührte unschlüssig in dem Suppenkessel herum.

„Eine Sklavin würde mir gefallen, der ich allein zu befehlen habe."

„Das musst du mit deinem Mann in Ruhe besprechen. Doch jetzt begrabe deinen Zorn und komme mit mir hinüber zum Nachbarn."

„Ich muss die Suppe noch fertigmachen und bringe sie mit", erwiderte die Frau kurz.

Emsig rührte sie weiter und schien den Vorschlag mit der Sklavin zu überdenken. Hartwig verschwand aus dem Haus. Er hatte sein Bestes getan.

Beim Nachbarn stand die Hühnersuppe auf dem Tisch. Frisches Brot lag in einem Weidenkorb. Alle saßen auf ihren Plätzen und warteten auf Hartwig. Ihm wurde der Platz neben dem Hausherrn zugewiesen. Der sprach ein kurzes Gebet und dankte Gott für seine Gaben. Nach dem „Amen" schöpfte er aus dem Kessel die Suppe in die einzelnen Holzschalen und brach das Brot in kleine Stücke. Die kräftige Hühnerbrühe schien allen gut zu schmecken. Lautes Schmatzen zeigte es an. Jeder war mit sich und dem Essen beschäftigt.

Da stand auf einmal die Nachbarin mit ihrem Suppenkessel in der Tür.

„Komm zu uns und setz dich an den Tisch. Meine Frau bringt dir noch eine Schüssel und einen Löffel."

Die Frau des Bauern nahm Platz und fing zögerlich an zu essen. Sie schien sich in der Gesellschaft nicht wohl zu fühlen und äugte mal zu dem einen, mal zu dem anderen.

„Ich habe meine Suppe mitgebracht. Wer will, kann davon essen."

Alle schwiegen und starrten in ihre leeren Schalen. Hartwig brach das Schweigen und bat um eine Schöpfkelle von ihrer Suppe. Das Gesicht der Nachbarin leuchtete auf. Sie sprang von ihrem Schemel hoch und gab ihm eine große Portion. Vorsichtig kostete Hartwig und nickte zufrieden. Jetzt versuchten es auch die anderen und die Nachbarin war es zufrieden.

„Der Langobarde sagte mir, dass es etwas zum Feiern gibt. Worum geht es?", wollte sie wissen.

„Udo ist freigekauft worden", sagte ihr Mann.

„Wer soll dann die Arbeit auf dem Hof und Feld machen. Mit mir kannst du nicht rechnen. Ich schaffe den Haushalt kaum allein."

„Ich werde ein paar Sklaven kaufen, die seine Arbeit erledigen."

„An mich hast du dabei nicht gedacht. Ich brauche jemand, der mir im Haus hilft. Kaufe mir eine Sklavin, die mir zur Hand geht und der nur ich etwas zu sagen habe."

„Wenn du mich dann in Ruhe lässt, sollst du sie haben", erwiderte mürrisch ihr Mann.

Sie hatte erreicht, was sie wollte, stand auf und ging schnurstracks zurück in ihr Haus. Alle atmeten erleichtert auf.

„Ärgere dich nicht wegen der Sklavin, die sie will. Vielleicht kann die dann besser kochen", meinte der Nachbar trocken.

Lautes Gelächter erschallte und die Unterhaltung ging ungezwungen weiter.

Es wurde Verlobung gefeiert. Die Brautleute konnten es nicht fassen. Ihr Glück spiegelte sich in ihren Gesichtern wider und sie schmiedeten Zukunftspläne. Viele Kinder wollten sie haben, doch zunächst mussten sie heiraten. Schwierigkeiten türmten sich auf. Udo musste zuvor den katholischen Glauben annehmen und sich taufen lassen. Ihm fiel es schwer, sich von seinen nordischen Göttern abzuwenden, doch für seine Retterin und Braut würde er alles tun.

136

Am frühen Morgen besuchten der Brautvater und Hartwig den katholischen Priester, der in dem größeren Nachbarort auf einem Bauernhof lebte. Er war Seelsorger und Bauer zugleich. Als sie ankamen, unterbrach er seine Arbeit im Stall und lief, ihnen voran, zum Haus.

„Was kann ich für euch tun?", begann er.

„Meine Tochter will heiraten!"

„Das ist schön. Sie ist in einem Alter, wo man nicht lange warten sollte und wer ist der glückliche Bräutigam."

„Es ist Udo, der Sklave unseres Nachbarn."

„Das geht nicht!", platzte der Priester heraus.

„Er ist gestern freigekauft worden!", bemerkte der Bauer schüchtern.

„Dann ist das etwas anderes. Ist er auch Christ?"

Fragend sah der Bauer zu Hartwig.

„Er ist Germane, doch sagte er mir gestern, dass er bereit wäre, sich taufen zu lassen."

„Diese Einsicht ist gut und es ist mir lieber, dass er ein Heide ist und nicht zu den Arianern zählt."

Der Bauer schien nicht zu verstehen, worum es ging. Unsicher sah er zu Hartwig.

„Dann müssten wir den Bräutigam vor der Heirat noch taufen. Das wäre in etwa einem Monat möglich."

„Geht es nicht früher, denn mein Freund will bald nach Thüringen auf seinen Hof zurückkehren."

Der Priester verzog bedauernd den Mund.

„Ich wäre gern bereit, eurem Gotteshaus eine kleine Spende zukommen zu lassen, wenn die Hochzeit in einem Monat stattfinden könnte", gab Hartwig zu bedenken.

Der Priester zögerte und überlegte eine Weile.

„Das Dach von unserem Kirchenhaus hat eine schadhafte Stelle und müsste dringend repariert werden. Das würde bestimmt zehn Silberstücke kosten."

„An eine Spende in dieser Höhe habe ich gedacht. Es ist mir sehr wichtig, dass ich meinen Freund und seine Frau bald in Thüringen begrüßen kann."

Misstrauisch betrachtete der Gottesmann Hartwig.

„Thüringen ist eine fränkische Provinz, was hat dort ein Langobarde verloren?"

„Ich sehe nur aus, wie ein Langobarde, doch bin ich ein Franke."

„Das kann ich mir gar nicht vorstellen", entgegnete ungläubig der Priester.

Hartwig zeigte ihm seine Medaille, die er an einem Lederband auf seiner Brust unter dem Hemd trug. Der Priester besah sie sich und wich erschrocken zurück.

„Ich konnte nicht ahnen, wer ihr seid, mein Herr. Natürlich komme ich eurer Bitte mit dem Hochzeitstermin nach."

Hartwig stand auf und legte dem Priester die versprochenen Silbermünzen auf den Tisch.

„Ich freue mich, dass wir uns verstehen", sagte er und verließ mit dem Bauern den Hof.

Vor dem Tor wollte der Brautvater wissen, warum sich der Priester auf einmal unterwürfig verhielt. Hartwig verriet es ihm nicht. Der Priester hatte an der Medaille erkannt, dass er ein fränkischer Graf war.

Am nächsten Morgen brach der Bauer mit Udo zeitig nach Strateburgum zum Markt auf. Hartwig begleitete sie. Er hatte in der Nacht nur wenig geschlafen und sah daher etwas mitgenommen aus. Noch bevor die Gesandtschaft aufgestanden war, saß er in der Gaststube und bestellte Brei mit Früchten. Der Wirt erzählte ihm, dass der Gesandte mit seinen Männern erst spät von ihrer Stadttour zurückgekommen waren und bestimmt nicht bald erscheinen würden.

„Das kümmert mich nicht", meinte Hartwig schelmisch. „Wenn die Sonne am Horizont erscheint, wollen wir abreisen. Also werde ich die Herren wecken."

„Das will ich nicht mit anhören", jammerte der Wirt und verschwand in der Küche.

Hartwig nahm von dem Küchenregal einige metallene Töpfe und Tiegel. Er ging damit hinauf in das Obergeschoß, zu den Schlafräumen. Dort warf er alles die Treppe hinunter. Polternd rasselten die Sachen über die Holzstufen zu Boden. Es machte einen solchen Lärm, dass man glauben konnte, das Haus würde einstürzen. Alle Mägde und Gäste rannten aus ihren Schlafräumen und sahen entsetzt auf die umherliegenden Gegenstände.

Der Gesandte schrie: „Welche blöde Magd hat da nicht aufgepasst. Noch nicht mal in Ruhe schlafen kann man in diesem Saustall."

Unten in der Gaststube saß Hartwig. Er löffelte ruhig seinen Frühstücksbrei und begrüßte mit einem „guten Morgen" seine Reisegefährten.

„Bist du endlich da, du Herumtreiber!", schrie ihn Rudolf an.

„Pünktlich, wie versprochen", entgegnete Hartwig lachend.

Es dauerte nicht lange und die gesamte Reisegesellschaft saß auf den Pferden. Die Nacht hatte allen ziemlich zugesetzt. Mancher schien unterwegs aus dem Sattel zu fallen. Langsam trabten sie in Richtung Metz.

Spät erreichten sie eine kleine Stadt. Sie kamen zur Mittagszeit an und kehrten in der ersten Herberge ein, die sie fanden. Hier wollten sie übernachten. Der Gesandte wurde wieder gesprächig. Nachdem sie gegessen hatten, wollte er von Hartwig wissen, was er die ganze Zeit allein gemacht hatte.

„Ich habe mir die Stadt angesehen", antwortete er kurz.

„Bei uns hättest du bleiben sollen. Der Handelsmann war sehr spendabel und hat uns alle eingeladen."

„Die Sehenswürdigkeiten der Stadt hat er euch auch gezeigt?"

„Nicht direkt, aber er hat uns an Orte geführt, wo man sehr viel erleben kann. Die schönsten Mädchen der Stadt lagen uns zu Füßen und sie haben uns jeden Wunsch von den Augen abgelesen. Das waren zwei Nächte, die wir nicht vergessen werden", prahlte Rudolf.

Er blickte in die Runde und alle nickten.

„Erzähl schon, was du getan hast?", drängte der Gesandte.

„Mich hat ein Bauer auf dem Markt zu sich nach Hause eingeladen und ich bin ihm gefolgt."

„Er hatte wohl eine hübsche Tochter?"

„Zwei sogar!"

„Sag ich's doch, unser Thüringer ist ein richtiger Schwerenöter, der sich an die unbescholtenen Töchter der Bauern heranmacht. Wir gönnen es dir. Jeder von uns hat seine Vorlieben für die Weiblichkeit. Wir wollen nichts Näheres wissen. Hauptsache es hat dir Spaß gemacht."

Das Thema schien vom Tisch zu sein. Der Gesandte fragte Hartwig, wie sie am schnellsten zum Ziel kommen konnten.

„Ich würde vorschlagen, dass wir über Metz nach Reims reisen."

„Wieso das? Das ist doch ein Umweg."

„Wie ich in Strateburgum hörte, hat König Theudebert einen Teil seiner Verwaltung nach Metz verlegt und hält sich oft dort auf. Die Stadt liegt nur eine Tagesreise vom direkten Weg entfernt und vielleicht ist er gerade da."

„Wenn es nicht länger dauert, folgen wir deinem Rat. Es wird Zeit, dass wir Theudebert sprechen. Meine alten Knochen spüren die Strapazen des Rittes."

„Ich werde euch hier schon verlassen müssen, denn ich werde auf direktem Weg nach Paris weiterreisen", sagte der illyrische Handelsmann entschuldigend.

„Das bedaure ich sehr. Einen Wegbegleiter, wie dich, hatte ich noch nie. Du bist mir wie ein Bruder."

„Auch mir tut es leid, dass unsere gemeinsame Reise zu Ende geht. Vielleicht sehen wir uns einmal wieder. Wenn es nicht im Frankenreich ist, dann vielleicht in Pannonien, in eurer Heimat."

„Jederzeit bist du mir ein willkommener Gast", erwiderte der Gesandte und stand vom Tisch auf, um den Handelsmann gebührend zu verabschieden. Die beiden Männer umschlangen sich mit den Armen als wären sie Verwandte. Dabei fiel dem Gesandten das Lederfutteral mit dem Passierschein auf den Fußboden und rollte unter den Tisch. Der Handelsmann bückte sich und half beim Suchen. Nach einer Weile hielt er das Futteral in der Hand und übergab es dem Langobarden. Er hatte es plötzlich eilig. Bis zum Abend wollte er noch ein großes Stück des Weges hinter sich lassen. Rudolf hatte dafür Verständnis und brachte seinen neuen Freund persönlich auf den Hof, wo die beiden Sklaven mit den Pferden warteten. Der Abschied fiel ihm schwer und noch lange stand er da und sah den dahinziehenden Männern nach.

Ab Strateburgum war deutlich der Wohlstand der Menschen erkennbar. Gut bestellte Felder und schöne Siedlungen prägten das Bild in der Landschaft. Überall trafen sie auf Leute, die gutgelaunt ihrer Arbeit nachgingen. In den Herbergen waren die Schlafräume besser als im Langobardenreich. Nach dem Abzug der Römer hatten sich die Alamannen westlich des Rheins angesiedelt und vieles von der römischen Lebensart angenommen, die sie dort vorfanden. Die von den Hunnen zerstörten Städte wurden nach dem Sieg auf den Katalaunischen Feldern im Jahr 451 wieder aufgebaut. Im Heer der Hunnen befanden sich auch Krieger der unterworfenen germanischen Stämme, der Heruler und Thüringer. Es soll doppelt so groß gewesen sein, wie das der Römer, die von den Westgoten, Burgundern und Franken unterstützt wurden. Es war die erste Schlacht, die Attila verloren hatte. Der Mythos seiner Unbesiegbarkeit ging verloren und wenige Jahre danach zogen die Hunnen wieder nach Osten in ihre Steppen.

5. Reims in der Champagne

Die Gesandtschaft ritt auf der gut erhaltenen Straße in Richtung Norden nach Metz. Auch diese Stadt war nach der Zerstörung durch die Hunnen wiederaufgebaut worden und unter den Merowingern die Hauptstadt des ostfränkischen Reiches Austrasien. Von der Ferne war die Stadtmauer zu sehen. Dennoch würde die Gesandtschaft die Stadt nicht vor dem Dunkelwerden erreichen. Hartwig riet in einer der Herbergen in den Vororten zu übernachten. Der Gesandte lehnte ab.

„Wir kommen mit unserem Passierschein zu jeder Tages- und Nachtzeit in die Stadt hinein. Da werden wir doch nicht in der Provinz über Nacht bleiben. Die hübschen Weiber von Metz warten schon auf uns."

Er gab seinem Pferd die Sporen und galoppierte auf dem Weg voran. Als er erkannte, dass seine Männer mit den Packpferden zurückblieben, hielt er an und wartete auf sie.

„Trödelt nicht wie alte Weiber, die am Brunnen Wasser holen. Wir wollen die Gasthäuser von Metz unsicher machen. Der Handelsmann sagte mir, dass es da noch toller zugeht als in Strateburgum."

Obwohl die Stadtmauern und Türme seit langem sichtbar waren, zog sich der Weg unendlich lang hin. Es wurde dunkel. Einige Bauern kamen ihnen mit ihren leeren Karren entgegen. Sie hatten gerade noch das Schließen der Stadttore abgepasst. Später als gedacht erreichten die Langobarden das Südtor. Der Gesandte rief hinauf zu den Zinnen.

„Wachleute, öffnet das Tor!"

„Hast du einen Passierschein?"

Rudolf griff nach dem Futteral in seiner Brusttasche und wollte das Pergament herausnehmen.

Er konnte es nicht finden.

„Potz Blitz, was soll das? Der Passierschein war immer hier drin."

„Wenn du ihn gefunden hast, kannst du nochmals anklopfen", rief der Wachmann lachend.

„Ich komme von König Wacho! Macht mir sofort auf!", schrie der Gesandte zu dem Mann hinauf.

„Selbst, wenn du der Kaiser von Ostrom wärst, kommst du ohne Passierschein um diese Zeit nicht herein. Warte bis es Tag wird!"
Verärgert wandte sich der Gesandte an Hartwig.

„Tu endlich was! Du hast uns schließlich hierhergeführt."

„Ich riet im Vorort zu bleiben, jetzt können wir nur sehen, dass wir einen gemütlichen Platz neben dem Stadttor finden."
Es blieb nichts anderes übrig als im Freien zu übernachten. Rudolf zermarterte sich den Kopf, wo der Passierschein sein konnte. Er hatte ihn immer bei sich gehabt und zuletzt in Toul vorgezeigt. Jetzt erinnerte er sich, dass bei der Verabschiedung des Handelsmanns das Futteral aus seiner Brusttasche gefallen war. Ihm kam in den Sinn, dass nur der Illyrer das Dokument unbemerkt entnehmen konnte. Der Gedanke an diese Niederträchtigkeit ließ ihn nicht einschlafen.
Hartwig freute es. Er hätte die ungute Situation ändern und sich am Stadttor als fränkischer Graf ausweisen können, doch das tat er absichtlich nicht. Die Schadenfreude wog den schlechten Schlaf auf.
Kaum, dass sich die Sonne über den Hügeln vor der Stadt zeigte, wurden sie von einem schrillen Ton des Signalhorns der Torwache geweckt. Rudolf schreckte auf und schrie: „Angriff!"

Verstört blickte er um sich. Erst jetzt erkannte er, wo er sich befand.

„Ich meine ‚Fertig machen!‘. Reiten wir in die Stadt", sagte er verlegen.

Schmunzelnd sattelte Hartwig seinen weißen Hengst und ritt mit den anderen zum Tor. Dort hatten sich bereits viele Bauern mit ihren Karren voller Gemüse und anderen Sachen eingefunden. Knarrend wurden die schweren Seitenflügel des Holztores nach innen geschwenkt. Der Gesandte musste sich mit seinen Männern in die lange Warteschlange einordnen und geduldig warten.

Beim Passieren des Tors hielten ihn die Wachen zurück.

„Hast du deinen Passierschein gefunden?", fragte ihn einer der Wachleute und die anderen lachten.

„Wer den Schaden hat, braucht für Spott nicht zu sorgen!", presste Rudolf wütend hervor und ritt mit grimmiger Miene weiter.

Auf dem Marktplatz hielten sie an. Hartwig sollte sich nach einer passenden Herberge umsehen. Sie brauchten nicht lange suchen, denn sie standen vor einem äußerlich gutaussehenden Haus mit einer entsprechenden Kennzeichnung. Mit Kennerblick eilte der Wirt herbei. Er begrüßte die Herren höflich und hoffte, dass sie bei ihm einkehren würden. Der Gesandte stieg vom Pferd und überließ es den Stallknechten.

„Wir wollen frühstücken, aber ein bisschen plötzlich", schrie er den Wirt an.

Der überhörte das unfreundliche Gebaren des Fremden und lief in die Küche.

Erst nach dem Frühstück verbesserte sich die Laune des Anführers der Gesandtschaft. Er fragte den Wirt, ob König Theudebert in der Stadt wäre.

„Das kann ich nicht sagen. Dazu müsst ihr zur Verwaltung gehen. Die ist nicht weit weg. Ihr könnt bis dorthin laufen."

„Los, Männer, marsch!"

„Vielleicht ist es besser, wenn ich allein gehe und mich in der Verwaltung erkundige, ob der König in der Stadt ist", schlug Hartwig vor.

Der Gesandte verzog das Gesicht, doch schien er über den Vorschlag nachzudenken.

„Ich denke es genügt, wenn wir dich vorschicken. Ich muss mir erst einmal den Staub von den Kleidern klopfen. Mache gleich einen Termin bei Theudebert aus, damit ich ihn sprechen kann. Unser Anliegen ist sehr dringend."

Hartwig ging zum Brunnen auf dem Marktplatz. Dort stand ein längliches Steinbassin, das zum Tränken der Pferde verwendet wurde. Hier wusch er sich den Staub aus dem Gesicht. Die umstehenden Frauen und Kinder begafften ihn, wie einen Mann aus einer anderen Welt. Wahrscheinlich war es sein langer Bart, der die Umstehenden verwunderte. Ihm wurde bewusst, dass er damit nicht in die Residenz gehen konnte. Er suchte einen Barbier auf und ließ sich rasieren. Danach kaufte er ein neues Gewand, das der fränkischen Mode entsprach. Er gefiel sich darin besser und ließ sich den Weg zu dem Verwaltungsbezirk zeigen.

Mehrere große Gebäude standen hufeisenförmig zusammen. Schon am Hofeingang musste er sich ausweisen. Er zeigte dem Wachmann seine Medaille. Der rief den Vorgesetzten der Wache. Mit großer Ehrerbietung wurde Hartwig angesprochen und gefragt, wen er besuchen will.

„Ich möchte den König sprechen."

„Das ist leider nicht möglich. Er ist nicht hier."

„Wo kann ich ihn finden?"

„Er wird möglicherweise in Reims sein. Ich kann es nicht genau sagen. Vielleicht weiß es einer der ranghohen Beamten, ich gebe euch einen Wachmann mit, der den Weg zeigt."

Hartwig bedankte sich und der Wachmann ging voran in das mittlere Verwaltungsgebäude. Es war neu errichtet worden, das konnte er am Geruch erkennen. Endlose Gänge führten zu den einzelnen Räumen."

„Wen wollt ihr sprechen?", fragte ihn der Wachmann.

„Bring mich zu dem höchsten Beamten!"

Das Verwaltungsgebäude hatte zwei Stockwerke. Im obersten befanden sich die Räume des Königs. Der Wachmann führte Hartwig die Treppe hinauf zur obersten Galerie und klopfte an eine Eichentür. Er meldete Hartwig an. Der Beamte kam aus dem Zimmer und rief begeistert: „Ist das eine Überraschung! Hartwig, ich freue mich, dich wiederzusehen. Wie ist es dir ergangen? Komm herein."

Der Beamte hielt die Tür zu seinem Amtszimmer weit geöffnet und ließ den Freund aus alten Zeiten eintreten. Es war ein fein ausgestatteter Raum, geeignet zum Repräsentieren.

„Lieber Berthold, du lebst hier wie ein König", bemerkte Hartwig anerkennend.

„Es sind die Räume, in denen sich Theudebert aufhält, wenn er einmal da ist. Ich bin jetzt sein höchster Beamter in der Verwaltung für die Ostprovinzen und genieße das Privileg, diese Räume nutzen zu dürfen."

„Ich gratuliere dir zu der Beförderung. Du bist somit Herr über das ehemalige Thüringer Königreich."

„So gesehen ja, was die Verwaltung betrifft. Natürlich hat der König das erste und letzte Wort, auch in Verwaltungsangelegenheiten."

„Ich verstehe, mein Freund. Kannst du mir sagen, wo sich der König jetzt aufhält. Ich bin mit einer langobardischen Delegation hier und die will ihn sprechen."

„Wahrscheinlich geht es um die Heirat mit der Tochter von König Wacho."

„Ja, darum geht es!"

„Ich kann dir da leider nicht helfen. Unser König ist sehr selten in seiner Residenz in Reims und noch seltener bei uns in Metz. Die letzten Nachrichten von ihm bekam ich aus Cabrières."

„Dann wird er bei seiner Frau Deuteria sein", mutmaßt Hartwig.

„Mehr erfährst du in Reims. Vielleicht ist er gerade unterwegs dorthin."

Berthold zeigte Hartwig die anderen Räume des königlichen Verwaltungsgebäudes. Er lud seinen Freund zu sich nach Hause ein und erklärte ihm den Weg dorthin. Sie wollten bei einem Becher Wein die alten Zeiten wiederaufleben lassen.

Nachdem sie sich verabschiedet hatten, ging Hartwig zum Stadthauptmann, um sich einen neuen Passierschein für die Gesandtschaft ausstellen zu lassen. In der Verwaltung hatte er erfahren, dass der Stadthauptmann in einem Gebäude, neben dem West-Tor zu finden sei. Von diesem Tor führte die Straße nach Reims. Ein Wachmann brachte ihn zu seinem Vorgesetzten. Beide Männer standen sich gegenüber und sahen sich überrascht an.

„Bist du nicht der ehemalige Leibsklave des Königs?", fragte der Hauptmann Hartwig.

„Und du warst einer seiner Leibwächter. Ich erkenne dich wieder, obwohl du etwas Speck angesetzt hast."

„Das ist das gute Essen und die Ruhe in meinem Amt", rechtfertigt sich der Hauptmann lachend.

„Fehlt dir das Herumziehen im Reich, von einem Ort zum anderen nicht ein wenig?"

„Manchmal würde ich gern tauschen, doch ich habe jetzt eine Familie, ein schönes Weib und zwei Kinder."

„Das freut mich für dich", entgegnete Hartwig und setzte sich auf den angebotenen Stuhl.

„Du bist doch auch verheiratet, wenn ich mich recht erinnere."

„Meine Familie lebt im Osten von Thüringen. Ich habe sie mehr als ein Jahr nicht mehr gesehen."

„Wo treibst du dich herum?", wollte der Hauptmann wissen.

„Ich begleitete die Thüringer Königin auf ihrer Flucht nach Ravenna und danach hat mich der Langobardenkönig Wacho gebeten, seine Gesandtschaft ins Frankenreich zu führen. Wenn wir Theudebert gefunden haben, kehre ich endlich wieder nach Hause zurück."

„Das wird nicht leicht sein, unserem König zu begegnen. Immer ist er an einem anderen Ort und keiner kann genau sagen, wo er sich gerade aufhält. Wenn du es nicht eilig hast, kannst du mit mir gemeinsam Mittag essen. Ich sage meiner Frau Bescheid, dass ich einen Gast mitbringe. Bei einem Glas Wein lässt es sich viel besser erzählen."

Ohne eine Antwort abzuwarten rief er durch das Fenster einem Wachmann etwas zu und wand sich wieder zu Hartwig.

„Solange ist es gar nicht her, dass du dem König das Leben gerettet hast", sagte er gedankenverloren zu Hartwig.

„Mir kommt es wie eine Ewigkeit vor."

„Es hätte der Leibwache das Leben gekostet, wenn du nicht mutig gewesen wärst."

„Ich stand dem König am nächsten. Niemand hätte ahnen können, dass sein Freund ihn ermorden wollte."

„Warum bist du nicht im Dienst des Königs geblieben. Er hat dir die Freiheit und eine Grafschaft geschenkt. Für dich und deine Familie ist für alle Zeiten gesorgt."

Die Tür ging auf und eine kleine, stämmige Frau kam mit einem Weidenkorb im Arm in die Amtsstube.

„Dies ist mein alter Freund Hartwig, der einst der Leibsklave unseres Königs war."

Mit einem Knicks begrüßte die Frau des Hauptmanns den Thüringer.

„Mein Mann hat schon viel von dir gesprochen, von deinem Mut und deiner Bescheidenheit."

Hartwig sah verlegen zu Boden. Komplimente war er nicht gewöhnt. Der Hauptmann bat seine Frau zu bleiben und sich mit anzuhören, was Hartwig zu erzählen hatte, doch sie wollte sich um das Essen kümmern.

„Was ist passiert als du in die Heimat zurück bist. Als fränkischer Graf wird man dich würdig empfangen haben."

„Der Thüringer König hielt mich für einen Verräter und hat mich gemieden. Nach seinem Tod bat mich sein Sohn Amalafred die Königin Amalaberga, auf der Flucht nach Ravenna zu begleiten."

„Wieso führst du dann die Langobarden hierher?"

„König Wacho hat vielen von meinen Landsleuten Zuflucht in seinem Reich gewährt und mich gebeten seine Gesandtschaft zu König Theudebert zu bringen. Ich bin es ihm schuldig."

„Er soll ein grober Gesell sein, was man von den Handelsleuten hört."

„Es wird nicht alles stimmen, was sie berichten."

„Das denke ich auch. Schnell wird etwas gesagt, das gar nicht der Wahrheit entspricht. Bist du mit der Gesandtschaft gut untergebracht?"

„Die Herberge ist sauber und das Essen gut. Wenn sich die Laune des Gesandten bessert, ist auch er zu ertragen."

„Gab es Ärger?"

„Ein Handelsmann hatte sich uns ab Ratisbona angeschlossen und möglicherweise hat er den Passierschein des Gesandten gestohlen. Von Toul ist er nach Paris weitergezogen, um Schmuck und Edelsteine an den Königshöfen zu verkaufen."

„Woher kam er?"

„Aus Illyrien! Ich fragte seine Leute ein wenig aus, doch die blieben sehr bedeckt. Sie verrieten jedoch, dass er ein gutes Verhältnis zur Kaiserin Theodora hat."

„Ich hörte, dass die Kaiserin sich nicht nur für Schmuck interessiert, sondern gehörig in den Geschäften ihres Ehemanns Justinian mitmischen soll. Vielleicht ist der Handelsmann einer ihrer Spione oder sogar noch Schlimmeres."

Hartwigs Magen fing an zu Knurren. Der Stadthauptmann hörte es.

„Lass uns gehen. Meine Frau wird bereits mit dem Essen auf uns warten", bemerkte er und stand auf.

Der Hauptmann wohnte nicht weit entfernt von seiner Amtsstube. Es war ein kleines Häuschen, das an die Stadtmauer angelehnt war und mit ihr verschmolzen schien. Davor befand sich ein Gärtchen, in dem allerlei Kräuter und Blumen wuchsen.

Die Hausfrau stand am Herd und rührte die Suppe mit einem Holzlöffel um.

„Was gibt es gutes?", fragte ihr Mann und fächelte sich den Duft oberhalb des Suppenkessels zu.

„Kräutersuppe, wie du sie magst!", antwortete die Hausfrau stolz.

Die Männer setzten sich an den massiven Tisch. Das Baby fing plötzlich an zu schreien. Die Frau musste sich um das Kind kümmern. Der Hauptmann füllte die Suppenschüsseln und trug sie zum Tisch. Er stellte einen Weidenkorb mit frischem Brot daneben. Seine Frau saß neben ihm auf der Bank und stillte das Kind. Dabei lauschte sie interessiert dem Gespräch der Männer.

„Du erzähltest von dem Illyrer, der wahrscheinlich den Passierschein gestohlen hat. Wie sah er aus?"

Hartwig versuchte sich an besondere Merkmale des Mannes zu erinnern.

„Er hat eine Glatze, ist ein wenig beleibt und sehr redegewandt. Eine Brandnarbe hat er an seiner rechten Wange. Mehr kann ich zu ihm nicht sagen."

„Das genügt! Ich werde einen Boten nach Reims senden und das weitermelden. Vielleicht hat sich der Handelsmann unterwegs bereits als langobardischer Gesandter ausgegeben."

Der Hauptmann schenkte die Weinbecher nach und berichtete Hartwig von den Ereignissen, die sich nach der Heimkehr des Thüringers im Frankenreich zugetragen hatten.

„Die Ehe von König Theudebert mit der Galloromanin Deuteria ist immer noch nicht anerkannt, weil die Frau vorher verheiratet war und ihren ersten Ehemann verlassen hatte. Überall mischen sich die Bischöfe ein als wären sie die eigentlichen Herrscher im Frankenreich."

Die Frau des Hauptmanns, die ihr Kind stillte, schien nicht dieser Ansicht zu sein und widersprach.

„Ich hätte dich auch nicht heiraten dürfen, wenn ich schon einmal verheiratet wäre und mein Mann noch lebte", sagte sie resolut.

„Du bist aber keine Königin und ich kein König. Das ist etwas anderes", widersprach ihr Mann.

„Vor Gott sind alle gleich, sagt unser Bischof", erwiderte die Frau beharrlich.

Ihr Mann schien anderer Ansicht zu sein, doch er wollte sich nicht mit seiner Frau darüber streiten.

Die Männer wechselten das Thema und sprachen von ihren Kriegserlebnissen im Norden des Reiches gegen die Dänen und Sachsen. Nachdem beide Männer ihre Neuigkeiten ausgetauscht hatten, fragte der Hauptmann Hartwig, was ihn zu ihm geführt hatte.

„Der Gesandte hätte gern einen neuen Passierschein. Kannst du ihm einen ausstellen?"

„Wenn du mit ihnen reist, braucht er keinen", entgegnet der Hauptmann verwundert.

„Ich habe ihm nicht gesagt, dass ich ein fränkischer Graf bin. Er ist anmaßend und wir sind nicht immer einer Meinung."

„Das verstehe ich!"

Aus einer Kiste entnahm der Hauptmann ein vorgefertigtes Dokument und setzte nur noch den Namen ein.

„Ich wünsche dir eine gute Reise und melde dich bei mir, wenn du das nächste Mal nach Metz kommst."

Der Gesandte saß in dem Wirtshaus, wie auf heißen Kohlen. Der Verlust des Passierscheins hatte ihn sehr nachdenklich gestimmt. Als einer der Anführer im Heer des Langobardenkönigs wusste er, was ein solcher Verlust zur Folge haben könnte. Wäre ein solches Malheur einem seiner untergebenen Anführer passiert, würde er ihn töten lassen. Mit einem solchen Dokument könnte der Handelsmann nah an König Theudebert herankommen und ihn womöglich im Auftrag der Kaiserin Theodora umbringen.

Diese Gedankenspiele zermürbten Rudolf mehr und mehr. Hartwig betrat die Wirtsstube der Herberge.

„Wo bist du so lange geblieben? Ist der König in Metz?", schrie er ihn an.

„Niemand weiß wo sich Theudebert aufhält. Hier ist dein neuer Passierschein. Wenn du ihn verlierst, bekommst du keinen mehr."

Hartwig reichte Rudolf das Pergament. Schuldbewusst nahm er das Dokument entgegen und verstaute es in dem Futteral. Hartwig ging zur Tür.

„Ich muss noch einmal weggehen und treffe mich mit einem der Beamten des Königs. Von ihm soll ich erfahren, wo wir Theudebert finden können."

Der Gesandte hatte nichts dagegen. Als Hartwig weg war, sah er seine beiden Begleiter erschrocken an.

„Habt ihr gesehen, dass der Thüringer den Bart abrasiert hat. Jetzt wird mir das erst bewusst."

„Andere Kleider hat er auch an. Er sieht aus, wie ein Franke", ergänzte einer seiner Begleiter.

Am nächsten Morgen ritt die langobardische Gesandtschaft durch das West-Tor in Richtung Reims. Die Straße war ein Teil der Via Regia, die von der Saale bis nach Paris führte. Hartwig hatte dem Gesandten gesagt, dass sie in Reims auf die Ankunft des Königs warten müssten. Nur drei Tage sollte der Ritt bis in die Residenzstadt dauern.

Am zweiten Tag übernachteten sie in einer besonders gut ausgestatteten Herberge. Sie war sauber und die Speisen waren vom Feinsten. Es gab Schalentiere von der Westküste und Wein aus dem Süden. Die Herberge war gleichzeitig Poststation und Badehaus in einem. Botenreiter und Handelsleute kehrten regelmäßig ein. Auch an diesem Abend war die Wirtsstube voll besetzt und alle Zimmer belegt. Die Langobarden mussten sich an einen Tisch zusammen mit anderen Gästen setzen. Hartwig hatte keinen Hunger und mit dem raubeinigen Gesandten wollte er nicht unbedingt an einem Tisch sitzen. Er zog das Badehaus, das über dem Hof erreichbar war, der Gaststube vor. Nach zwei Tagen im Sattel war ihm dieses Vergnügen angenehmer als mit den Weggefährten zu saufen.

Das Badehaus war zu dieser Zeit nur spärlich benutzt. Mehrere Holzzuber für jeweils zwei Personen standen aneinandergereiht im Halbkreis in einem großen Raum. An der offenen Seite befand sich die Heizstelle. Große Kessel mit Wasser hingen über dem Feuer. Zwei Mägde schöpften aus ihnen das kochende Wasser und gossen es in die Holzzuber. In zwei Ecken befanden sich große Bottiche, in denen gut sechs Personen Platz finden konnten. Sie waren leer.

Hartwig stieg in einen kleinen Zuber und tauchte kurzzeitig unter. Eine Magd half ihm beim Waschen und schrubbte ihm mit einer Bürste den Rücken ab. Nach der Reinigung goss sie heißes Wasser nach und legte ein Brett quer über den Bottich. Darauf stellte sie einen Becher mit Wein.

Im Nachbarzuber saß ein Mann, der sich gern mit jemanden unterhalten wollte. Es war ein Botenreiter, der die königliche Post zwischen Paris und der östlichsten Poststation in der Thüringer Provinz beförderte.

Das was er zu erzählen hatte, interessierte Hartwig. Er erfuhr von ihm, dass es den Menschen in Thüringen schlecht erging. Es waren nicht nur die Steuern der Franken, sondern die anhaltende Trockenheit und daraus folgenden Missernten. Viele Menschen verhungerten in der Winterzeit. Niemand konnte sich erklären, warum es nicht mehr regnete.

Was der Bote zu berichten hatte, betrübte Hartwig. Er befand sich auf dem Weg in die Thüringer Ostprovinz. Der Mann begann wahre Gruselgeschichten zu erzählen. Geister und Dämonen sollen dieses Land beherrschen. Besonders im Thüringer Wald wäre es nicht geheuer. Am gefährlichsten soll der Königsweg, die Via Regia, in der Nähe des Rynnestigs sein. Bevor die Botenreiter den Höhenkamm des Thüringer Waldes überqueren, sollen sie dem heiligen Christophorus opfern. Er war der Schutzheilige für Reisende. Auch die vielen anderen Heiligen konnten helfen. Der Bote zählte Hartwig eine ganze Liste von Nothelfern auf, die den Reisenden zur Seite stehen würden. Für ihn war wichtig, keinen zu vergessen, denn auch die Heiligen konnten nachtragend sein.

Die Feuchtigkeit in der Badestube war hoch. Die Mägde schwitzten und der Schweiß lief ihnen in Strömen über das Gesicht. Knechte brachten in Holzkübeln Brunnenwasser. Sie leerten und reinigten die benutzten Zuber.

Die Magd, die Hartwig den Rücken mit der Bürste schrubbte ging zwischendurch zur Feuerstelle und holte heißes Wasser. Hartwig musste aufpassen, dass sie ihn nicht verbrühte. Sein Badenachbar erhielt die gleiche Behandlung. Es gefiel ihm, wenn die harten Schweineborsten über den Rücken glitten. Vor Wonne stöhnten beide Männer, prosteten sich zu und löschten auf ex ihre Becher.

„Bring uns noch von dem köstlichen Wein! Den bezahle ich!", sagte der Botenreiter zu der Magd.

Sie füllte aus einer Zinkkanne die Becher der Männer mit dem köstlichen Rebensaft.

„Warst du schon einmal in diesem gefährlichen Land?", wollte der Bote von Hartwig wissen.

„Ich kenne es gut, denn ich bin dort geboren und aufgewachsen."

Der Franke sah Hartwig erstaunt an.

„Wieso bist du hier und sprichst fränkisch, wie ich?"

„Ich habe viele Jahre im Frankenland gelebt und ihre Sprache erlernt. Jetzt führe ich die langobardische Gesandtschaft zur Residenz des Königs Theudebert nach Reims."

„Sind das die wilden Gesellen mit den weißen Strümpfen in der Gaststube?"

„Sie sind nicht zu übersehen und von weitem kannst du sie hören."

Beide lachten. Jeder verstand, was der andere meinte.

„Wie kommst du mit den rauen Kerlen klar. Der Anführer spielt sich auf als wäre er der Herr der Welt."

„Er tritt nicht nur als solcher auf, sondern glaubt, dass er der Größte und Beste ist", bestätigte Hartwig.

„Wie kannst du es bei diesen Burschen aushalten? Ich hätte sie längst verlassen."

„Das tue ich, wenn ich sie zu König Theudebert gebracht habe. Das ist mein Auftrag und danach kehre ich in meine Heimat nach Thüringen zurück."

„Dann kommst du vom Regen in die Traufe. Bleibe lieber im Frankenland und werde Botenreiter. König Chlothar sucht immer gute Männer"

„Zahlt er gut?", will Hartwig wissen.

„Ich bekomme mehr als jeder seiner Krieger. Es ist jedoch ein hartes Brot. Wie zum Beispiel der Botendienst in die Thüringer Provinz."

„Das Gebiet untersteht doch gar nicht deinem König. Wieso sendet er Boten dorthin?"

„Das ist eine komplizierte Geschichte, die dich langweilen wird."

„Erzähl nur! Es interessiert mich! Wenn ich dorthin reise ist es gut zu wissen, wo Gefahren auf einen lauern."

„Da hast du recht! Ich erkundige mich auch immer im Voraus, wenn ich in ein neues Gebiet reiten muss, besonders wenn es so gefährlich ist, wie die Thüringer Provinz."

Dem Botenreiter gefiel es, einen interessierten Zuhörer gefunden zu haben, dem er mit seinen Erfahrungen imponieren konnte. Bevor er zu erzählen begann, winkte er der Magd zu, dass sie mit dem Weinkrug kommen sollte. Gestärkt durch einen kräftigen Schluck, begann er zu berichten.

„Neben den Riesen, Elfen und Hexen hausen in dem undurchdringlichen Bergland zu allem Überdruss übernatürliche Gestalten, die mehr einem Wolf und Bär gleichen als einem Menschen. Sie überfallen unsere Königsgüter und plündern sie aus."

„Gibt es in den Gütern keine Bewaffnete, die sie abwehren können?", fragte Hartwig erstaunt.

„Es sind zu wenige, das ist das Problem!", erwiderte der Bote resigniert und trank seinen Becher in einem Zuge aus.

„Das klingt gruselig, was du da berichtest. Sind dir schon einmal diese schaurigen Gestalten begegnet?"

„Gesehen habe ich sie noch nicht, aber gehört. Besonders zu Vollmond werden sie aktiv. Es sollen Männer aus dem Wald sein, die sich dann in einen Wolf oder Bär verwandeln. Bisher ist es noch keinem von unseren Kriegern gelungen, eine dieser Bestien zu töten oder einzufangen."

„Wie kann man sich vor diesen Kreaturen schützen?"

„Ich habe auf dem Marktplatz in Reims ein Amulett gegen diese Ungeheuer gekauft. Es ist eine Wolfspfote, die mit Weihwasser besprüht wurde. Wenn ich in das Thüringer Land reise, hänge ich sie mir um den Hals."

Dem Botenreiter gefiel es, Schauergeschichten zu erzählen. Hartwig wusste, dass die vermeintlichen Bestien niemand anderer waren als Siegbert mit seinen Rebellen. Sie nutzten den verbreiteten Aberglauben aus, dass sich Männer in Bestien verwandeln konnten. Vielleicht hatten sie sich auch Wolfs- und Bärenfelle bei ihren nächtlichen Angriffen auf die Güter angezogen.

Hartwig spendierte den nächsten Becher mit Wein und der Botenreiter in dem dampfenden Badezuber erzählte weiter. Eine schaurige Geschichte folgte der anderen.

„Was tut man gegen dieses Unheil?", wollte Hartwig wissen.

„König Theudebert kann sich der Sache nicht annehmen, da er im Süden seines Reiches zu tun hat. Er bat meinen König Chlothar das Problem auf seine Weise zu lösen. Mein Herr hat eine für solche Aufgaben besonders gut ausgebildete Kriegerschar, die dem Treiben ein Ende bereiten wird. Ich überbringe den Verwaltern der Königsgüter die Botschaft, dass sie Vorkehrungen für die Unterbringung und Versorgung seiner Krieger treffen sollen."

„Wird man Krieger satt bekommen, wenn die Ernten schlecht sind?"

„Es sind nur hundert Mann, die versorgt werden müssen."

„Eine solch kleine Schar kann den Proviant selbst mitnehmen."

„Das ist eine Sache des Prinzips! Die Verwalter werden erkennen, dass mein König Chlothar sie besser beschützen wird als es Theudebert bisher getan hat. Dafür müssen sie die Krieger verpflegen."

Hartwig erahnt Chlothars Absichten. Sein Interesse an Thüringen war noch nicht erloschen. Der König hatte die Thüringer Prinzessin Radegunde in seiner Gewalt und beabsichtigte sie in ein paar Jahren zu heiraten. Danach hätte er einen berechtigten Anspruch auf einen Teil des Thüringer Territoriums. Es könnte sich in der Ferne ein Krieg zwischen den beiden fränkischen Königen Theudebert und seinem Onkel Chlothar abzeichnen. Mit den Kriegern in den Königsgütern hätte Chlothar bereits einen Fuß in der Tür, die er dann nur noch gewaltig aufstoßen müsste. Die Situation könnte für König Theudebert und die Thüringer kritisch werden.

Der Bote berichtete freimütig über die Stärke und Ausstattung der Krieger, die in den nächsten Wochen in der Thüringer Provinz eintreffen sollten. Hartwig war in Sorge, dass sein Bruder Siegbert mit seinen Rebellen unvorbereitet dieser Kriegerschar gegenüberstehen könnte. Er fragte daher den Botenreiter, ob er einen Umweg nach Rodewin machen würde und einen Brief seinem Bruder Harald übergeben könnte. Er stellte dem Boten in Aussicht, dass er bei seinem Bruder gut untergebracht und verköstigt würde und obendrein ein Silberstück als Botengeld von ihm bekäme. Hartwig erklärte dem Mann, wo Rodewin lag. Der Botenreiter kannte sich ein wenig aus, da er auf der Via Regia öfter unterwegs war und willigte ein. Bis Sonnenaufgang sollte Hartwig ihm den Brief an seinen Bruder übergeben.

Der Wein fing an zu wirken und der Franke berichtete von den amüsanten Begebenheiten auf seinen Reisen. Er kannte viele Länder und war bereits in Byzanz beim

Kaiser Justinian. Voller Begeisterung berichtete er von den Frauen, denen er dort begegnete.

„Weißt du, dass die Kaiserin vor ihrer Krönung eine Hure war?"

Hartwig sah ihn ungläubig an.

„Das kann nicht sein, der Kaiser ist orthodoxer Christ und es wäre ihm niemals erlaubt, eine solche Frau zu heiraten."

„Niemand steht über dem Kaiser und den Königen. Sie können tun und lassen, was sie wollen. Du siehst das bei König Theudebert. Die Kirche ist gegen seine Heirat, doch er kümmert sich nicht um das Gerede der Bischöfe."

„Es gibt noch den Papst in Rom", wendet Hartwig ein.

„Der hat keine wirkliche Macht. Er ist abhängig vom Kaiser Justinian in Konstantinopel. Wenn der will, setzt er ihn ab und bestimmt einen neuen Papst."

„Wer bestimmt denn nun die Geschicke der Welt?", wollte Hartwig wissen.

„Ich kann es dir sagen, denn ich war schon an den meisten Höfen in unserer Welt", prahlte der Botenreiter und fuhr fort: „Ganz oben steht der Kaiser Justinian, dann kommen die drei Frankenkönige mit Chlothar an der Spitze und weit nachgeordnet die Könige der Westgoten, Langobarden und Gepiden."

„Was ist mit den Ostgoten?"

„Die verlieren immer mehr an Bedeutung. Eines Tages wird Chlothar ihr Reich besiegen. Ihr Gebiet wird, wie bei euch Thüringern eine Provinz des Frankenreichs werden."

„Du bist sehr klug! Man kann viel von dir lernen!", schmeichelte Hartwig dem Botenreiter.

„Das kommt daher, dass ich weit herumgekommen bin und mich mit wichtigen Leuten unterhalten habe."

„Du sagtest, dass König Chlothar ein größerer König ist als Theudebert. Bist du dir da sicher?"

„Unbedingt!", erwiderte der Botenreiter spontan und voller Überzeugung.

„Chlothar ist der Ältere und er stammt direkt von Chlodwig ab. Der Kaiser Justinian glaubt auch, dass mein König der Mächtigste fränkische Herrscher ist und er will sich mit ihm gegen die Ostgoten zusammentun." Hartwig versuchte das Gespräch zu beenden, um den Brief an seinen Bruder Harald zu schreiben. Er spendierte einen letzten Becher Wein.

Die Mägde kamen und räumten die Becher auf den Auflagebrettern weg. Mit weißen Leinen trockneten sie die Männer ab und rieben sie mit wohlduftendem Öl ein. Der Botenreiter wollte noch in die Gaststube gehen und Essen. Hartwig versprach nachzukommen, wenn er den Brief geschrieben hatte. Vom Wirt erhielt er eine Pergamentrolle und durfte sich zum Schreiben in dessen Wohnstube setzen. Er überlegte was er Harald mitteilen sollte, damit er Siegbert warnen konnte. Der Brief musste unverfänglich formuliert sein. Es konnte sein, dass andere ihn lesen. Da erinnerte sich Hartwig an seine Kindheit, als er mit seinem jüngeren Bruder Siegbert Briefe austauschte, die in einer Geheimschrift verfasst waren. Der in Rodewin lebende römische Schreiber hatte diese Schrift erfunden und allen Kindern gelehrt. Sie bestand aus einem Alphabet mit Runenzeichen. Die fehlenden Zeichen hatte der Schreiber durch eigene Kreationen ergänzt und diese Schrift als Rodewiner Runenalphabet bezeichnet. Hartwig konnte sich noch gut an das Alphabet erinnern und war überzeugt, dass seine Brüder den Brief mit Unterstützung des Schreibers lesen konnten. Wenn der betagte Römer in der Zwischenzeit gestorben wäre, konnten sie den Brief mit Hilfe eines Runensteins, der am Waldesrand stand, entziffern. Hartwig berichtete in seinem Schreiben die Dinge, von denen der Franke sprach. Er nannte alle Einzelheiten, die für Siegbert wichtig sein konnten. Zum Schluss richtete er herzliche Grüße an seine Familie und alle Lieben in der Heimat aus und teilte mit, dass er nach der Erledigung seines Auftrags gleich zurück nach Thüringen reisen würde. Das Pergament faltete er auf eine übliche Postgröße und band es mit einer Schnur zusammen.

Eilig ging er in die Schankstube und hoffte, dass er den Botenreiter dort antreffen würde. Am Rande einer langgestreckten Tafel saß er in Gesellschaft stark angetrunkener Männer und verspeiste in Ruhe Bratenfleisch und Käse. Hartwig setzte sich zu ihm. Er übergab ihm den Brief und ein Silberstück. Der Franke kaute weiter und nickte ihm zu. Er steckte den Brief in seine Brusttasche und bot Hartwig an, von dem Bratenfleisch zu kosten.

Die Langobarden saßen zwei Tische weiter und waren gut zu hören. Sie grölten herum als würden sie sich in einer üblen Kaschemme befinden. Hartwig war es peinlich und er hoffte, dass sie ihn nicht entdeckten. Die anderen schienen von den Langobarden nicht abgeneigt zu sein. Der Botenreiter erklärte ihm, dass der Gesandte ein Fass vom besten Wein großzügig für alle gespendet hatte. Das machte ihn zu ihrem Freund.

Vorsichtig versuchte sich Hartwig aus der Schankstube davonzustehlen, da rief Rudolf laut durch den Raum: „He, Thüringer komm zu mir!"

Hartwig war es unangenehm. Alle Augen richteten sich auf ihn.

„Wieso bist du im Frankenreich? Scher dich dorthin, wo du herkommst, dreckiger Thüringer!", schrien ihn einige an.

Den Langobarden gefielen die Beschimpfungen und am liebsten hätten sie noch ein Scherflein dazu gegeben. Erst als die Situation zu eskalieren drohte, mischte sich der Gesandte ein und gebot Ruhe. Die Franken schwiegen, denn der Langobarde hatte den Wein spendiert. Hartwig verließ den Schankraum und zog sich in den Schlafraum zurück. Seine Reisegefährten kamen bald nach.

„Jetzt hast du gehört, wie die anderen über euch Thüringer denken. Es soll dir eine Lehre sein!", äußerte der Gesandte pathetisch zu Hartwig gewandt. Er war froh, dass viele Franken wie er dachten.

Die Gesandtschaft kam in Reims spät abends an. Das Stadttor war bereits verschlossen und mit zittrigen Fingern zog der Gesandte den Passierschein aus seinem Futteral. Unterwegs hatte er bei jeder Pause nach dem Dokument gesehen. Ein Flügel des Tors wurde geöffnet und sie durften in die Stadt reiten. Zufrieden blickte der Heruler zurück und fühlte sich wieder als wichtiger Mann.

Eine Herberge wurde schnell gefunden. Am Marktplatz gab es vier davon. Unschlüssig sah er zu Hartwig, doch der überließ die Entscheidung der Quartierwahl absichtlich ihm. Er war sich sicher, dass Rudolf bald wieder in seine unausstehliche Art verfallen würde. Der Wirt konnte ihnen nicht sagen, wann der König in seiner Residenz anzutreffen wäre und riet in den Morgenstunden in der Kanzlei nachzufragen. Der Gesandte sprach Hartwig in seiner präpotenten Art an: „Hartwig, du gehst morgen früh in die Residenz und verschaffst mir einen frühen Termin für eine Audienz beim König. Ich bin der Abgesandte des langobardischen Herrschers und ein Mitglied der Königsfamilie, da erwarte ich von den Franken entsprechenden Respekt. Genauso kannst du es ihnen sagen."

„Wem soll ich das sagen?", wollte Hartwig wissen.

„Na denen, die Audienzen arrangieren."

Zeitig am Morgen verließ Hartwig die Herberge und ging zu Fuß zur Residenz von König Theudebert. In Reims kannte er sich gut aus. Es schien als hätte sich seit seinem letzten Besuch in dieser Stadt nichts verändert. Die Gassen und Plätze waren ihm vertraut. In der Kanzlei fragte er nach dem Sekretär Theudeberts. Er kannte ihn gut und nur er konnte ein baldiges Zusammentreffen der Gesandtschaft mit dem König bewerkstelligen. Im Obergeschoß war sein Amtszimmer. Der Sekretär empfing ihn herzlich.

„Was führt dich hierher, guter Freund. Es ist lange her als du uns verlassen hast. Der König und ich haben das sehr bedauert."

„Ich komme mit einer langobardischen Gesandtschaft, die den König sprechen will."

„Schon wieder diese Langbärte. Können sie denn keine Ruhe geben und alles belassen, wie es ist oder geht es ihnen diesmal nicht um die Heirat."

„Es geht darum! König Wacho will wissen, wann die Hochzeit ist."

„Guter Freund, dir kann ich es sagen. Es wird keine Hochzeit geben und ich kann dir auch verraten warum. Zum einen mag Theudebert diese pannonische Schnepfe nicht und zum anderen hat sein Vater Theuderich dem Langobardenkönig Wacho die Hochzeit versprochen und nicht er. Jedes Jahr senden die Langobarden eine Delegation und immer muss ich mir etwas Neues einfallen lassen, um sie unverrichteter Dinge heimzuschicken. Ich kann ihnen nicht sagen, dass es keinen Sinn hat, zu kommen. Nein, das geht nicht. Es muss jedes Mal eine neue Ausrede sein."

„Ich habe den Eindruck, dass diesmal König Wacho keinen Aufschub duldet und es zu einem Zerwürfnis zwischen beiden Königen kommen könnte."

Der Sekretär kratzte sich den kahlen Schädel.

„Wieso führst du diese Leute hierher? Stehst du im Dienst von Wacho?"

„Ich habe Amalaberga sicher nach Ravenna begleitet und die Langobarden nahmen unsere Leute bei sich auf."

„Das wurde mir berichtet. Dieser schlaue Steppenfuchs braucht die Thüringer für seine Heerzüge und hat das nicht aus reiner Gefälligkeit getan, so wie er Chlothar die Jagd auf seinem Gebiet gestattet hatte, wenn er die Hälfte der Beute von seinem Jagdzug bekäme."

„Was für eine Jagd?", fragte Hartwig verwundert.

„Na, die auf den vermeintlichen Thüringer Königsschatz!", erklärte der Sekretär lapidar.

„Ich begreife nicht, was du meinst."

„Du warst doch selbst dabei als die Thüringer Königin auf ihrer Flucht nach Ravenna bei der Überquerung eines Nebenflusses der Elbe überfallen wurde."

Hartwig nickte.

„Als Thüringer dürftest du kein Fünkchen Sympathie für den Langobardenkönig empfinden. Er hat euch 531 an der Unstrut im Stich gelassen, um dafür seine Tochter Wisigard unter die merowingische Haube zu bekommen. So sieht seine Liebe zu den Thüringern aus!"

Erstaunt sah Hartwig den Sekretär an.

„Was soll ich dem Gesandten berichten?"

„Sag ihm, dass der König in zwei Wochen aus Cabrières zurück sein wird und er ihn gleich nach seiner Ankunft empfängt. Das Warten wird sie mürbe machen. Wenn vier Wochen unverrichteter Dinge vergangen sind, werden sie von allein wieder nach Hause ziehen. Willst du sie dann zurück nach Pannonien begleiten?"

„Nein, ich reite zu meiner Familie in den Elbkniegau", erklärte Hartwig.

„Du solltest für uns in Thüringen wirken. Wir brauchen dort gute Beamte. Überlege es dir!"

„Ich will mich nur noch mit der Pferdezucht befassen. Das habe ich mir vorgenommen."

„Es ist nicht das letzte Wort in dieser Sache gesprochen. Eines Tages werde ich dich bestimmt in einem hohen fränkischen Amt sehen."

Hartwig antwortete nicht darauf. Er konnte und wollte es sich nicht vorstellen. Nun war es Zeit zu gehen. Der Sekretär brachte ihn bis zur Tür und blieb kurz stehen.

„Was ich dir noch sagen wollte, Prinz Baldur und seine Schwester sind wohlauf."

„Wo sind sie?", fragte Hartwig erfreut.

„Chlothar hat sie in seine Villa, in der Nähe der Stadt Athies an der Somme, bringen lassen. Das Mädchen ist sehr intelligent und lernt gut. Wenn sie alt genug ist, soll sie Chlothar heiraten."

„Der König ist doch schon verheiratet?"

„Das stört ihn nicht. Wenn er sie zu seiner Frau macht, sichert er sich im besetzten Thüringer Reich gewisse Rechte."

„Dieser Schuft!", zischte Hartwig.

„Um nach Athies zu kommen braucht man von hier etwa drei Tage. Es ist ein kleiner Ort, aber sehenswert."

„Ich danke dir für diesen Hinweis. Ich wollte schon immer mal dorthin reisen."

Freudig erregt verließ er Theudeberts Sekretär und überlegte, wie er sich für ein paar Tage von der Gesandtschaft frei machen konnte.

In der Herberge warteten die Langobarden ungeduldig auf ihn. Hartwig berichtete, dass er einen hohen Beamten sprechen konnte und von ihm erfuhr, dass der König in zwei Wochen in Reims eintreffen soll.

„Zwei Wochen Daumendrehen, das halte ich nicht aus", schrie der Gesandte. Seine Begleiter nickten ihm bestätigend zu.

„Es ist nicht zu ändern, früher wird der König nicht erwartet. Es könnte eher später werden."

„Die Franken rauben mir noch den Verstand. Nichts gibt es, was man hier tun kann."

„Vielleicht sollten wir das Umland erkunden, dann vergeht die Zeit schneller", schlug Hartwig vor.

„Das kannst du machen, aber ohne mich."

„Gut, dann werde ich mit deiner Erlaubnis gehen."

„Sei aber wieder da, bevor der König ankommt."

Der Gesandte war froh, dass er den Thüringer für ein paar Tage nicht sehen musste. Hartwig sattelte sein Pferd und ritt davon.

6. Athies bei Péronne an der Somme

Am Nachmittag erreichte er eine Herberge, in der er vor Jahren mehrmals übernachtet hatte. Es war eine Poststation, wo die Botenreiter ihre Pferde wechselten. Der Wirt erkannte ihn und gab ihm sein schönstes Zimmer.

„Ich möchte bei dir mein Pferd für eine Woche einstellen. Ist das möglich?", fragte er den Wirt.

„Solange du willst. Ist es krank?"

„Ich habe den Hengst in den letzten Tagen nicht geschont und er hat wohl eine leichte Magenverstimmung."

„Da ist er bei mir in den besten Händen. Ich werde ihn auf eine saftige Wiese stellen. Wenn du zurückkommst ist er wieder völlig gesund."

„Kannst du mir eines deiner Pferde leihen?", bat ihn Hartwig.

„Suche dir eines aus", entgegnete der Wirt hilfsbereit, denn er konnte sich erinnern, dass sein Gast immer sehr großzügig bei der Bezahlung der Rechnungen war.

Zeitig am Morgen ritt Hartwig weiter. Bald erreichte er das Hoheitsgebiet von König Chlothar. Nun musste er vorsichtig sein und durfte nicht auffallen. Der Residenzstadt von Chlothars Teilkönigreich Soisson kam er nicht zu nahe und ritt nördlich davon nach Laudunum *(Laon)*. Hier hatte Bischof Remigius von Reims ein Bistum gegründet. Weiter ging es nach Viromanduorum *(St-Quentin)*. In dieser alten römischen Stadt fragte er nach einer Herberge, in der die Botenreiter des Königs abstiegen. Er fand sie in der Nähe der Stadtmauer. Vor langer Zeit war er in diesem Ort als er Theudebert auf seinen Feldzügen gegen die Sachsen begleitete. Es hatte sich nur wenig verändert. Die Stadt war in der Zeit stehengeblieben. Vieles war Hartwig vertraut. Er hatte damals bei einem alten Schmied ein Gürtelmesser gekauft, das er noch immer bei sich trug. Ihn wollte er aufsuchen. Ob er noch lebte und ihn wiedererkennen würde? Damals war er schon in einem Alter, wo man daran denkt, sich zur Ruhe zu setzen und den Betrieb dem Sohn zu übergeben. Kinder hatte er keine. Ob es den Messerschmied noch gab?

Hartwig sah sich um. Die kleine Schmiede lag in der Nähe der Herberge. Sie existierte noch. Hartwig besah sich die Auslage und fand eine große Auswahl von Messern aller Art. Darauf war der Meister spezialisiert.

„Möchtest du ein Messer von mir kaufen?", vernahm er eine raue Stimme hinter sich.

Hartwig drehte sich erschrocken um und erkannte den alten Schmiedemeister.

„Deine Messer sind bekannt im ganzen Reich", schmeichelte er dem Schmied.

„Das stimmt! Sogar in die königlichen Küchen liefere ich."

Hartwig betrachtete und prüfte die auf einem Tisch liegenden Messer.

„Hast du einen besonderen Wunsch? Bei mir findest du alles!"

„Ich hätte gern ein paar Gürtelmesser von bester Qualität, wie meines. Seit mehreren Jahren trage ich es bei mir."

„Lass sehen! Ich denke wir finden, was du suchst."

Hartwig reichte dem Meister sein Messer. Der sah es sich an und erwiderte erstaunt: „Das ist eines von meinen! Wie kommst du dazu?"

„Du hast es mir selbst verkauft!"

„Daran sieht man, dass ich alt werde. Ich kann mich nicht mehr erinnern."

„Ich bin mit dem Messer sehr zufrieden und wollte meinen Freunden ein Geschenk damit machen."

„Darüber werden sie sich bestimmt sehr freuen", bemerkte der Schmied.

„Es ist ein guter Stahl und die Schneide ist scharf, dass ich mich damit rasieren kann."
Der Schmied sieht Hartwig an als wollte er seine Rasur prüfen und hielt das Messer gegen das Licht.

„Das müsste geschliffen werden. Es ist stumpf."

„Mir fehlen dazu die notwendigen Utensilien", erwidert Hartwig.

„Viel braucht man nicht dazu. Das Wichtigste ist ein guter Wetzstein und Stahl zum Abziehen. Ich zeige dir in der Werkstatt, was ich verwende."

Sie gingen über den Hof in einen Raum. Dort brannte das Schmiedefeuer und ein Junge kniete davor. Er bewegte nach den Anweisungen der Gesellen den Blasebalg. Wenn das Eisen im Feuer die richtige Farbe hatte, zog der Geselle das glühende Stück heraus und bearbeiteten es auf dem Amboss. So ging es in einem fort.
Hartwig hatte einst als junger Bursche bei seinem Freund Udo in Alfenheim sein erstes Schwert selbst geschmiedet. Er kannte das schwere und kunstvolle Handwerk.

„Ich zeige dir mein Werkzeug zum Schleifen", sagte der Schmied.
Am Fenster stand ein großer Schleifstein auf einem Holzbock.

„Der ist für die groben Dinge, wie Beile und auch Schwerter. Die Messer für die Küchen und Barbiere dürfen jedoch nicht damit in Berührung kommen. Dazu verwende ich einen besonders feinen Wetzstein. Sieh her!"

Er nahm ein Messer, wie es die Fleischer verwendeten und strich damit leicht über den flachen Schleifstein.

„Du darfst keine Kraft aufwenden. Es geht alles, wie von selbst."

Hartwig prüfte die Klinge an den Haaren auf seinem Handrücken. Sie ließen sich im Nu wegrasieren.

„So etwas benötige ich unbedingt. Kannst du mir diese Schleifsteine verkaufen?"

„Die nicht, sie sind schon seit längerem bei mir in Verwendung, doch ich habe noch Ersatz. Ganz neue und die gebe ich dir gern.

Hartwig suchte sich drei Gürtelmesser und verschiedene Küchenmesser von bester Qualität aus. Der Schmied holte aus seinem Lager den Ersatzschleifstein.

„Hier ist ein zweiter Schleifblock. Dieser Stein ist härter und du kannst damit den feinen Schleifstein wieder plan schleifen, wenn sich Rillen oder Mulden gebildet haben. Zusätzlich gebe ich dir einen Wetzstahl, mit dem du ein stumpfes Messer schnell schärfen kannst. Wenn es damit nicht mehr geht, musst du den Schleifstein nehmen."

Hartwig nickte ihm verständnisvoll zu.

„Wie bist du unterwegs? Hast du einen Karren?"

„Ich bin mit dem Pferd da. Es steht in der Herberge, nicht weit von hier."

„Da packe ich alles in Ledertaschen, wie sie die Händler verwenden. Darin sind die Messer gut aufgehoben und geschützt. Du kannst die zusammengerollten Bündel hinter dem Sattel befestigen. Jetzt bist du wie ein Handelsmann, in Sachen Messer, komplett ausgestattet! Die Ehefrau und deine Freunde werden sich bestimmt freuen."

Hartwig bedankte sich bei dem Schmiedemeister.

Bevor er ging, schliff ihm der Schmied noch sein altes Messer scharf.

„Ein stumpfes Messer von mir hat noch nie meine Schmiede verlassen", sagte er heiter und zeigte Hartwig den guten Schliff.

Der Thüringer trug die wertvolle Last in seine Herberge und ging zum Markt. Er suchte nach einem Schneider. In einer Seitengasse fand er eine Werkstatt. Der Meister fragte nach seinem Begehr.

„Ein Freund von mir ist ein Handelsmann und Messerschleifer. Ich möchte ihm von der Reise ein passendes Obergewand mitbringen das seinem Berufsstand entspricht."

„Wie groß ist er denn?", wollte der Schneidermeister wissen.

„Er hat genau meine Statur. Was mir passt, kann auch er tragen."

Prüfend musterte der Schneider seinen Kunden.

„In drei Tagen kann ich es fertig haben."

„Solange bin ich nicht in der Stadt. Morgen früh reise ich ab."

Hartwig war im Begriff zu gehen, da hielt ihn der Meister am Saum fest.

„Wartet Herr, wenn ihr erst morgen abreist, kann ich heute Nacht noch alles nähen. Morgen früh bei Sonnenaufgang habt ihr das Kleidungsstück, wie ihr es wünscht."

„Ich bin damit einverstanden. Wenn zum Sonnenaufgang das Gewand in meiner Herberge ist, sollst du dein Geld bekommen."

Sie vereinbarten den Preis und Hartwig gab dem Schneider einen kleinen Teil der vereinbarten Kaufsumme als Anzahlung. Den Rest sollte er bei Ablieferung erhalten.

Es wurde dunkel und Hartwig ging zurück zu seiner Unterkunft. Die Gaststube hatte sich gefüllt. Unter den Gästen befanden sich Botenreiter, die leicht an ihrem Gewand zu erkennen waren. Hartwig setzte sich zu ihnen und bestellte Wein und Braten.

Er kam bald mit den Männern ins Gespräch und spendierte dem einen oder anderen einen Becher Wein. Von den Männern erhielt er viele Informationen über Athies und die Villa des Königs. Die Botenreiter kannten auch die besonderen Gäste, die sich dort befanden und wie gut sie nach Außen abgeschirmt wurden. Das Gebäude und der Garten waren durch eine hohe Steinmauer geschützt und Wachen kontrollierten Tag und Nacht das Tor. Es gab keine Möglichkeit, unerkannt einzudringen oder zu fliehen.

In der Nacht hatte es geregnet. Es blies ein leichter Wind vom Westen und trieb die Feuchtigkeit vom Meer ins Land hinein. Schemenhaft schien die Morgensonne durch die Wolken. Hartwig war voller Anspannung und Erwartung, ob er seinen Freund, Prinz Baldur, wiedersehen würde. Seinetwegen hatte er Amalafred vor einem Jahr die Gefolgschaft zugesagt. Der Sohn des letzten Thüringer Königs hatte ihm versprochen, sich für die Freilassung von Baldur einzusetzen. Mit der Flucht nach Ravenna war dieses Versprechen in weite Ferne gerückt. Hartwig glaubte nicht daran, dass Chlothar den Prinzen freilassen würde. Er war für ihn ein Unterpfand, um dessen Schwester Radegunde seinen Wünschen gefügig zu machen. Mit Erreichen der Volljährigkeit der Prinzessin wollte der König sie heiraten. Es gefiel ihm nicht, dass sein Bruder Theoderich ihn nach der siegreichen Schlacht gegen die Thüringer im Jahre 531 mit wenigen Beutestücken abgespeist hatte. Der sagenhafte Schatz wurde nicht gefunden und es war unsicher, ob er jemals auftaucht. Das Gebiet nördlich des Rynnestigs hatte Theuderich und sein Sohn Theudebert beansprucht. Ihm blieb nur der Süden des eroberten Landes und die gefangenen Thüringer, die er zu Sklaven machte. Sie konnten nicht den Aufwand für seinen Heerzug decken.

Nachdem Hartwig das Pferd gesattelt hatte, erschien der Schneider schweißbedeckt mit dem Gewand unterm Arm. Hartwig zog das Kleidungsstück über sein Oberhemd und streckte die Arme auseinander. Es passte und hatte noch genügend Luft.

„Das ist eine gute Arbeit. Dafür sollst du deinen Lohn erhalten."

Er legte ihm die vereinbarte Summe in kleinen Münzen auf den Tisch. Mit vielen Bücklingen bedankte sich der Schneider und ging.

Tief in Gedanken versunken ritt Hartwig auf dem vom Regen aufgeweichten Sandweg dahin. Er hatte das vom Schneider angefertigte Gewand gleich anbehalten und fühlte sich wohl in seiner Verkleidung. Ehe er sich versah, hatte er sein Ziel erreicht. Vor ihm lag Athies. Es war ein kleiner, schön gelegener Ort. Nicht weit davon, außerhalb der Siedlung, musste die Villa des Königs sein. Hartwig sah sich um, doch nichts deutete darauf hin. Ein Bauer kam ihm entgegen und er fragte ihn nach der Villa.

„Dort, wo die hohen Bäume stehen. Dahinter ist das Gut des Königs", antwortete der Mann.

Hartwig ritt langsam weiter und sah sich unauffällig um. Er versuchte sich das Gelände gut einzuprägen. Sein Ziel war es, den Prinzen mit seiner Schwester auf irgendeine Weise zu befreien. Verschiedene Ideen für die Flucht schwirrten ihm durch den Kopf. Er bog in die Zufahrt zu dem Gut des Königs ein. Jetzt erkannte er die Mauer, die durch Sträucher und Bäume verdeckt war. Vor dem eisernen Tor standen zwei Wachmänner. Der eine fragte Hartwig, was er wolle.

„Ich bin ein Handelsmann, der Küchenmesser verkauft und auch schleift. Vielleicht kann ich eurer Köchin damit dienen."

„Warte hier, ich werde sie fragen!", sagte der eine von den beiden.

Er ging eiligen Schrittes zu dem Hauptgebäude und verschwand in einem Nebeneingang.

Der andere Wachmann wollte von Hartwig wissen, ob er auch Gürtelmesser bei sich hat.

„Ein paar habe ich immer bei mir. Willst du sie sehen?"

„Zeig sie mir!"

Hartwig stieg vom Pferd und band eine der Ledertaschen vom Sattel. Darinnen lagen mehrere Messerfutterale. Eines davon öffnete er und rollte es auf dem Rasen vor dem Wachmann aus.

„Bessere hast du noch nie gesehen, überzeuge dich selbst!"

Er zog eines aus dem Lederfach und reichte es dem Wachmann zur Begutachtung. Der prüfte die Schärfe der Klinge mit dem Finger, dann zog er einen Grashalm aus dem Boden und schnitt ihn in der Mitte durch.

„Eine wirklich gute Klinge", sagte er. „Was soll das Messer kosten?"

Hartwig nannte den regulären Preis.

„Das ist für mich zu teuer. Mein Sold ist dafür zu gering."

„Vielleicht genügt dir dieses. Das ist kleiner und kostet nur die Hälfte."

„Auch das kann ich mir nicht leisten", gestand der Mann und gab das Messer zurück.

Inzwischen kam der andere Wachmann aus dem Haus und sagte, dass sie in der Küche keine neuen Messer benötigen. Enttäuscht packte Hartwig die Futterale in die Tasche und band sie am Sattel fest. Er ritt zurück zur Straße.

Hinter sich hörte er jemand rufen. Er drehte sich im Sattel um und sah, wie der eine Wachmann wild die Arme hin und her schwenkte und auf ihn zulief.

Ruhig wartete Hartwig, bis der Mann herankam.

„Willst du doch ein Gürtelmesser von mir kaufen?", fragte er.

„Nein, die Herrin meint, dass die Küchenmesser neu geschliffen werden müssten. Wenn ihr das tun wollt, sollt ihr zurückkommen."

Hartwig schwenkte sein Pferd und folgte dem Wachmann im Schritt. Am Tor glitt er aus dem Sattel und führte das Pferd am Zügel bis zum Haus. Vor dem Nebeneingang stand eine etwas rundliche Frau.

„Neue Messer benötige ich nicht, doch meine alten brauchen einen neuen Schliff. Mit dem Wetzstahl richten wir nicht mehr viel aus. Komm in die Küche!", befahl sie.

Hartwig folgte der Frau in einen ebenerdigen Gewölberaum. An den Wänden hingen allerlei Pfannen und Tiegel, sowie andere Gegenstände, die man in einer Großküche brauchte. Auf den Tischen standen mehrere hölzerne Blöcke in denen Messer verschiedener Größe aufbewahrt wurden. Die Frau zog ein Fleischmesser heraus und reichte es Hartwig.

„Wenn du das wieder scharf bekommst, kannst du die anderen auch schleifen."

Auf einen der schweren Tische legte Hartwig seine Schleifutensilien. Er wässerte den Schleifstein und zog die Schneide des Messers in einer bestimmten Schräge über den flachen Stein. Das tat er kunstvoll, dass man glauben konnte, er hätte sein Leben lang nichts anderes getan. Zwischendurch prüfte er das Ergebnis. Nachdem er fertig war, probierte er die Schärfe an seinen Haaren auf dem Handrücken aus und reichte das Messer der Frau. Sie versuchte Scheiben von einem Bratenstück zu schneiden. Das Messer glitt, wie von selbst, durch das Fleisch.

„Das ist ein guter Schliff!", bemerkte sie anerkennend. „Du sollst alle unsere Messer im Haus schleifen." Sie legte eine kleine Münze auf den Tisch.

„Bist du damit einverstanden?"
Hartwig nickte.

„Essen kannst du mit den Bediensteten hier in der Küche", bemerkte sie beiläufig und gab den beiden Mägden und dem Küchengehilfen ein paar Anweisungen.

Der vermeintliche Messerschleifer ging ans Werk. Sorgsam schliff er ein Messer nach dem anderen. Es waren viele. Bis zum späten Nachmittag könnte er damit zu tun haben. In der Küche wurde das Mittagessen vorbereitet. In den Kesseln köchelte die Suppe vor sich hin und eine alte Magd rührte sie unentwegt um. Hartwig erfuhr von der Jungen, dass die resolute Frau, die ihm die Arbeit angeschafft hatte, nicht die Köchin, sondern die Wirtschafterin und damit die Herrin der Villa war. Sie bewohnte das Stockwerk über der Küche. Die junge Magd war sehr gesprächig. Sie schob ihren Schemel neben den Tisch von Hartwig und rupfte die Hühner für die Suppe. Dabei erzählte sie ihm alles, was er wissen wollte. Im Haus lebten die Wirtschafterin, ein geistlicher Gelehrter, eine Musiklehrerin, ein junges Fräulein und ein junger Herr. Von den Bediensteten waren in der Küche sie selbst, die ältere Magd sowie der Gehilfe. Im

Garten und Park sorgte der alte Gärtner mit zwei Sklaven für Ordnung. Wer das junge Fräulein und der Herr waren, konnte sie nicht sagen.

„Das Mädchen sieht man ganz selten. Sie ist meist in ihrer Stube und liest viele Bücher. Der junge Herr ist ein hübscher Mann, der mir gut gefallen könnte. Bald wirst du ihn sehen. Er arbeitet lieber mit dem Gärtner zusammen als dass er die Bücher studiert. Wenn er im Garten werkt, isst er mit uns gemeinsam in der Küche. Ich kann dann kaum die Augen von ihm lassen, aber er bemerkt mich nicht."
Seufzend riss sie die Federn aus dem Huhn und machte einen unglücklichen Eindruck.

Das Essen war fertig und die Mägde trugen die Schüsseln und Teller hinauf in den Speiseraum. Als die Herrschaften gegessen hatten, räumten sie alles wieder ab und hatten nun Zeit, selbst zu essen.
Der Küchengehilfe wartete ungeduldig auf seine Suppe. Er pochte nervös mit dem Holzlöffel auf die Tischplatte.

„Jedes Mal ist es das Gleiche mit dir! Nie kannst du warten, bis wir alle am Tisch sitzen", schimpfte die ältere Magd mit ihm.

„Ich habe Holz und Wasser herbeigeschafft. Das macht hungrig", erwiderte er.

„Glaubst du, wir hätten heute noch nichts getan", entgegnete die Magd zornig.
Sie setzten sich an den Tisch und baten Hartwig, neben ihnen Platz zu nehmen. Die Tür ging auf und der Gärtner mit den beiden Sklaven kam herein. Ihnen folgte ein junger Mann, der sich mit einem Tuch den Schweiß aus dem Gesicht wischte. Sie setzten sich an den langen Tisch und die ältere Magd sprach ein Tischgebet. Jetzt erst erkannte Baldur seinen Freund Hartwig. Er ließ sich

nichts anmerken. Nach einer Weile hatte er sich gefangen.

„Wer bist du Fremder an unserem Tisch?", fragte er.

„Ich bin ein Messerschleifer", antwortete Hartwig.

„Mein Gürtelmesser könnte einen neuen Schliff gebrauchen", meldete sich der Gärtner und zog sein Messer aus dem Lederfutteral.

„Ich schärfe euch alles, was ihr habt, legt es nur auf den Tisch", entgegnete Hartwig.

„Ich wollte schon immer mal einem Messerschleifer bei der Arbeit zusehen", sagte Baldur und sah zu Hartwig.

„Ich habe nichts dagegen und kann dir nach dem Essen zeigen, wie man das macht."

Die junge Magd blickte unentwegt zu Baldur, doch er würdigte sie keines Blickes. Enttäuscht schlürfte sie aus ihrer kleinen Holzschale die Suppe und gab den Männern Nachschlag, wenn sie es verlangten. Mit Bedacht hatte sie die große Suppenschüssel in die Nähe von Baldurs Platz auf den Tisch gestellt und war ihm dann für einen kurzen Moment ganz nahe. Er roch stark nach Schweiß, der ihr nicht unangenehm war. Wenn sie in ihrer Arbeit verharrte schrie die alte Magd sie an, dass sie sich sputen soll und nicht immer nur träumen. Hartwig schien den Grund für ihr Verhalten zu kennen. Sie war verliebt in Baldur. Vielleicht würde sie bei der Flucht von Baldur und seiner Schwester behilflich sein. Es musste ihm gelingen, die beiden bis nach Reims zu bringen.

Nach dem Essen setzte Hartwig seine Arbeit fort und der junge Herr sah ihm dabei zu. Die verliebte Magd stand daneben und versuchte die Aufmerksamkeit Baldurs auf sich zu lenken.

„Komm her, du dumme Trine, und hilf mir beim Abwaschen. Soll ich die ganze Arbeit allein machen?", rief ihr die ältere Magd zu.

Verärgert folgte sie der Aufforderung. Nun erst konnten Hartwig und Baldur frei miteinander reden.

„Ich bin immer wieder überrascht, was du dir einfallen lässt", flüsterte Baldur seinem Freund erfreut zu.

„Mit einer langobardischen Gesandtschaft bin ich im Frankenreich. Sie weilt in Reims und will König Theudebert sprechen."

„Ich hörte bereits, dass du dich im Langobardenreich aufhältst."

„Du bist doch hier gefangen. Wer hat es dir gesagt?"

„Es gibt ein gut funktionierendes Netz von Informanden, über Botenreiter, Sklaven, Händler und andere, die mich ständig auf dem Laufenden halten und mir berichten, was passiert."

„Dann weißt du auch, dass viele unserer Jungkrieger in Vindobona sind."

Baldur nickte und besah sich die zuletzt geschliffene Klinge.

„Siegbert, dein Bruder, ließ mir einen Brief zukommen."

„Dann gibt es wohl gar nichts Neues mehr zu berichten?"

„Eines wusste ich noch nicht, dass du als Messerschleifer dein Geld verdienen musst."

Lächelnd sahen sie sich an.

„Es ist schon lange her, dass wir uns das letzte Mal sahen. Ich hoffe, dass ich dich und deine Schwester aus diesem Gefängnis befreien kann."

„Das wird nicht möglich sein. König Chlothar will Radegunde in den nächsten Jahren heiraten, um sich das Anrecht auf einen Teil des Thüringer Königreichs zu sichern. Er wird sie niemals gehen lassen und ich muss bei ihr bleiben und sie beschützen."

„Ich könnte erneut eine Flucht organisieren."

„Einen zweiten Versuch würde König Chlothar nicht hinnehmen. Er lässt uns Tag und Nacht bewachen."

„Ich bin es dir als Gefolgsmann schuldig, euch zu befreien."

„Davon habe ich dich vor langer Zeit entbunden. Wenn du für mich etwas tun willst, kümmere dich um meine Frau und die Kinder."

„Das werde ich!", versprach Hartwig.

„Wann reist du wieder nach Vindobona zurück?", wollte Baldur wissen.

„Die Langobarden finden allein wieder nach Hause. Ich reite nach meinem Auftrag gleich nach Thüringen."

„Kann ich dir einen Brief an Ursula mitgeben? Sie soll sich mit den Kindern im Elbkniegau bei deiner Frau aufhalten. Sage ihr, dass ich mich nach ihr sehne und sie mir fehlt. Wenn ich die Kinder jemals wiedersehen werde, sind sie groß und werden nicht wissen, wer ich bin", bemerkte Baldur mit einem traurigen Unterton.

„Ursula wird bestimmt viel von dir erzählen. Wichtig ist, dass sie in Sicherheit sind und es ihnen gut geht."

„Ich danke dir und deiner Familie, dass ihr uns treu unterstützt. Es gibt mir Trost und Hoffnung. Jetzt werde ich in mein Zimmer gehen und den Brief an meine liebe Frau schreiben. Es dauert nicht lange. Beeile dich nicht zu sehr, damit ich noch rechtzeitig zurück bin." Baldur ging eilig davon.

Nach einer geraumen Zeit kam die Wirtschafterin, um nach dem Messerschleifer zu sehen. Sie kontrollierte alle Messer, die er geschliffen hatte und war zufrieden damit.

„Wenn du im nächsten Jahr wieder vorbeikommst, kannst du dich bei mir melden und die Messer erneut schleifen. Vielleicht kaufe ich dir auch einige ab."

Hartwig verbeugte sich tief und die Verwalterin lief aus der Küche in den Hof. Dort hörte er sie mit dem Gärtner reden, der sie nicht verstand und immer wieder nachfragte, was sie sagte. Sie wurde lauter und letztendlich schrie sie ihn an. Die Mägde amüsierten sich darüber beim Abwaschen.

Baldur kam zurück und gab Hartwig heimlich ein zusammengefaltetes versiegeltes Pergament.

„Gib es Ursula! Drück sie und die Kinder von mir!", sagte er mit tief ergriffener Stimme.

Die junge Magd war mit der Arbeit fertig und stellte sich wieder zu Hartwig und Baldur.

„Wenn du mir den Schleifstein verkaufst, könnte ich selbst die Messer schleifen", sagte der Prinz, dass es jeder hören konnte.

„Das werde ich nicht tun. Ich könnte kein Geld mehr verdienen und meine Kinder müssten hungern", erwiderte Hartwig mit ernstem Gesicht.

„Am Leid deiner Kinder will ich keine Schuld haben, drum behalte ihn und ich beschäftige mich weiter mit der Gartenarbeit."

„Danke Herr für das Verständnis", sagte Hartwig und verbeugte sich vor ihm.

„Leb wohl Messerschleifer. Es war interessant, dir zuzusehen."

Er klopfte Hartwig auf die Schultern und ging nach draußen.

Hartwig brauchte nicht mehr lange für die restlichen Messer. Danach verabschiedete er sich von den Mägden und bedankte sich für das Essen. Er verstaute die Schleifutensilien in der Packtasche am Sattel und ritt im

Schritt vom Hof zum Tor. Wehmütig sah er zu seinem Freund Baldur, der auf der großen Wiese einen Baum pflanzte.

Nachdenklich ritt Hartwig den Weg zurück, den er gekommen war. Die Situation mit Baldur schien ihm unlösbar zu sein. Solange der Freund seine Schwester Radegunde nicht allein lassen würde, war an eine Heimkehr nicht zu denken.

Nach zwei Tagen erreichte Hartwig die Herberge, in der er sein weißes Pferd zurückgelassen hatte. Der Wirt eilte ihm auf dem Hof entgegen und zeigte ihm stolz den Hengst.

„Sieht er nicht prächtig aus. Er wurde jeden Tag gut gestriegelt und ich habe ihm eine extra Portion Hafer gegeben."

Hartwig strich dem Tier über die Nüstern. Es hatte sich gut erholt.

„Bald sind wir wieder zu Hause", flüsterte er ihm zu.

„Ist das ein Pferd aus der Zucht vom König Theudebert?", wollte der Wirt wissen.

„Wie kommst du darauf?", fragte Hartwig neugierig.

„Es ist eines der edelsten Tiere, die ich je gesehen habe."

„Du scheinst dich gut auszukennen!"

„Ich war einst Pferdeknecht beim König Theuderich, dem Vater von König Theudebert."

„Wieso lebst du dann in dem Königreich seines Halbbruders Chlothar?"

„Ich habe das Wirtshaus von meinem Vater übernommen als dieser starb. Lieber hätte ich dem König länger gedient, doch meine Mutter war krank und ich musste mich um sie kümmern."

„König Theudebert kenne ich gut. Ich war ein paar Jahre sein Mundschenk. Wann hattest du seinem Vater gedient?"

„Es war während des Heerzugs gegen die Thüringer. Nach der siegreichen Schlacht musste ich nach Hause."

„Dann hast du eine bewegte Zeit mitgemacht. Hat sich für dich der Heerzug gelohnt?", fragte Hartwig neugierig.

„Es kommt darauf an, wie man es sieht. Mein Sold genügte zum Leben. Freude bereiteten mir die Pferde des Königs, die ich zu pflegen hatte."

„Du magst Pferde sehr?"

„Mir ist nichts lieber, als mich um sie zu kümmern. Deshalb habe ich das Gasthaus von meinem Vater als Herberge für Postreiter ausgebaut und mir damals von meinem Sold ein paar Wiesen dazugekauft."

„Wieviel Pferde hast du als Wechsel in deinem Stall?"

„Es sind ein gutes Dutzend", antwortet der Wirt nach kurzem Überlegen.

„Erzähl mir von der Schlacht an der Unstrut an der Seite deines Königs", forderte Hartwig den Wirt auf.

„Es war unbeschreiblich! Die Vorbereitungen hatten sich lange hingezogen. Eigentlich wollte sich Prinz Theudebert nicht an dem Heerzug beteiligen, doch sein Vater König Theuderich forderte es von ihm."

„König Chlothar war der Dritte im Bunde?"

„Er hatte die gefürchtetsten Krieger, die vor nichts zurückschreckten und mit ihren Feinden unbarmherzig und grausam umgingen."

„Hast du an den Kämpfen direkt teilgenommen?", wollte Hartwig wissen.

„Das Geschehen habe ich nur von weitem miterlebt. Als die Kämpfe tobten war ich im Pferdezelt des Königs und passte auf seine Tiere auf."

Der Wirt war ein guter Pferdekenner und Hartwig plauderte noch lange über Pferdehaltung mit ihm. Bei seinem Abschied schenkte er dem Wirt die Kollektion Küchenmesser, die er in den Satteltaschen verstaut hatte. Überrascht bestaunte der Mann die wertvollen Stücke. Ihren Wert konnte er gut einschätzen. Als Hartwig für die Unterkunft bezahlen wollte, lehnte der Wirt es ab und bat ihn, bald wieder bei ihm einzukehren.

Gegen Mittag kam Hartwig in Reims an. Er hatte sich unterwegs überlegt, Rudolf zu überreden, ohne ihn auf den Frankenkönig zu warten. Bis nach Reims hatte er sie gebracht und damit sah er seine Aufgabe als erfüllt an. In der Herberge traf er die Langobarden an.

Mürrisch und griesgrämig sahen sie aus. Während seiner Abwesenheit hatte sich nichts verändert. Die Gesandtschaft wartete ungeduldig auf eine Nachricht von der Ankunft des Frankenkönigs. Täglich fragten sie am Königshof, doch die Beamten vertrösteten sie jedes Mal. Sie wussten es scheinbar selbst nicht, wann ihr Herr zurückkommen würde. Der Gesandte war sichtlich aufgebracht und schimpfte in einem fort, drohte in Richtung Residenz und schlug mit der Faust auf den Tisch. Seine Geduld schien am Ende zu sein.

„Die Franken halten uns nur hin. Keiner will sagen, wann ihr König ankommt. Einer am Hof meinte sogar, dass Theudebert erst im Herbst wieder hier sein wird. Solange will ich nicht warten!"

Seine Gefährten rümpften die Nasen und fluchten vor sich hin.

„Unverrichteter Dinge dürfen wir nicht heimkehren", meinte einer seiner Männer.

„Dann werden wir zu ihm reiten und wenn es im Heerlager ist, wo wir ihn antreffen."

„Ich hörte, dass der König bei seiner Frau im Süden weilt. Das ist sehr weit weg und wir könnten den König unterwegs verfehlen", bemerkte Hartwig.

„Besser als hier zu verkommen! Lasst uns gleich morgen früh aufbrechen! Hier können wir nichts in unserer Sache ausrichten. Kennst du den Weg Hartwig?"

„Ich war schon einmal dort. Es ist eine Stadt mit einer Burg, weit im Süden des Reichs. Die Entfernung ist wie von hier nach Ratisbona."

Damit konnten die Langobarden etwas anfangen.

„Führe uns morgen hin! Du kannst dich heute noch einmal bei den Beamten erkundigen. Vielleicht erfährst du etwas Neues", entschied der Gesandte.

Hartwig ging zum Verwaltungsgebäude und suchte dort den Sekretär. Er fand ihn in seinem Arbeitszimmer. Hinter einem Großen Stapel Pergamente schien er zu verschwinden. Freudig blickte er auf als er Hartwig sah und ging ihm entgegen.

„Wie war deine Reise?", fragte er neugierig.

„Welche Reise?", antwortete Hartwig verwundert.

„Ich meine die nach Athies."

„Woher weißt du davon?"

„Du kennst mich doch. Meine Augen und Ohren sind überall. Du hättest dir den Weg sparen können. Ich wusste im Vorhinein, dass Baldur nicht zu einer Flucht zu bewegen ist. Er hängt zu sehr an seiner Schwester Radegunde. Nie würde er sie gefährden oder verlassen."

„Es muss doch eine Lösung geben, wie man sie beide unbeschadet aus den Klauen von Chlothar befreien kann."

„Setz dich zu mir mein Freund!", sagte der Sekretär zu ihm.

Er bot Hartwig einen Platz auf der Bank an, die am Fenster stand.

„Ich werde dir jetzt etwas sagen, dass dich nicht sehr erfreuen wird, aber ich habe mich selten geirrt. Chlothar ist ein reiner Machtmensch und diese Neigung wird sich im Alter bei ihm verstärken. Er wird die Thüringer Prinzessin nie freigeben und sie in ein paar Jahren heiraten. Wenn sie seine Frau ist, hat er Anspruch auf ihre Besitzungen in Thüringen und damit auf die Thüringer Krone. Die Einzigen, die ihm dieses Recht streitig machen können, sind die beiden Prinzen Amalafred und Baldur. Der eine ist in seinem Gewahrsam. Der andere lebt in der Fremde und seine Bindung zur Heimat wird von Jahr zu Jahr schwinden. Bleibt also nur noch Baldur, der ihm gefährlich werden könnte."

„Amalafred will eines Tages zurückkehren und König werden, das hat er mir zugesagt."

„Es ist das Spiel zwischen Wunsch und Wirklichkeit. Noch hegt er die Absicht, das zu tun, doch inzwischen ändern sich die Umstände. Je länger er von der Heimat fern ist, umso mehr wird er zu einem Fremden bei seinen noch treuen Gefolgsleuten. Es hilft ihm auch der Königsschatz nicht mehr. Weißt du, wo er sich befindet?"

Mit einem verschmitzten Blick sah der Sekretär Hartwig an.

„Nein! Prinz Amalafred ist der Einzige, der die Stelle kennt. Er hatte ihn mit seinem Vater in einer Höhle in Sicherheit gebracht. Wie er mir sagte, wurden alle Sklaven, die bei dem Transport dabei waren, getötet. Die Leibwache von König Herminafrid wartete vor dem Waldgrundstück und ermordete jeden, der den Eingang zur Höhle kannte."

„Das stimmt! Es ist die beste Art, um ein Geheimnis zu bewahren. Das Waldgebiet, in dem sich die Höhle befindet, hatte mir ein Krieger von Herminafrids Leibwache verraten. Im Geheimen ließ ich danach suchen. Vielleicht kenne ich die Stelle, doch ich würde sie ebenso niemand verraten."

„Wieso nicht?", fragte Hartwig verwundert.

„Dieser Schatz ist so groß, dass er die Machtverhältnisse im Frankenreich stark verändern würde. Nicht nur die fränkischen Könige begehren ihn, sondern auch andere Mächtige, die das Reich spalten könnten. Es ist besser, er bleibt für immer dort, wo er seit Jahren schlummert."

Dem Sekretär traute Hartwig zu, dass er es wirklich wusste. Er hatte schon unter Theudeberts Vater, Theuderich, gedient und war mit allen Wassern gewaschen. Vielleicht kannte auch der verstorbene König Theuderich das Versteck. Was wäre, wenn er ihn nach der Schlacht an der Unstrut im Jahr 531 gefunden hätte? Er müsste die Hälfte an seinen Stiefbruder Chlothar abgeben. Dessen Position wäre dadurch im gesamten Frankenreich erheblich gestärkt worden. König Theuderich hatte nach dem Tod seines Vaters Chlodwig das größte Herrschaftsgebiet im Frankenreich erhalten. Sein jüngerer Stiefbruder Chlothar musste sich mit dem kleinsten Teil begnügen. Der Altersunterschied zwischen beiden war groß und Theuderich dachte nur daran, seinem einzigen Sohn Theudebert die Nachfolge zu sichern. Deshalb hätte er den Ort, an dem der Schatz versteckt wurde, nicht preisgeben dürfen.

Noch nie hatte Hartwig darüber Überlegungen angestellt. Es war wie ein Spiel mit unbekanntem Ausgang. Die Gedanken des Sekretärs faszinierten ihn.

Dem Beamten war nicht entgangen, wie er den Thüringer beeindruckte und seine Eitelkeit ließ ihn noch ein kleines Scherflein drauflegen.

„Überlege mein Freund, was passiert wäre, wenn man Amalafred nach der Ermordung seines Vaters während des Things auf der Tretenburg zum neuen Thüringer König gewählt hätte. Es gäbe kein Ende des Krieges. Chlothar würde euer Reich jedes Jahr heimsuchen und den jungen König von einem Ort zum anderen treiben. Als König hätte Amalafred auch nicht mit seiner Mutter nach Ravenna fliehen können. Irgendwann müsste er aufgeben. Chlothar würde gestärkt aus diesen Kämpfen hervorgehen und es bestände die Möglichkeit, dass er mit seinen Söhnen König Theudebert verdrängt hätte. Daher habe ich viele Gaugrafen im Thüringer Reich mit Münzen bestochen, damit sie der Wahl von Amalafred nicht zustimmen."

Hartwig konnte seine Überraschung nicht verbergen.

„Hat mein Bruder Harald aus Rodewin auch Geld angenommen?", wollte er wissen.

Der Sekretär hielt kurz inne.

„Ich kann dich beruhigen. Er war einer der wenigen die das Geld abgelehnt hatten. Bist du sehr enttäuscht, von der Treulosigkeit deiner Landsleute?"

„Es überrascht mich, was du mir erzählst. Niemals hätte ich an eine solche Möglichkeit gedacht."

„Wer die Macht hat, muss alles genau abwägen und das Richtige für sein Volk tun. Auch für die Thüringer ist es besser, unter der fränkischen Herrschaft Theudeberts in Frieden zu leben als im Krieg für immer unterzugehen. Wenn keine Ruhe herrscht, werden die Sachsen vom Norden und die Slawen vom Osten weiter vordringen. Das würde den Thüringern nicht gefallen. Zum Glück zeichnet es sich ab, dass immer mehr von deinen Landsleuten in fränkische Dienste treten. Sie können damit mehr für ihr eigenes Volk tun als sich auf die Seite der Rebellen zu schlagen."

„Es ist die Unzufriedenheit, die viele in die Wälder treibt."

„Es stimmt, dass es noch manche Missverständnisse und Ungerechtigkeiten gibt, doch dazu braucht man gute Beamte, die alles zum Besten regeln. Deshalb wäre ich froh, wenn du in deiner Heimat in die Dienste König Theudeberts treten würdest. Jetzt, wo du wieder frei und keinem Herrn verpflichtet bist, steht deiner Entscheidung nichts mehr im Wege. Überlege es dir in Ruhe. Ich würde dich gern in unseren Diensten sehen."

Hartwig antwortete nicht darauf. Was er gerade gehört hatte, bestürzte und überwältigte ihn. Der Sekretär beendete die Unterhaltung und gab als Grund an, dem König einen Brief zu schreiben. Beim Abschied gab er ihm noch einen flüchtigen Rat: „Wenn die Gesandtschaft unbedingt den König sprechen will, soll sie nach Cabrières reisen. Sie wird ihn dort antreffen und er gibt ihnen eine Audienz. Ich werde es dem König gleich mitteilen, dass du ihn mit den ‚Langbärten' besuchen wirst."

Der Sekretär winkte ihm mit einer kurzen Handbewegung wohlwollend zu und ging zurück zu seinem Schreibtisch, auf dem viele Pergamente gestapelt lagen.

Das Gespräch mit dem Sekretär des Königs hatte Hartwig stark bewegt. Er setzte sich am Hof der Kanzlei auf eine Steinbank und dachte nach. Es war kaum zu glauben, wie sich die Thüringer Gaugrafen auf der Tretenburg gegenüber Prinz Amalafred verhalten hatten.

Ein junger Beamter war auf dem Weg zu dem Amtsraum des Sekretärs. Er sah Hartwig und ging auf ihn zu.

„Wie geht es dir, mein Freund? Ich habe dich lange nicht gesehen!", sprach er Hartwig an.

„Mir geht es gut! Was tust du in diesen Amtsräumen? Du warst doch ein Diener des Königs."

„Schon lange nicht mehr. Ich bin jetzt Beamter in Metz und für die Abgaben in der Thüringer Provinz zuständig", antwortete der Mann.

„Da gratuliere ich dir zur Beförderung! Wie geht es dort voran?", fragte Hartwig interessiert.

Der Mann sah Hartwig sorgenvoll an.

„Es gibt dort nur Ärger. Das Einzige was funktioniert ist die Bewirtschaftung der Königsgüter, aber mit dem Umfeld sieht es schlecht aus."

„Was meinst du mit ‚schlecht'?", hinterfragte Hartwig.

„Die Leute lassen sich nichts sagen. Sie sind verschlossen und widerspenstig. Man kann mit ihnen nichts anfangen. Seit dem Frühjahr nehmen ihre Überfälle auf unsere Güter zu und sie stehlen uns das Getreide."

„Hatten sie eine schlechte Ernte?", wollte Hartwig wissen.

„Im letzten Jahr gab es eine große Dürre, aber das allein ist es nicht. Es fehlen die Männer für die Feldarbeit und gutes Saatgut."

„Wie willst du die Probleme lösen?"

„Wir versuchen Bauern aus dem Frankenland dort anzusiedeln, aber es will keiner dorthin gehen."

„Vielleicht ist der Anreiz, sich niederzulassen, zu gering?"

„Wir haben die Steuern für alle Neuansiedler für zehn Jahre ausgesetzt und stellen ihnen sogar Gerätschaften umsonst zur Verfügung, doch die Angst ist groß, dass Räuberbanden alles zunichtemachen. Im Harz und auf dem Rynnestig haben sie sich eingenistet und machen uns und der Bevölkerung das Leben schwer", erklärte der Beamte.

„Könnt ihr nichts gegen sie tun?"

„Wir versuchen es, aber sie entwischen uns immer wieder. Das Gebiet in den Bergen ist undurchdringlich und bietet viele Schlupflöcher."

„Was meint denn der König dazu?", fragte Hartwig.

„Ihn scheint es nicht zu interessieren, was mit der Provinz wird. Er ist kaum hier und führt jetzt Krieg mit den Ostgoten."

„Ich wollte ihn mit einer langobardischen Abordnung aufsuchen und werde morgen nach Süden aufbrechen."

„Du bist mit den Langobarden da? Was wollt ihr vom König?"

„Er ist mit der ältesten Tochter von Wacho verlobt und ihr Vater möchte wissen, wann die Hochzeit ist."

„Da kann der Langobarde lange warten. Theudebert denkt nicht daran sie zu heiraten. Für ihn zählt nur die Ehe mit der Galloromanin aus dem Süden."

„Ist sie denn schon von der Kirche als seine Ehefrau anerkannt?"

„Nein, das wird sie auch nicht, denn sie ist noch mit ihrem ersten Mann verheiratet und hat aus erster Ehe eine Tochter."

„Kann man den König nicht dazu überreden, von ihr abzulassen und die Langobardin zu ehelichen?"

„Ich denke nicht. Es sei denn, der Druck von den Bischöfen wird größer. Von den Kanzeln wettern sie immerfort gegen die Frau, aber bisher hatten sie keinen Erfolg bei den Gläubigen."

„Wie siehst du die Sache?", fragte Hartwig.

„Was der König macht, ist richtig und keinem steht es zu, anders zu denken. Wenn die Pfaffen glauben, sie könnten ihn zu etwas zwingen, haben sie sich gehörig in die Finger geschnitten oder denkst du anders darüber?"

„Da werde ich mich tunlichst raushalten. Ich soll die Langobarden nur zu Theudebert führen", antwortete Hartwig lächelnd.

„Dann pass auf, dass dir kein Bart wächst, wenn du dich mit ihnen abgibst."

„Es ist nicht für lange. Wenn ich sie beim König abgegeben habe, kehre ich heim zu meinem Weib in den Elbkniegau nach Thüringen."

„Vielleicht besuche ich dich dort auf einer meiner Inspektionsreisen."

„Du bist mir immer willkommen! Leb wohl mein Freund!"

In der Herberge wartete der Gesandte ungeduldig auf Hartwig.

„Du warst lange fort! Hast du etwas erfahren?", schrie ihn Rudolf an.

„Man sagte mir, dass uns der König in Cabrières empfangen würde."
Der Gesandte überlegte kurz und stand von seinem Schemel auf.

„Männer, das ist unsere letzte Nacht in Reims. Bereitet euch für morgen früh auf die Abreise vor! Das lange Warten hat meine Glieder steif gemacht. Es wird Zeit, dass ich wieder im Sattel sitze."

7. Cabrières im Departement Hérault

Die Gesandtschaft ritt zeitig am Morgen nach Süden. Es war eine sehr weite Reise, die sie vor sich hatten. Auf der alten römischen Heerstraße, die von Reims über Andematunum *(Langres)*, Augustodunum *(Autun)* und Lugdunum *(Lyon)* führte, wollten sie in zwei Wochen Cabrières in der Region Okzitanien erreichen.

Je weiter sie nach Süden kamen, umso wärmer wurde es. Das Klima war den Langobarden angenehmer als im kühlen Norden und erinnerte sie an die Pannonische Steppe. Schweißgebadet, doch zufrieden, ritt Rudolf meist an der Spitze und fragte nur an Kreuzungen oder Abzweigungen nach dem richtigen Weg. Im Sattel fühlte er sich wohl und zeigte keine Anzeichen von Müdigkeit. In den größeren Städten besuchten sie abends die Weinstuben und kamen angetrunken in die Herberge zurück. Hartwig musste mitgehen, doch sie zwangen ihn nicht, bei den Ausschweifungen mitzumachen. Er saß dann vor seinem Becher Wein und beobachtete das maßlose Treiben. In den Weinstuben, die bis in die Nacht geöffnet waren, sah man kaum Einheimische. Es waren meist Handelsleute und Botenreiter, die viel unterwegs waren. Die Straße war ihr Zuhause. Den Animierversuchen der Dirnen widerstand Hartwig, indem er Trunkenheit vortäuschte. Das wirkte und er musste sich nicht den Schmährufen der anderen aussetzen.

Das Kastell von Cabrières sahen sie von weitem. Vor nicht langer Zeit gehörte der Ort zu dem Herrschaftsgebiet der Westgoten, doch Theudebert eroberte die Burg ohne Blutvergießen. Die Herrin des Kastells übergab dem König freiwillig die Schlüssel zu dem Stadttor und gewann danach sein Herz. Sie wurde seine Königin und gebar ihm einen Sohn. Zuvor war sie mit einem

Westgoten verheiratet, der vor Theudeberts Heer floh und seine Frau und die Tochter schutzlos zurückließ. Der Frankenkönig konnte seine Königin nicht mit nach Reims bringen. Es wäre für sie zu gefährlich gewesen. Deshalb blieb sie im Süden des Frankenreichs und Theudebert ließ sich nur selten im Norden sehen. Es musste schon ein wahrhaft außergewöhnliches Ereignis sein, das ihn nach Reims kommen ließ. Die kriegerischen Auseinandersetzungen mit den Goten am Mittelmeer gaben ihm genügend Grund, größtenteils bei seinem Weib in Cabrières zu bleiben.

Hartwig hatte in der Stadt lange Zeit gelebt und als Leibsklave dem König gedient. Als Dankeschön für seine Lebensrettung nach dem Tod des Vaters Theuderich, schenkte Theudebert ihm die Freiheit und eine Grafschaft westlich von Cabrières. Er war nur einmal dort und ein Verwalter bewirtschaftete das gesamte Anwesen. Hartwig verspürte keinen Drang sich mit seiner Familie dort niederzulassen. Es gab nur wenige Menschen, die von der Grafschaft wussten.

Der Gesandte quartierte sich mit seinen Männern in der besten Herberge in Cabrières ein. Es war ein großes Steinhaus mit einem Innenhof und Stallungen für die Pferde. Er beauftragte den Wirt, dass er dem König die Gesandtschaft melden sollte.

Schon für den nächsten Tag erhielten sie eine Einladung, um ihr Anliegen im Palast vortragen zu können.

„Wir hätten gleich nach Cabrières reisen sollen. Morgen wird uns der König empfangen und wenn er die vielen Geschenke vom König Wacho erhält, ist uns ein Erfolg sicher", meinte Rudolf.

„Vielleicht beeindrucken die Kostbarkeiten in deinen Truhen Theudebert gar nicht?", gab Hartwig zu bedenken.

„Gold macht alle Menschen schwach und davon haben wir viel mitgebracht", prahlte der Gesandte. Siegessicher sah er in die Runde.

„Wir werden morgen nur zu dritt zum Palast reiten. Hartwig bleibt hier. Es könnte sein, dass ihn einer als Thüringer erkennt und die sind bei den Franken nicht gut angesehen. Wer will schon mit Besiegten zu tun haben. Unserem Ansehen könnte es schaden, wenn er an unserer Seite ginge."

Seit Beginn der Reise bestanden zwischen Hartwig und dem Anführer Spannungen, die sich der Thüringer nicht erklären konnte. Der Gesandte hatte das Sagen und Hartwig musste sich seinen Anordnungen fügen. Es fiel ihm schwer, doch tröstete er sich damit, dass er bald nach Thüringen reisen und seine Familie wiedersehen würde. Hartwig blieb am nächsten Morgen in dem Gasthaus als die Gesandtschaft zur Festung ritt. Es dauerte den ganzen Tag, bis sie zurückkamen. Hungrig setzten sie sich an den Tisch und schrien nach dem Wirt. Der eilte hastig herbei und fragte nach den Wünschen seiner Gäste.

„Bring uns den besten Wein aus deinem Keller und etwas Deftiges zu essen, keinen Brei oder Suppe. Fleisch wollen wir sehen und das geschwind. Wir haben Grund zum Feiern."

Der Wirt rannte in die Küche und trieb die Mägde zur Eile an. Hartwig tat als würde ihn die Sache nicht interessieren. Das ärgerte den Gesandten und er erzählte lauthals von der Begegnung mit dem König.

„Das ist ein wahrlich stattlicher Herr, wie er auf seinem erhöhten Stuhl saß und mit uns sprach."

Die anderen beiden Langobarden pflichteten ihm durch ständiges Kopfnicken bei.

„Habt ihr euch den ganzen Tag mit ihm unterhalten?", fragte Hartwig ironisch.

Die anderen merkten nichts von dem Spott in seinen Worten.

„Das nicht. Du hast keine Ahnung, wie eine Audienz beim König Theudebert abläuft. Woher solltest du das auch wissen. Nachdem wir ankamen, wurden wir von seinen Beamten empfangen und haben ihnen die Wünsche unseres Königs unterbreitet. Sie haben sich alles notiert und uns in vielen Dingen befragt. Die Heirat zwischen Wisigard und ihm wird schon bald sein, das versicherten uns seine Leute."

„Das ist ein großer Erfolg!", bestätigte Hartwig mit übertrieben ernster Miene.

„Nachdem wir ihnen die vielen Geschenke gezeigt hatten, die wir übergeben wollten, wurden wir zum König vorgelassen und konnten ihm die Grüße unseres Herrn überbringen. Er hat uns sehr huldvoll angesehen und sich für die kostbaren Geschenke bedankt."

„Hat er euch gesagt, wann er Wisigard heiraten will?"

„Noch nicht. Er meinte, dass er darüber nachdenken wird. Wir bekommen Bescheid, wann wir noch einmal zu ihm kommen sollen. Dann will er uns eine Antwort geben. Fürs erste war es ein Sieg auf der gesamten Linie. Ich hatte das Gefühl, dass wir einen großen Eindruck auf ihn gemacht haben."

Der Gesandte sah sich zu seinen Gefolgsleuten um.

„So war es!", bestätigten die beiden begeistert.

„Dann war es vielleicht doch gut, dass ich euch nicht begleitet habe."

„Meine Entscheidung war richtig, dich hier zu lassen. Wir Langobarden stehen mit den Franken auf gleicher

Stufe, das habe ich von Anfang an gespürt und sie haben uns das auch merken lassen. Einige von ihnen sprachen unsere Sprache und interessierten sich für unser Land. Sie wollen uns bald besuchen kommen."

„Hoffentlich ohne Heer."

„Wie meinst du das?", fragte Rudolf erstaunt.

„Vielleicht bringen sie gleich ihre Krieger mit und können Land gewinnen."

„Wir sind doch keine Thüringer, die sich von jedem besiegen lassen. Uns begegnet man mit Achtung und Respekt."

Hartwig schwieg dazu, er wollte die Langobarden nicht verärgern. Seine Aufgabe, die langobardische Gesandtschaft zu König Theudebert zu führen war erledigt. Er fragte den Gesandten, ob sie allein nach Pannonien zurückfinden würden.

„Wir kennen uns im Frankenreich bald besser aus als daheim. Du kannst getrost nach Thüringen abreisen. Deine Aufgabe ist beendet. Bezahlen tue ich dich jedoch nicht für deine Dienste, denn ich habe dich nicht angefordert."

„Das brauchst du nicht, das hat schon dein König getan. In ein paar Tagen reite ich heim und dann seid ihr auf euch allein gestellt."

„Ich denke, damit können wir gut leben", entgegnete der Anführer spöttisch.

Die Mägde stellten zwei Kannen mit Wein auf den Tisch und ein paar Platten mit kaltem Braten.

„Habt ihr denn nichts Besseres zu Essen als dieses kalte Zeug", schrie der Gesandte.

Der Wirt stürzte aus der Küche.

„Das Fleisch muss noch garen, mein Herr. Es wird bald soweit sein."

Hastig leerten die Langobarden ihre Becher. Das Feiern artete in ein großes Besäufnis aus und Hartwig schämte sich, zu ihnen zu gehören. Zum Glück waren keine anderen Gäste in der Herberge. Sie hätten Angst bekommen.

Bis weit nach Mitternacht ging das Gelage. Der Wirt und die Küchenmägde hatten sich zur Ruhe begeben, nur eine Magd musste bleiben und Wein nachschenken. Rudolf rühmte sich als einer der stärksten Krieger, die Wacho je in seinem Heer hatte. Er würde es leicht mit einer ganzen Hundertschaft von Ostgoten allein aufnehmen. Darauf wollte er anstoßen, doch sein Weinbecher war leer.

„Ich verdurste! Komm her Weib und schenk ein!", schrie er zur Küche gewandt.
Ängstlich kam die Magd mit einer vollen Kanne in der Hand und füllte die Becher nach. Er umfasste mit einem Arm ihre Taille und zog sie zu sich heran.
Sie versuchte sich zu befreien, doch es gelang ihr nicht. Je mehr sie sich wehrte, umso aufdringlicher wurde er.
Hartwig war es zu viel und er sagte bestimmend: „Lass sie in Ruh, wir sind hier Gäste und nicht auf Beutezug."

„Du hast mir gar nichts zu sagen, du hergelaufener Thüringer. Ich bin der Neffe des Herulerkönigs und kann machen, was ich will."
Seine beiden Saufkumpane nickten ihm bestätigend zu.

„Du benimmst dich wie ein Wilder!", zischte Hartwig mit zusammengepressten Lippen.

„Ich lass mich nicht von dir beschimpfen, du kleiner Wicht!", entgegnete der Gesandte gereizt. Hartwig wand sich angewidert ab und wollte den Wirt holen. In dem Moment hob Rudolf seinen leeren Becher und schlug ihn Hartwig auf den Hinterkopf. Der fiel ohnmächtig zu

Boden. Die anderen sprangen zu ihm, um nach ihm zu sehen.

„Lasst ihn liegen und helft mir die widerspenstige Stute zu zähmen", schrie Rudolf.

Nachdem Hartwig wieder zu sich kam, spürte er einen stechenden Schmerz im Genick und seine Glieder waren schwer, wie Blei. Jetzt erinnerte er sich, was passiert war. Er hörte vom Tisch her ein wildes Schnauben und das Weinen einer Frau. Vorsichtig tastete er nach seinem Messer. Es steckte noch in der Scheide an seinem Gürtel. Mühsam stand er auf und sah, dass die drei Langobarden die Frau vergewaltigten. Sie hatten ihr die Kleider vom Leib gerissen und sie auf die Tischplatte gezogen. Der Gesandte war mit heruntergelassener Hose über sie gebeugt und die beiden anderen hielten ihre Arme und Beine fest.

Hartwig trat von hinten an Rudolf heran und setzte ihm sein Messer an den Hals.

„Wenn du nicht sofort ablässt, schneide ich dir die Kehle durch", schrie er den Wüstling an.

Überrascht hielten die Männer inne. Rudolf erhob sich langsam und zog die Hose hoch.

„Das wirst du mir büßen, du Verräter. Verschwinde und komme mir nie wieder unter die Augen. Wenn ich dir noch einmal begegne, bist du ein toter Mann!", schrie er Hartwig an.

„Dann vergiss es nicht", zischte Hartwig ihm ins Ohr und ließ sein Messer an der Wange heruntergleiten. Die scharfe Klinge ritzte die Haut. Das Blut lief am Hals des Gesandten hinab und tropfte auf die Tischplatte.

Hartwig packte die Magd an der Hand und rannte mit ihr auf die Straße. Er zog sein Hemd aus und stülpte es der nackten Frau über den Kopf.

„Schnell, weg von hier. Wenn die zur Besinnung kommen, werden sie nach uns suchen und uns umbringen."

Die Magd rannte zu einem Haus am Ende der Straße und klopfte an die Haustür. Ihre Schwester wohnte dort und öffnete. Jetzt waren sie in Sicherheit.

„Was ist passiert?", wollte die Schwester wissen.

„Die Langbärte haben mich in der Herberge vergewaltigt", klagte sie weinend.

„Wer ist der Mann an deiner Seite? Der gehört doch auch zu ihnen."

„Er hat mich vor den Unholden gerettet und wenn sie ihn finden, werden sie ihn erschlagen. Bitte hilf uns, sonst sind wir verloren."

Die Schwester der Magd verriegelte ihre Haustür und verhängte die Fensterlöcher mit einem Tuch. Sie vermutete, dass die Langobarden nach dem Beschützer ihrer Schwester suchen und ihn umbringen würden.

Am späten Morgen hörten sie Lärm auf der Straße. Die Gesandtschaft ritt hinauf zur Festung. Hartwig holte sein Gepäck aus der Herberge und gab dem Wirt eine Silbermünze. Er erklärte ihm kurz, was in der Nacht vorgefallen war.

8. Mons im Departement Hérault

Eilig ritt Hartwig aus der Stadt in Richtung Mons *(Mons-la-Trivalle)*. Es war der größte Ort, der zu seiner Grafschaft gehörte. Die Stadt lag nur zwei Tagesritte entfernt. Auf der halben Wegstrecke übernachtete er im Freien. Am nächsten Tag erreichte er zur Mittagzeit die Siedlung Bedarieux. Hier suchte er ein Gasthaus. Inmitten des Ortes fand er eine Weinstube und der Wirt fragte, was er trinken und essen möchte.

„Bringe mir Wein und Wasser zum Verdünnen. Wenn du einen guten Käse hast, werde ich ihn probieren."

Es war sehr warm und Hartwig führte seinen Hengst zum Brunnen. Der Wasserüberlauf floss in einen Steintrog, der den Tieren als Tränke diente. Ein Junge bewunderte das Pferd.

„Gefällt es dir?", fragte Hartwig.

„Der Hengst ist wunderschön. Den würde ich gern einmal reiten."

„Hast du schon einmal auf einem Pferd gesessen?"

„Nur auf unserem Esel bis zu unserem Weinberg und zurück."

„Wenn du willst, darfst du mein Pferd mit Stroh trockenreiben."

Der Junge rannte los, um ein Bündel Stroh aus dem Stall zu holen. Als er zurückkam fing er an, den Hengst abzureiben. Er tat es sehr vorsichtig, um dem Tier nicht weh zu tun. Hartwig beobachtete ihn.

„Du machst das gut und würdest dich bestimmt als Pferdejunge eignen."

„Das wäre mein größter Wunsch, doch leider muss ich den ganzen Tag meinem Vater in der Weinstube und auf dem Feld helfen."

Die Mutter des Jungen rief nach ihm.

„Ich muss jetzt gehen und Holz holen. Wenn ich damit fertig bin, darf ich dann mit dem Striegeln weitermachen?"

„Du darfst, doch sei vorsichtig, dass dich der Hengst nicht tritt."

Der Knabe rannte zu seiner Mutter und erzählte ihr freudig, dass er das schöne Pferd auf dem Hof striegeln durfte.

„Es muss wohl ein hoher Herr sein, wenn er ein so edles Tier reitet", meinte sie.

„Das Pferd von unserem König ist auch schön, doch der hat bei uns noch nie Rast gemacht. Er ist nur geschwind durch den Ort geritten."

„Ein König hat es immer eilig, mein Junge!"

Die Mutter zog den Jungen an der Hand ins Haus.

Hartwig hatte draußen vor der Weinstube unter einem Baum einen schattigen Platz gefunden. Der Wirt brachte ihm die Getränke und Käse mit Brot.

„Heute ist wieder ein besonders heißer Tag, da möchte man sich am liebsten nur im Schatten aufhalten. Wollt ihr noch nach Mons weiterreiten?", fragte der Wirt.

„Ich hoffe, dass ich am Nachmittag dort bin. Kennst du die Stadt?"

„Ja, mein Herr! Ich bin dort geboren und aufgewachsen, dann habe ich geheiratet und mit meiner Frau hierhergezogen. Sie hatte schwerkranke Eltern, die wir versorgen mussten. Einmal im Jahr reite ich auf meinem Esel in die Stadt. Seid ihr schon einmal dort gewesen?"

„Vor ein paar Jahren für kurze Zeit."

„Dann habt ihr gesehen, was für eine schöne Stadt das ist."

„Ich kann mich erinnern. Sie liegt am Berghang und ein kleiner Fluss führt daran vorbei."

„Er heißt Orb. An der Stelle, wo der Fluss Jaur in ihn mündet haben wir als Kinder gebadet und Fische gefangen."

Versonnen blickte der Wirt nach Westen als ob er in der Ferne seinen Heimatort erkennen könnte.

„Was kannst du mir über das Leben in Mons erzählen. Ich möchte gern ein paar Tage dort verweilen. Es ist gut, wenn man vorher etwas darüber gehört hat."

Der Wirt setzte sich zu Hartwig und begann zu erzählen. Er kannte jede Familie und wollte gar nicht mehr aufhören. Als er sah, dass Hartwig die Augen zufielen, zog er sich zurück. Der Thüringer war auf der Bank eingeschlafen. Die unruhige Nacht und der Wein ließen die Müdigkeit siegen. Lange hatte er die Augen nicht geschlossen. Nach der kurzen, aber intensiven Ruhepause fühlte er sich vollkommen frisch. Der Wirt bemerkte es. Er kam zu ihm und setzte seine Erzählung fort.

„Der Graf züchtet in Mons ebenso schöne weiße Pferde, wie du eines reitest. Hast du es von ihm abgekauft?"

„Nein es stammt aus Thüringen, das liegt ganz weit im Nordosten."

„Dort, wo die Slawen hausen?"

„Ebenda!"

„Ich dachte, die weißen Pferde gibt es nur bei uns. Ein Bruder meiner Frau, der etwas abseits, in den Bergen lebt, züchtet seit kurzem diese Rasse. Sie sollen selbst die steilen Saumpfade sicher bewältigen."

„Das habe ich mit meinem Hengst noch nicht ausprobiert, doch kräftig genug wäre er. Wo liegt denn das Gestüt deines Verwandten?"

„Wenn du von Mons aus am Ufer des Orb flussabwärts reitest, findest du es in einem der Seitentäler. Es ist nur eine halbe Tagesreise von Mons entfernt."

„Verkauft er auch Pferde?"

„Das kann ich dir nicht sagen. Mein Sohn und ich hatten ihn im letzten Jahr besucht und da hat er mit seiner neuen Zucht geprahlt. Es sind schöne Tiere, wie deines, doch ein bisschen zarter in den Fesseln und mit einer schmaleren Brust."

„Du scheinst dich gut auszukennen?", bemerkte Hartwig.

„In Mons habe ich mir als Pferdejunge im Gestüt des Verwalters ein paar Münzen verdient. Es war nicht viel, doch die Arbeit machte Spaß."

„Dann weißt du, woher dein Sohn seine Begeisterung für Pferde hat."

„Hat er das gesagt?", fragte der Wirt erstaunt.

„Er möchte gern Pferdejunge werden, doch er meint, dass ihm sein Vater das nicht erlauben wird."

„Wir haben darüber noch nie gesprochen. Ich hätte nichts dagegen."

„Den Verwalter in Mons kenne ich gut. Wenn du deinen Sohn zu ihm schickst, wird er bei ihm als Pferdejunge arbeiten können. Ich sage dort Bescheid."

„Mir wäre es recht, doch ich muss zuvor noch mit meiner Frau sprechen."

„Tu das! Ich muss jetzt weiter", drängte Hartwig und zahlte.

Kurz hinter Bedarieux erreichte Hartwig das Ufer des Flusses Orb, der aus dem Norden kam und in westliche Richtung schwenkte. Eine alte Steinbrücke ermöglichte ihm, trocken auf die andere Flussseite zu gelangen. Am nördlichen Flussufer ritt er weiter bis zu dem Ort Mons.

Hier mündete der Fluss Jaur in den Orb und schwenkte nach Süden in Richtung Mittelmeer.

Die Landschaft gefiel Hartwig. Zahlreiche Schafherden sah er auf den Hochebenen dahinziehen. In den Tälern dagegen stand ein Feld gedrängt neben dem anderen und wo der Boden eine Feldwirtschaft nicht zuließ, waren Wälder und Haine mit Olivenbäumen und Weinstöcken. Wo genau seine Grafschaft begann, wusste er nicht. Hartwig hatte sich nie darum gekümmert. Seine Gedanken verweilten nochmals bei dem Vorfall am gestrigen Abend. Dass er sich für die Magd eingesetzt hatte, bereute er nicht. Ihm war jedoch bewusst, dass er nicht mehr ins Langobardenreich zu seinen Landsleuten und Amalafred zurückkonnte. Die Heruler würden ihn bei erster Gelegenheit umbringen.

Das Tor von Mons war nicht bewacht. Nur wenige Leute waren auf den Gassen zu sehen. Niemand beachtete den fremden Reiter. Unerkannt gelangte er zum Marktplatz, auf dem ihm vor Jahren die Bevölkerung, im Beisein des Königs, gehuldigt hatte. Es war ein formaler Akt, dem er damals keine große Bedeutung beimaß. Da die Grafschaft ein Erblehen war, könnte einer seiner Söhne den Besitz einmal übernehmen. Er hätte das Anrecht auf den Grafentitel und die Besitzungen um Mons. Hartwig hatte sich noch keine Gedanken darüber gemacht, für immer mit seiner Familie hierher zu ziehen. Im Elbkniegau besaß er alles, was für die Pferdezucht notwendig war. Er hatte dort große Ländereien mit saftigen Weiden. Seine Frau Elke war ebenso bodenständig, wie er und wäre nicht erfreut, ihre Heimat zu verlassen. Die Gegend um Mons war schön, doch Thüringen wollte er dafür nicht eintauschen.

Am Marktplatz sah Hartwig sich um. An das große Steinhaus des Verwalters konnte er sich erinnern. Er stieg vom Pferd und schlug mit der Faust gegen das Hoftor.

„Wer ist da?" hörte er jemand rufen.

„Öffnet!", antwortete Hartwig.

Ein alter Mann sah durch eine kleine Luke im Tor.

„Ich habe dich schon einmal gesehen Fremder. Was willst du?"

„Ich möchte den Verwalter sprechen. Ist er hier?"

„Er wird bald zurück sein. Du kannst im Hof auf ihn warten und wenn du Hunger und Durst hast, lass ich dir etwas bringen."

Der alte Mann öffnete das Holztor und Hartwig folgte ihm mit dem Pferd. Im Hof rieb er seinen Hengst mit Stroh trocken und gab ihm zu Saufen. Der Alte hatte ihn bei der Arbeit beobachtet und sagte: „Du scheinst dich mit Pferden gut auszukennen. Wenn du eine Arbeit suchst, wird dich mein Herr bestimmt als Pferdeknecht nehmen."

Der alte Mann ließ den Fremden nicht aus den Augen und überlegte angestrengt, woher er ihn kannte. Schließlich gab er es auf und nahm aus einem Weidenkorb zwei kleine Äpfel. Einen davon reichte er Hartwig.

„Greif zu, es ist das Beste gegen Durst und Hunger."

Mit Genuss verspeisten beide die Früchte.

„Bist du schon lange hier in Diensten?", wollte Hartwig wissen.

„Von Kindheit an. Ich kenne alles und jeden."

„Kennst du auch den Grafen, dem die Stadt und das Land gehören?"

„Ja, es ist lange her, dass er hier war. Er soll weit im Osten, in Thüringen leben, aber Sicheres kann ich dir nicht sagen. Da musst du meinen Herrn, den Verwalter fragen."

„Sind die Menschen zufrieden mit deinem Herrn?"

„Ich denke schon, aber warum willst du das alles wissen?"

„Es interessiert mich. Vielleicht bleibe ich bei euch in der Stadt."

Auf dem Marktplatz war das Wiehern von Pferden zu hören. Der alte Mann eilte zum Tor und öffnete es. Der Verwalter und zwei Begleiter ritten auf den Hof. Es mussten die Pferdeknechte sein, denn sie versorgten sogleich die Tiere.

Der alte Mann zeigte zu Hartwig und sagte zu seinem Herrn: „Der Fremde sucht eine Arbeit als Pferdeknecht."

Der Verwalter ging zögernd auf Hartwig zu. Da erkannte er ihn und verbeugte sich vor ihm.

„Ich freue mich, dass ihr wieder hier seid Herr, wartet ihr schon lange auf mich?"

„Nein, ich bin erst angekommen."

„Warum seid ihr nicht ins Haus gegangen. Meine Frau hätte euch etwas zu Essen bereitet."

„Ich bin nicht hungrig. Der alte Mann auf dem Hof hat mich gut versorgt."

Jetzt schien sich der Alte wieder zu erinnern, woher er den Fremden kannte und sank gleich auf die Knie.

„Steh auf Alter, du brauchst nicht vor mir zu knien. Wer mit mir sein Essen teilt, dem soll es immer gut gehen in meiner Grafschaft."

Hartwig folgte dem Verwalter ins Haus. Die Frau hatte bereits mitbekommen, dass ein fremder Mann auf dem Hof war, doch schenkte sie dem keine Beachtung. Sie stellte Wein und Brot auf den Tisch und hörte den Männern zu, worüber sie sich unterhielten. Ihr Mann berichtete von den Zuchterfolgen der weißen Pferde und den guten Ernten in den letzten Jahren.

Er ging mit Hartwig in die Schreibstube und legte ihm die Kassenbücher vor. In ihnen hatte er pedantisch genau alle Einnahmen und Ausgaben vermerkt. An den Zahlen der Endabrechnung für die Jahre, konnte Hartwig sehen, wie hoch der Gewinn war.

„Es freut mich, dass du gut wirtschaftest. Ich bin mit dir zufrieden", sagte er anerkennend zum Verwalter.

„Wie lange werdet ihr bleiben können? Ich frage nur, wann wir ein Willkommensfest, euch zu Ehren, geben dürfen."

Hartwig überlegte. Er wollte den Langobarden auf der Heimreise nicht über den Weg laufen.

„Ich denke, dass ich ein paar Wochen bleibe. Wir haben genügend Zeit."

Die Hausfrau zeigte Hartwig seine Zimmer. Sie standen immer für ihn bereit und die Möbel waren mit weißen Tüchern gegen den Staub abgedeckt. Mägde entfernten sie eilig und stellten Blumensträuße in Tongefäßen an verschiedenen Stellen im Raum auf. Das Fest zu seinen Ehren wurde für den nächsten Sonntag festgelegt. Bis dahin gab es viel zu tun. Für Hartwig wurde Kleidung in der Landestracht angefertigt und die Beamten der Stadt überlegten sich den Ablauf des Festes.

Wie ein Lauffeuer hatte sich die Ankunft des Grafen in der Stadt und auf dem Land herumgesprochen. Wenn Hartwig mit dem Verwalter zur Besichtigung ausritt, winkten ihm die Menschen zu. Anfänglich war es ihm unangenehm. Seine zwanglose und offene Art schätzten die Untertanen. Die täglichen Ausritte zu den Pferdeherden bereiteten ihm großes Vergnügen. Stundenlang konnte er den Tieren zusehen. Alle waren mit einem Brandzeichen versehen. Sie erhielten es als Fohlen, wenn die Herden im Herbst zusammengetrieben wurden. Einige Tiere wurden als Reit- oder Zugtiere in den

Ställen behalten und die anderen wieder freigelassen. In der Winterzeit wurden die Tiere eingeritten, oder an den Wagen gewöhnt. Sie alle gehörten ihm. Es waren drei große Herden, die das ganze Jahr über im Freien waren. Zusätzlich standen Tiere in den Stallungen und auf den Koppeln, mit denen der Verwalter gezielt größere Pferde züchtete. Das Ergebnis war beeindruckend. Voller Stolz verwies er auf die erreichte Widerristhöhe seiner Zuchttiere und die gleichmäßig weiße Farbe ihres Fells.

Hartwig berichtete von den Zuchterfolgen bei der Einkreuzung der weißen Thüringer Pferde mit denen, die er von Theudebert geschenkt bekam und die auch aus dem Süden des Frankenlandes stammten.

„Wenn ich wieder in Thüringen bin, werde ich dir eine kleine Zuchtgruppe zusammenstellen und sie zu dir bringen lassen. Du kannst dann das Gleiche versuchen, wie ich es an der Elbe."

„Wie bekomme ich die Tiere hierher?", fragte der Verwalter.

„Darüber wollte ich ohnehin mit dir reden. Ich habe die Absicht, von hier aus direkt nach Thüringen zu reisen und werde mehrere Wagen an Getreide mitnehmen, da dort wegen einer Dürre Hungersnot herrscht. Auch werde ich ein paar Pferde auswählen, die ich im Elbkniegau für meine Zucht benötige. Kannst du mir bei der Auswahl behilflich sein?"

„Gern, mein Herr, ich werde die passenden Tiere für euch finden."

„Wenn die Fuhrknechte im Elbkniegau angekommen sind, sollen sie die Karren dort lassen und nur mit den Thüringer Pferden zurückreiten. Zusätzlich kann jeder zwei an die Leine nehmen. Dann kannst auch du dich mit der Einkreuzung beider Rassen versuchen. Es wird gut sein, wenn wir das Blut ein wenig auffrischen."

„Sagt mir nur rechtzeitig Bescheid, mein Herr, wann ihr abreisen wollt, damit ich alle Vorbereitungen zeitgerecht treffen kann."

Abends aß Hartwig gemeinsam mit der Familie des Verwalters. Seine Frau kochte selbst und viele ihrer Gerichte waren ihm unbekannt. Sie hatten drei Kinder, zwei Söhne und eine Tochter. Sie waren etwa im gleichen Alter, wie Hartwigs Kinder. Die Hausfrau fragte ihn einmal danach und er bedauerte, dass er zu lange von seiner Familie fort war. Doch das wollte er in Zukunft ändern. In das Langobardenreich konnte er nicht mehr zurück, ohne sein Leben zu gefährden. Rudolf, dem Neffen des Herulerkönigs, traute er jede Schandtat zu. Er würde versuchen, ihn bei König Wacho in Misskredit zu bringen.

Prinz Amalafred benötigte seine Hilfe in Vindobona auch nicht mehr, da er Emeric bei sich hatte und nicht nach Ravenna zurückkehren sollte. Wenn König Wacho zu einem seiner nächsten Heerzüge aufrufen würde, könnte der Prinz die Thüringer Krieger an der Seite von Audoin anführen.

Nach den Abendmahlzeiten musste Hartwig den Kindern von Thüringen berichtete. Sie lauschten gespannt seinen Erzählungen. Es war für sie eine fremde Welt. Besonders mochten sie die germanischen Göttergeschichten des Grafen. Er kannte viele und erzählte von der Entstehung der Erde, des Lebens und wie die Götter in der Götterburg Asgard lebten. Die beiden Knaben konnten nicht genug davon hören und wenn eine Geschichte endete, drängten sie Hartwig, eine neue zu beginnen.

Am Abend vor dem großen Willkommensfest saßen sie in trauter Runde zusammen. Die Hausfrau stickte an einer Decke und die Tochter versuchte, es ihr gleichzutun. Sie hörten dabei den Gesprächen der Männer zu.

Hartwig erzählte den Kindern von seiner Heimat Thüringen. Wie er in Rodewin aufwuchs und wie die Menschen dort lebten. Gern erinnerte er sich daran. Es war spät geworden, doch ans Schlafengehen wollten die Knaben noch nicht denken.

Da war ein lautes Pochen zu hören. Jemand schlug hart gegen das Hoftor. Verwundert sah der Verwalter aus dem Fenster und erblickte drei Reiter vor seinem Haus.

„Was wollt ihr zu später Stunde?", rief er hinunter.

„Erkennst du deinen König nicht?", antwortete einer der Reiter.

Erschrocken rannte der Verwalter zu dem hofseitigen Fenster und schrie hinab: „Öffnet geschwind das Tor! Es ist der König."

Die Aufregung war groß. Theudebert überließ sein Pferd einem Knecht und der Verwalter eilte ihm entgegen.

„Das ist eine große Überraschung, mein König, dass ihr uns besucht."

„Wolltet ihr denn schon zu Bett gehen?", erwiderte Theudebert lachend.

Er stieg die Stufen hinauf zu den Wohnräumen und begrüßte die Hausfrau. Hartwig stand neben dem Tisch. Theudebert ging auf ihn zu und umarmte ihn wie einen alten Freund.

„Willst du mich nicht sehen?", fragte er ihn.

Hartwig brauchte Zeit, sich zu fassen. Warum ist der König hier? Hatte es etwas mit den Herulern zu tun? Wurde er von ihnen verleumdet?

„Ich hatte die langobardische Gesandtschaft nach Cabrières geführt und musste die Stadt schnell verlassen" antwortete Hartwig verhalten.

Der König wand sich von Hartwig ab.

„Ich habe schlimme Sachen über dich gehört. Du wolltest den Gesandten ermorden und hast ihm mit dem Messer die Wange aufgeritzt", erklärte der König im ernsten Ton.

Der Verwalter und seine Frau sahen Hartwig entsetzt an. Sie konnten nicht glauben, dass ihr Herr zu dieser Tat fähig sei. Da Hartwig nichts zu seiner Rechtfertigung sagte, sprach der König weiter: „Dieser Vorgang spricht sich schnell herum und wird Konsequenzen nach sich ziehen. Wie wird der Langobardenkönig darauf reagieren?"

Der König sah Hartwig noch immer mit ernster Miene an. Hartwig versuchte sich nicht zu rechtfertigen und schwieg weiter. Eine unangenehme Stille entstand. Theudebert fuhr mit seinen Ausführungen fort.

„Mein Kämmerer hat sich der Sache angenommen und ist der Anschuldigung auf den Grund gegangen. Ich kann dazu nur sagen, dass der Gesandte Glück hatte, dass du besonnen gehandelt hast. Wäre ich an deiner statt, hätte ich dem Schwein auf der Stelle die Kehle durchgeschnitten."

Erleichtert atmete Hartwig auf und war froh, dass der König sein Verhalten billigte. Theudebert setzte sich an den Tisch und sah die Frau des Verwalters an.

„Bekomme ich etwas zu Essen und einen Becher Wein. Es war ein weiter Ritt hierher", sagte er heiter.

Die Küchenmagd kam mit einem Tablett Vorspeisen und einer Kanne Wein, aus der Küche.

„Steht nicht da und setzt euch zu mir", forderte der König die Männer auf.

Hartwig und der Verwalter nahmen ihm gegenüber Platz und die Hausfrau schenkte jedem einen Becher Wein ein.

Theudebert schien tatsächlich sehr hungrig zu sein, denn er langte zu als hätte er seit Tagen nichts mehr gegessen. Er sah den Verwalter an.

„Ich habe deine Einladung zu dem Fest erhalten", sprach er zu ihm. „Leider muss ich morgen früh schon ins Heerlager zurückreiten. Die Ostgoten kommen jetzt in Bewegung. Ich wollte vorher noch ein paar Dinge mit dem Grafen allein bereden."

Der Verwalter und seine Familie gingen aus dem Raum und ließen Hartwig mit dem König allein.

„Du bist mit den Langobarden angekommen. Warum warst du nicht mit ihnen bei mir im Palast?"

„Der Gesandte wollte es nicht. Wir hatten ein gespanntes Verhältnis zueinander."

„Ich habe davon gehört. Die Magd hat ihre Geschichte meinem Kämmerer berichtet und der fand heraus, dass der hilfreiche Thüringer hierher geritten war. Ich dachte, dass nur du es sein konntest. Gewissheit bekam ich erst durch die Einladung deines Verwalters zur Willkommensfeier."

„Es ist mir eine große Ehre, mein König!"

„Warum so förmlich, wenn wir unter uns sind, soll es wie in alten Zeiten sein. Du hast mir zweimal das Leben gerettet und das werde ich dir nie vergessen. Überall lauern Gefahren und da ist ein Freund mehr wert als ein großes Heer. Stoßen wir auf unsere Freundschaft an!"

Theudebert hob seinen Becher und prostete Hartwig zu.

„Ich habe an dich noch ein paar Fragen bezüglich der Langobarden. Warum bist du mit ihnen gereist?"

„Ich war mit Prinz Amalafred zur Hochzeit von König Wacho. Er hatte mich gebeten, seine Gesandtschaft ins Frankenreich zu begleiten, weil ich die fränkische Sprache beherrsche und den Weg nach Reims kenne."

„Seinem neuen Verwandten traut der alte Steppenfuchs wohl nicht zu, dass er zu mir findet", rief Theudebert lachend.

„Der Gesandte und seine beiden Begleiter sind Krieger und nicht gewandt im Umgang mit Beamten", erklärte Hartwig.

„Echte Barbaren sind das, wie sie die Römer beschrieben haben. Erzähl mir, was du von Wacho und seiner Sippe weißt."

Hartwig berichtete ausführlich.

„Der Langobardenkönig will von mir einen Termin für die Heirat mit seiner Tochter. Ich mag sie aber nicht zur Frau nehmen."

„Du bist mit ihr verlobt!"

„Was zählt das schon! Es gibt genügend Gründe, sie nicht zu ehelichen. Ich liebe Deuteria und da ist kein Platz für eine andere. Nur weil die Kirche fadenscheinige Einwände vorbringt, sehe ich nicht ein, nachzugeben. Ich bin der König und entscheide selbst, was für mein Reich und mich richtig ist."

„Deine Feinde werden diesen Streit für sich ausnutzen und versuchen, dir zu schaden", gibt Hartwig zu bedenken.

„Meine Feinde sind die Bischöfe. Sie verbreiten Lügen über die Königin und erdreisten sich sogar zu behaupten, dass meine Ehe mit ihr nicht rechtsgültig ist. Wenn ich daran denke, kommt mir die Galle hoch."

Das Gesicht des Königs färbte sich rot vor Zorn.

„König Wacho geht es wahrscheinlich nur um die Sicherung der Grenzen im Nordwesten seines Reichs. Vielleicht würde dein Onkel Chlothar für dich einspringen und sie zur Frau nehmen", schlug Hartwig vor.

„Das denke ich nicht, obwohl er diesbezüglich nicht sehr wählerisch ist. Wenn nicht der bevorstehende Krieg mit Ostrom mich zu einem Bündnis mit den Langobarden zwingen würde, hätte ich die Verlobung längst gelöst."

„Sind die Franken im Krieg mit dem Kaiser?", fragte Hartwig.

„Noch nicht, aber es kann dazu kommen. Das Heer des Justinian ist dabei, die Ostgoten zu besiegen. Sie wollen das gesamte römische Reich, wie es einst bestand, neu erschaffen. Somit bedrohen sie auch uns Franken. Daher müssen die Gebiete nördlich der Alpen fränkisch werden und bleiben. Wir haben keine andere Wahl."

„Vielleicht geht es den Oströmern nur um Italien?", wendete Hartwig ein.

„Du kennst die Römer nicht. Sie sind klug und verschlagen. Wenn sie eine Möglichkeit sehen, zögern sie nicht zuzuschlagen. Ich würde an ihrer Stelle nicht anders handeln."

Theudebert trank auf einen Zug seinen Becher Wein aus. Hartwig schenkte ihm unaufgefordert nach, wie er es früher als Leibsklave getan hatte.

„Welche Rolle spielen die Langobarden mit Wacho dabei?", wollte Hartwig wissen.

„Durch sein Reich führt der Weg von Konstantinopel nach Norditalien und zu uns. Er hält somit den Schlüssel in seiner Hand. Bisher hat er es gut verstanden, sich beiden Seiten anzubieten, doch weiß ich nicht, wie lange das bleibt."

„Es wird davon abhängen, was der Kaiser von ihm verlangt. Wenn es eine familiäre Verbindung zwischen den Königshäusern der Franken und Langobarden gäbe, hätte er Grund, dem Kaiser eine Beteiligung an einem

Krieg gegen dich, abzulehnen. Wenn du seine Tochter nicht heiraten willst, könnte es doch dein Sohn tun."

„Was ist das für ein blöder Gedanke! Mein Sohn ist noch ein Kind. Was will der mit einer Frau, die seine Mutter sein könnte."

„Das meine ich nicht. Wacho hat eine zweite Tochter, die auch noch ein Kind ist. Die Aussicht auf eine zweifache Verbindung könnte ihn besänftigen und die hinausgeschobene Heirat mit Wisigard und dir vergessen lassen."

Theudebert überlegte.

„Das ist ein prächtiger Gedanke. Warum ist der mir nicht selbst gekommen. Ich gewinne Zeit und zeige mein Interesse an einer Verbindung unserer Sippen."

Zufrieden leerte Theudebert seinen Becher.

„Ich werde einen Boten zu Wacho senden, der ihm dieses Angebot überbringen soll oder willst du das Schreiben für ihn mitnehmen."

Hartwig schüttelte mit dem Kopf.

„Ich kann nicht mehr ins Langobardenreich reisen, da der Gesandte mir gedroht hat, mich umzubringen. Von hier aus reite ich zu meiner Familie nach Thüringen."

„Lass sie hierherkommen. Im Südfrankenreich lebt es sich besser als im kalten Nordosten."

„Ich hatte mit meiner Frau darüber gesprochen, doch sie mag lieber in der Heimat bleiben."

„So sind nun mal die Frauen. Meine Deuteria will auch nicht von hier weg. Deshalb muss ich viel reisen. Morgen reite ich sehr früh fort. Gibt es noch etwas, was du mit mir bereden möchtest?", fragte der König.

„Da wäre noch eine Sache, die mir am Herzen liegt."

„Sprich!"

„Es handelt sich um Baldur und seine Schwester, die von deinem Onkel Chlothar gefangen gehalten werden. Ich möchte sie freibekommen."

Der König ging zum Fenster und sah hinab auf den Hof. Die Männer der Leibgarde des Königs saßen bei den Stallungen und vertrieben sich die Zeit mit würfeln. In diesem Haus war ihr Herr sicher vor etwaigen Anschlägen.

Theudebert stand lange am Fenster und schwieg. Dann drehte er sich um und ging auf Hartwig zu.

„In der Angelegenheit des Thüringer Prinzen und seiner Schwester Radegunde kann ich nicht helfen. Ich erinnere mich, dass dein Entführungsversuch vor Jahren fehlschlug. Wie ich hörte, will Chlothar das Mädchen heiraten und deshalb lässt er sie gut bewachen."

„Sie sind auf seinem Gut in Athies. Ich habe Baldur dort gesehen und gesprochen", verriet Hartwig dem König.

„Es tut mir leid, dass ich da nichts tun kann. Mein Verhältnis zu Chlothar ist angespannt. Seine Heirat mit der Thüringer Prinzessin ist gegen mich gerichtet. Damit will er sich einen legitimen Anspruch auf das ehemalige Königreich der Thüringer verschaffen. Wenn ich diese Heirat verhindern könnte, würde ich es tun. Aber es scheint aussichtslos zu sein, es sei denn, wir bringen meinen Onkel um."

„Er wollte dich auch töten. Du würdest dann gleichziehen", erklärte Hartwig.

„Das können wir vergessen. Nur für den Thüringer Königsschatz würde er seine Gefangenen austauschen. Kennst du den Ort?"

Theudebert sah Hartwig mit zusammengekniffenen Augen an.

„Ich kenne ihn nicht. Wahrscheinlich weiß nur Amalafred, wo das Gold verwahrt ist", antwortete Hartwig.

„Wenn er mir den Ort sagt, wäre ich bereit, Amalafred als Vasallenkönig einzusetzen. Das kannst du dem Sohn des Herminafrid zusichern", bot der König an.

„Ich werde ihn nicht mehr sehen, denn er kämpft mit den Langobarden zusammen in Illyrien und Dalmatien."

„Dann wird es bleiben, wie es ist! Thüringen wird nie wieder ein eigenständiges Königreich sein. Es gehört jetzt zum Frankenreich und es ist besser, wenn die Thüringer das bald erkennen."

Es klang wie eine Drohung.

Hartwig schenkte aus der Weinkanne den Becher des Königs nach. Theudebert wurde nachdenklich.

„Wann wirst du nach Hause reisen?", fragte der König.

„In etwa zehn Tagen."

„Ich habe nach wie vor großes Vertrauen in dich und möchte, dass du meine Interessen dort vertrittst. Daher will ich dich in dem Gebiet östlich der Saale bis zur Elbe als Verwalter einsetzen. Seitdem ich den Slawen erlaubte, sich anzusiedeln herrscht Ruhe. Den Frieden will ich bewahren und du bist der Richtige, dem es gelingt."

Hartwig wusste nicht, was er dazu sagen sollte. Er wollte in Zukunft nur Pferde züchten und sich nicht mit Verwaltungsaufgaben befassen, doch das konnte er dem König nicht direkt sagen.

„Ich danke dir, für dein Vertrauen", antwortete Hartwig kurz.

„Da wir nun alles besprochen haben, wollen wir deinen Verwalter zu uns kommen lassen, damit wir noch ein paar Becher Wein gemeinsam leeren können."

Er rief laut nach ihm. Die drei Männer sprachen über Pferdezucht. Theudebert hatte einige Stuten von einem Thüringer Hengst decken lassen. Den Schimmel erhielt er von Harald, Hartwigs älterem Bruder aus Rodewin. Die Erfolge waren gut und er wollte damit weitermachen.

Am nächsten Morgen ritt der König vor Sonnenaufgang fort. Hartwig und die Familie des Verwalters waren vor ihm aufgestanden und haben ihn gebührend verabschiedet. Es war eine große Ehre, dass der Frankenkönig hierherkam und dieses Ereignis war das große Gesprächsthema des Tages im ganzen Ort.

Das Willkommensfest für den Grafen begann am frühen Nachmittag auf dem Markt.

Die angesehenen Familien der Grafschaft waren erschienen und wurden dem Grafen vom Verwalter vorgestellt. Hartwig wechselte mit jedem ein paar freundliche Worte. Die geladenen Gäste nahmen an einer großen Tafel Platz und es wurden Spezialitäten der Küche dieses Gebietes aufgetragen. Der Graf sollte ein paar Worte sagen. Es fiel ihm nicht leicht, vor vielen Menschen zu sprechen, die er nicht persönlich kannte.

Die meisten von ihnen standen durch Pachtverträge in einem Abhängigkeitsverhältnis zu ihm. Die Verträge wurden mit dem Verwalter ausgehandelt und machten den Grafen zum reichsten Mann in dieser Gegend. Er hatte an den Tagen zuvor lange darüber nachgedacht, was er mit dem Geld tun könnte. Einen Teil wollte er mit nach Thüringen nehmen, aber es war viel mehr vorhanden als er benötigte und Jahr für Jahr kam mehr hinzu. Er sprach mit dem Verwalter darüber, doch der konnte oder wollte ihm in dieser Sache nicht helfen.

Hartwig grübelte lange darüber nach. Plötzlich hatte er eine Idee. Was in der Stadt fehlte, war ein Gotteshaus.

Dieser Gedanke ging ihm nicht mehr aus dem Sinn. Sein Entschluss stand fest. Eine Kirche wollte er in der Stadt erbauen lassen und sich damit ein Denkmal setzen. Mit dem Christentum hatte Hartwig nichts im Sinn, denn er glaubte an die germanischen Götter und nicht an Jesus. Aber vielleicht gab es zwischen ihnen eine Verbindung und da konnte es nicht schaden.

In seiner kurzen Ansprache an die Bevölkerung gab er seinen Entschluss mit dem Kirchenbau bekannt. Die Menschen waren begeistert. Der Jubel steigerte sich und endete darin, dass sie anfingen zu singen. Das war ergreifend für Hartwig und bestärkte ihn in seiner Entscheidung. Die Willkommensfeier zog sich bis in den späten Abend hin. Die jungen Männer und Frauen tanzten in die Nacht hinein und die Älteren genossen den spendierten Wein aus dem Keller des Grafen.

Mit dem Verwalter trank Hartwig zu Hause noch ein paar Becher Rebensaft. Er wollte den wunderbaren Abend angenehm ausklingen lassen. In seiner Weinseligkeit bot er dem Trinkgefährten an, dass er ihn mit seinem Namen „Hartwig" ansprechen durfte. Der Verwalter war damit einverstanden, wenn sie allein waren. In der Öffentlichkeit gebot es jedoch sein Respekt, die bisherige Anrede beizubehalten. Hartwig war damit einverstanden.

„Sag mir jetzt deinen Namen!", forderte er ihn auf.

„Ich heiße Lucius!"

„Ist das ein römischer Name?"

„Das stimmt! Meine Vorfahren waren Römer und hatten sich vor mehr als hundert Jahren hier niedergelassen."

„Lass uns darauf trinken, Lucius, und auf eine erfolgreiche Pferdezucht.

Es war spät geworden und Lucius half seinem Herrn ins Bett zu gehen.

Am nächsten Morgen sprachen sie über das große Bauvorhaben. Es interessierte Lucius, warum der Graf als Heide, für den Christengott ein Gebetshaus stiften wollte.

„Im Langobardenreich hatte ich von einem Mönch gehört, dass Balder, der Sohn des germanischen Göttervaters Odin, auch der Sohn des Christengottes sein könnte."

„Unser Priester hatte noch niemals diesen Namen genannt."

„Wenn es dich interessiert, sage ich dir, was ich hörte", bot Hartwig seinem Verwalter an.

Lucius nickte zustimmend.

„Balder war der schönste und liebenswerteste Gott unter den Asen. Es ist das Göttergeschlecht bei den Germanen. Durch die Arglist des Riesen Loki, der bei den Göttern leben durfte, kam Balder zu Tode und ist in das Totenreich zu Hel gekommen."

„Ist das die Hölle?", wollte Lucius wissen.

„Es ist ein ähnlicher Ort, tief unter der Erde, aus dem es kein Zurück mehr gibt. Von dort sollte ihn sein Bruder befreien. Die Herrin dieses Reiches wollte ihn aber nur unter der Bedingung frei geben, wenn alle Wesen auf der Erde dies wünschten. Die Walküren zogen aus und befragten alle. Nur eine alte Trollfrau war nicht damit einverstanden. Die Götter glaubten, dass der verschlagene und zauberkundige Loki dahintersteckte und sie fingen ihn ein. Dann fesselten sie ihn an einen Stein und dort soll er bis in alle Ewigkeit bleiben."

„Das ist eine spannende Geschichte", bemerkte Lucius fasziniert.

„Es geht genauso interessant weiter. Der Göttervater Odin hatte seit langem eine böse Ahnung, dass etwas Schreckliches in der Welt passieren könnte und wollte sich dafür rüsten. Die Riesen und dunklen Mächte hatten die Absicht, die Götter und Menschen zu vernichten. Es wurde Odin gewahrsagt, dass es zu einem gewaltigen Kampf käme und dann der Weltuntergang anbräche. In dieser letzten Schlacht sollen viele ihr Leben verlieren, auch der Göttervater und sein ältester Sohn Thor. Am Ende der Schlacht soll aber Balder als Gott wieder auf die Welt zurückkommen. Mit einigen Kindern der Asengötter versucht er eine neue Welt zu errichten, in der die Liebe bei allen Wesen vorherrscht. Wann es sein wird, kann niemand sagen. Manche meinen, dass Balder der christliche Jesus ist und die friedliche Zeit bereits begonnen hat."

„Das kann nicht sein! Es gibt immer noch Kriege in der Welt", meinte Lucius.

„Es stimmt, doch können wir Menschen nur wenig von dem verstehen, was sich in der Welt und bei den Göttern abspielt.

Die Voraussetzungen für den Kirchenbau in Mons waren gut. Das Baumaterial kam aus einem nahen Steinbruch und Arbeitskräfte waren genügend vorhanden.

Drei Entwürfe legte der Baumeister vor. Für einen entschied sich Hartwig. Er betrachtete das Pergament mit dem Bauplan der Kirche und diskutierte mit dem Baumeister und Verwalter über mögliche Änderungen. In den großen Städten im Ostgoten- und Frankenreich hatte der Graf riesige Gotteshäuser gesehen, Klein und bescheiden sollte die Kirche in Mons gestaltet werden. Einen Turm mit einer Glocke sollte sie haben, deren sanfter Klang die Menschen an den Sonn- und Feiertagen zum Gang in die Kirche mahnen würde. Dort konnten sie beten und die Rituale des christlichen Lebens, wie Taufe, Vermählung und Bestattung der Toten, praktizieren. An den Wänden und Steinsäulen wollte Hartwig aber auch die Verbindung des Christentums mit dem Germanentum sichtbar machen. Dies konnte am einfachsten durch das Nebeneinander ihrer Symbole verwirklicht werden. Das Kreuz wechselte mit dem Thorhammer ab und Handwerker schlugen die Zeichen in die Steinquader. Hartwig erinnerte sich an den germanischen Göttertempel, den sein Schwiegervater im Elbkniegau auf einer kleinen Insel erbauen ließ und der mit verschiedenen Sinnbildern geschmückt war.

Ein Pferdeknecht kam zur Anhöhe des Kirchenplatzes geritten. Aufgeregt rief er nach dem Verwalter.

„Es ist etwas Furchtbares geschehen!", schrie er von weitem. Aufgeregt berichtete er dem Verwalter.

„Pferdediebe haben in der Nacht drei Tiere gestohlen und der Pferdeknecht, der Wache hielt, wurde erschlagen."

„Wo war das?", wollte der Verwalter wissen.

„Bei den Stallungen im Süden."

„Dann werden die Diebe in die Berge geflohen sein. Wir müssen sie gleich verfolgen, solange die Spuren frisch sind", ordnete Lucius an.

Er ritt mit Hartwig zu den Koppeln, die im Tal des Orb lagen, der sich nach Süden wandte. Neben dem Tor zum Pferdestall lag der tote Knecht. Eine Frau kniete neben ihm und weinte jämmerlich.

Zwei Pferdeknechte sahen entsetzt zu ihrem Kameraden.

„Habt ihr Spuren gefunden!", fragte der Verwalter die Knechte.

„Es gibt welche am Fluss entlang", antworteten sie verhalten.

„Sattelt die Pferde und folgt mir!", befahl er ihnen.

Zu viert ritten sie am Ufer des Orb entlang und sahen konzentriert auf die Hufabdrücke im Sand.

„Das müssen sie gewesen sein und hier sind sie durch das seichte Flussbett geritten!", vermutete Lucius.

Der Orb hatte zu dieser Jahreszeit einen geringen Wasserstand. Hartwig entdeckte auf der anderen Flussseite die Stelle, wo die Spuren am Ufer weitergingen.

„Hier sind sie langgeritten!", bestätigte einer der Knechte.

Die Spuren führten zu dem naheliegenden Wald und sie waren stellenweise gut erkennbar. Das änderte sich bald. Je höher sie auf den Berg kamen, umso schwieriger wurde es, einen Hufabtritt auszumachen. Nach den ersten Wegabzweigungen verloren sich die Spuren vollständig.

„Wir müssen die Suche abbrechen. Die Diebe haben einen zu großen Vorsprung. Es wird uns nicht gelingen, sie einzuholen. Wir kehren um!", rief der Verwalter.

Enttäuscht ritten sie zurück nach Mons.

Vor dem Stall hatten sich viele Menschen aus dem Ort eingefunden, die den Toten sehen und betrauern wollten. Er war einer von ihnen, dessen Familie seit Generationen hier lebte.

Sie blickten auf Hartwig, der ihr Graf war und die Schuldigen suchen und bestrafen musste. Er erkannte die besondere Situation und wusste, dass es nicht genügte, nur sein Beileid der Familie des Getöteten auszusprechen.

Hartwig ging zu den Pferden, die auf der Koppel standen. Er brauchte Ruhe zum Nachdenken. Es schien als würde er mit den Vierbeinern reden und sie um Rat fragen. Plötzlich kam ihm in den Sinn, was ihm der Wirt aus Bedarieux erzählte. Sein Schwager soll im Süden in den Bergen leben und auch weiße Pferde züchten. Vielleicht hatte der damit zu tun? Das musste er überprüfen. Die Leute beobachteten Hartwig und erwarteten eine Entscheidung von ihm.

Langsam ging er zurück. Er nahm Lucius zur Seite und fragte ihn: „Hat sich in den letzten Tagen ein Pferdejunge bei dir gemeldet?"

„Ja, der muss hier sein."

„Bringe ihn zu mir in den Stall und die Leute sollen draußen warten."

Der Verwalter und die Knechte mussten lange suchen, bis sie den Jungen im Strohlager fanden. Er hatte sich hinter einem Ballen versteckt. Sie zogen den verängstigten Knaben hervor und brachten ihn zu Hartwig. Der Graf schickte die beiden Pferdeknechte zu den anderen nach draußen und sagte ihnen, dass sie aufpassen sollten, dass keiner hereinkäme.

„Warum zitterst du Junge? Hast du in der letzten Nacht etwas gesehen?"

„Nichts habe ich gesehen, Herr! Es war rabenschwarze Nacht", antwortete er leise.

„Wir hatten Vollmond, warum lügst du mich an. Ist das der Dank dafür, dass ich dir erlaubt habe, hier zu arbeiten."

Der Verwalter hielt ihn mit harter Hand am Genick fest.

„Du kannst ihn loslassen. Er läuft nicht weg!", sagte Hartwig und sah weiter prüfend den Jungen an. Dem kamen plötzlich die Tränen.

„Sag mir, was gestern los war und fürchte dich nicht. Ich werde dir nichts tun."

Der Junge fiel auf die Knie und hielt beide Arme über den Kopf als wollte er sich vor Schlägen schützen.

„Hast du Angst?"

„Ja, Herr!", gab der Junge zu.

„Ich versichere dir nochmals, dass ich dir nichts tun werde, wenn du mir jetzt die volle Wahrheit erzählst."

Schluchzend kroch der Junge auf den Knien zu Hartwig.

„Er hat mich dazu gezwungen."

„Wer hat dich zu etwas gezwungen?", will Hartwig wissen.

„Mein Onkel!"

„Ist es der, der im Süden lebt und weiße Pferde züchtet", mutmaßt der Graf.

„Ja, Herr, er war es."

„Erzähl mir, was genau passiert ist!"

Der Junge sah sich ängstlich um und fing leise an zu sprechen: „Mein Onkel hat uns besucht und von meinem Vater gehört, dass ich als Pferdejunge in Mons arbeiten darf. Er sagte meinem Vater, dass er einen kleinen Umweg nehmen würde, um mich in die Stadt mitzunehmen."

„Wann war das?"

„Vor mehr als einer Woche. Dann sind wir losgeritten. Er sagte mir, dass er mich bald besuchen wollte, um nachzusehen, wie es mir ging."

Der Junge fing laut an zu schluchzen und konnte nicht weiterreden.

„Beruhige dich und sprich weiter!"

„Gestern kam er zu mir und fragte, wer in der Nacht beim Stall Wache hält. Ich sagte ihm, dass ich allein aufpasse, da der Knecht krank sei. Er verlangte von mir, dass ich nicht aus dem Stall trete, wenn ich draußen Geräusche höre und darüber schweigen soll, ganz gleich was geschieht."

„Du hast ihm dabei geholfen, die Pferde zu stehlen?"

„Er hat mich dazu gezwungen!", jammerte der Junge.

„Gut! Sag mir, wer den Pferdeknecht erschlagen hat!"

„Das war mein Onkel. Der kranke Knecht wollte nach mir und den Pferden sehen und rief laut meinen Namen. Da schlug ihn der Onkel mit einer Hacke von hinten auf den Kopf. Ich war wie erstarrt und konnte nicht davonlaufen. Mein Onkel drohte mir, keinem etwas zu verraten. Mit einem anderen Mann und drei von unseren Pferden ritt er davon."

Hartwig hob den Jungen hoch.

„Jetzt, wo du die Wahrheit gesagt hast, ist dir bestimmt wohler."

Der Junge nickte.

„Was mit einem Pferdedieb passiert, das weißt du!"

„Sie werden an einem Baum aufgehängt", sagte der Junge mit zitternder Stimme.

„Ich will versuchen, das zu verhindern, wenn du mir dabei hilfst, deinen Onkel zu fassen. Sieh nach draußen. Die Leute wissen noch nicht, dass du den Dieben geholfen hast. Sie würden dich lynchen."

Ängstlich sah der Knabe durch das offene Stalltor zu den gaffenden Menschen. Sie hatten nicht hören können, was im Stall gesprochen wurde und hegten gegen den Jungen keinen Verdacht oder Groll.

Hartwig lief nach draußen und sprach zu den Leuten.

„Hört mich an. Wir werden die Pferdediebe und Mörder finden und bestrafen. Ich brauche dazu jedoch ein paar kräftige und mutige Männer, die bereit sind, gegen sie zu kämpfen. Wer hat von euch Erfahrung, mit einer Waffe umzugehen?"

Niemand meldete sich. Alle blieben auf einmal still.

„Hat euch der Mut verlassen?", fragte Hartwig und sah jeden Einzelnen an, der zuvor „Rache" geschrien hatte.

Die Leute standen um den toten Pferdeknecht herum und schwiegen betroffen. Niemand war bereit mit

Hartwig zu reiten und die Pferdediebe zu suchen. Sie hatten Angst. Einige Männer trugen den toten Pferdeknecht zu seinem Haus und bahrten ihn dort auf. Die Frauen kümmerten sich um das Weitere. Bald konnte man lautes Weinen und Klagelieder aus seinem Haus hören.

Hartwig ritt mit dem Jungen und dem Verwalter in die Stadt. Der alte Knecht öffnete das Hoftor und sie saßen ab.

„Wo können wir den Jungen in Sicherheit bringen? Wenn jemand herausfände, dass er daran beteiligt war, würden sie ihn suchen. Gibt es im Haus einen sicheren Verschlag?"

„Im Keller habe ich einen kleinen Lagerraum, der dafür geeignet wäre", schlug der Verwalter vor.

Sie brachten den Knaben in den Raum. Er sträubte sich nicht.

„Du musst dich nicht fürchten! Ich lasse deinen Vater kommen und du kannst ihm sagen, wie es war. Hier in diesem Keller bist du sicher", sagte Hartwig und verschloss die Tür.

„Schicke einen Knecht zu seinem Vater und lass ihm sagen, dass er sofort zu uns kommen soll. Gib ihm ein zweites Pferd mit. Der Wirt hat nur einen Esel im Stall. Er soll sich beeilen!"

Der Vorfall hatte sich schnell im Ort, in der Grafschaft und der weiteren Umgebung herumgesprochen. Am nächsten Tag erschienen einige Männer auf dem Marktplatz, die bereit waren, die Pferdediebe zu suchen und gefangen zu nehmen. Hartwig ging zu ihnen.

„Es freut mich, dass ihr euch eingefunden habt, um mit mir zu reiten. Wer nicht aus Mons ist, der kann in dem Pferdestall übernachten. Wir werden morgen früh losreiten und die Diebe aufstöbern."

„Viele streckten die Fäuste in die Höhe und schrien als wollten sie in eine Schlacht ziehen. Hartwig stellte fest, dass es nur junge Männer waren. Es kamen ihm Bedenken, ob sie Erfahrungen im Umgang mit Waffen hatten.

„Wer von euch besitzt ein Schwert?", fragte er laut.

Keiner meldete sich. Der Verwalter flüsterte Hartwig zu, dass niemandem erlaubt sei, ein Schwert zu besitzen. Vor wenigen Jahren gehörte das Gebiet den Westgoten. Theudebert hatte es erobert und zu seinem Besitz gemacht. Es zählte aber immer noch als Kriegsgebiet und dort war der Waffenbesitz für die zivile Bevölkerung strengstens verboten.

„Wie wollt ihr gegen die Räuber antreten?"

„Wir haben Äxte und Gabeln und brauchen kein Schwert", meinte einer von ihnen.

„Das will ich mir ansehen! Wer versucht es, gegen mich anzutreten?"

Keiner meldete sich freiwillig. Sie hatten Angst, den Herrn zu verletzen.

„Wer ist der beste Kämpfer von euch?", wollte Hartwig wissen.

Ein kurzstämmiger Mann hob seine Axt.

„Gut, dann werden wir beide gegeneinander antreten"

Der Graf zog sein Schwert aus der Scheide.

Er stellte sich in der Mitte des Platzes auf. Die Zuseher bildeten einen weitläufigen Kreis. Der Mann mit der Axt warf seinen Umhang zu Boden und zeigte seine starken Muskeln. Auf jeden Gegner würde diese Geste einschüchternd wirken, doch Hartwig wusste, dass Muskeln allein keinen siegreichen Kämpfer ausmachten. Geschickt wich er den heftigen Axthieben aus und beobachtete seinen Gegner. Als er diesen in der Position hatte, dass er gegen die Sonne sehen musste und geblendet war, sprang er blitzschnell nach vorn und stellte ihm ein Bein. Der Mann fiel nach hinten in den Sand und ließ dabei die Axt aus der Hand fallen. Ehe er sich versah, spürte er Hartwigs Schwert an seinem Hals.

„Ein Pferdedieb hätte dich jetzt getötet. Ihr solltet noch etwas mit euren Waffen üben, bevor ihr mit mir zieht", sagte Hartwig trocken.

Betroffen sahen sich die anderen an.

Der soeben Besiegte sprach zu seinen Kameraden: „Wir gehen jetzt zu dem Pferdestall und üben mit unseren Waffen. Das nächste Mal besiegt uns keiner mit einem Schwert."

Mit einem „Hurra!" folgten ihm seine Kameraden.

„Das war eine gute Vorstellung", meinte anerkennend Lucius. „Damit habt ihr euch viel Respekt bei den Leuten verschafft."

Am Nachmittag traf der Wirt aus Bedarieux in Mons ein. Er war aufgeregt, da ihm der Knecht nur sagte, dass es um seinen Sohn ging. Er wurde zu Hartwig geführt, der mit dem Verwalter eine Landkarte des Gebietes zeichnete. Der Knecht zeigte ihm einen Schemel, auf den er sich setzen sollte.

„Was ist mit meinem Jungen? Hat er etwas angestellt?", fragte der Wirt ängstlich.

Hartwig ließ den Mann noch eine Weile warten und ging zu ihm. Dem Knecht gab er zu verstehen, dass er gehen konnte. Danach beugte er sich zu dem Wirt und sagte leise.

„Dein Sohn ist ein Pferdedieb und hat mitgeholfen drei meiner wertvollen Tiere zu stehlen."

„Das kann nicht sein. Er hat in seinem ganzen Leben nichts Unrechtes getan. Dazu ist er gar nicht fähig."

„Er hat es uns selbst gestanden", sagte der Verwalter.

„Wo ist mein Sohn? Ich will ihn sprechen!"

„Wir haben ihn im Keller verwahrt. Außer uns, weiß keiner von seiner Mittäterschaft. Bei dem Überfall ist einer meiner Pferdeknechte getötet worden und die Leute in der Stadt würden allzu gern die Diebe an den Bäumen aufhängen. Der Kellerraum, in den wir deinen Sohn eingesperrt haben, dient ihm zum Schutz."

„Was hat er euch gesagt?"

„Er verriet uns, dass dein Schwager die Pferde von hier weggetrieben hat und auch den Knecht erschlug."

„Das ist entsetzlich. Wenn das herauskommt, kann ich mein Wirtshaus schließen und von hier wegziehen."
Hartwig sah ihm tief in die Augen.

„Wenn du uns hilfst, deinen Schwager zu finden, muss es außer uns niemand erfahren."

„Ich kann doch meinen eigenen Verwandten nicht ans Messer liefern, ganz gleich, was er getan hat", erwiderte betroffen der Wirt.

„Du musst wissen, was dir lieber ist, dein Sohn oder dein Schwager."
Hartwig ging zurück zum Tisch, auf dem die Karte lag.
Der Wirt überlegte lange. Er gab Hartwig zu verstehen, dass er mit ihm sprechen wollte.

„Ich bin einverstanden, euch den Weg zu zeigen, doch es darf niemand erfahren, dass ich es war, der ihn verraten hat. Mein Schwager hat noch Brüder und die würden meine Familie töten, wenn sie von meinem Verrat erfahren."

„Du kannst unbesorgt sein!", versicherte ihm Hartwig und wies zu dem Verwalter, der zustimmend nickte.

„Gut, dann will ich es tun! Zuvor muss ich meinen Sohn sehen!"

Der Verwalter rief nach dem Knecht und sagte ihm, dass er den Jungen holen soll.

„Komm zu mir Wirt. Da wir uns jetzt einig sind, zeige mir den Ort, an dem sich dein Schwager aufhält. Dies ist eine Wegekarte und ich nehme an, dass du sie verstehst."

Der Wirt rückte das Pergament zurecht und zeigte auf eine Stelle, die auf einer der Hochebenen lag.

„Nur schwer kann man dort hingelangen. Wenn ich meinen Schwager besucht habe, musste ich auf steinigen Pfaden bis zu dem Plateau hinaufsteigen."

„Wie lange hast du für den Weg benötigt?", wollte Hartwig wissen.

„Gut einen Tag mit dem Esel. Mit einem Pferd ist man auch nicht schneller."

„Wenn ich euch zu ihm führe, werden mich deine Männer erkennen."

„Wir verkleiden dich! Selbst deine Frau würde dich für einen anderen halten."

Hartwig sah den Wirt prüfend an. Ich denke, wenn du deinen Bart abrasierst und wir dir eine Glatze schneiden, reicht das. Natürlich bekommst du andere Kleidung."

Der Wirt schien wenig begeistert über die bevorstehende Veränderung seines Äußeren zu sein. Das größte Problem sah er in der Glatze.

„Entscheide selbst, was dir wichtiger ist, erkannt zu werden oder kahlgeschoren!"

Uneins mit sich, willigte er schließlich ein.

Der Knecht kam in den Raum gestürzt und meldete, dass der Junge durch das Kellerfenster geflohen sei. Der Verwalter rannte los und die anderen folgten ihm. Sie kamen in die tiefliegenden Gewölberäume und sahen, wie die schmale Holzklappe, die als Fenster diente, mit einer Eisenstange aufgebrochen war.

„Dieser dumme Junge, weiß gar nicht, in welche Gefahr er sich bringt. Wohin kann er gelaufen sein?", fragte Hartwig den Verwalter.

Der zuckte ratlos die Schulter.

„Es wird ihm doch nichts passieren?", jammerte der Vater des Jungen.

„Es kommt darauf an, was er vorhat, ob er nach Hause geht oder zu seinem Onkel. Wir müssen schnell handeln. Wir werden sogleich aufbrechen und wenn es dunkel wird, in den Bergen übernachten."

In Eile wurden alle Vorbereitungen getroffen und die Freiwilligen bei den Ställen informiert, dass sie gleich losreiten müssten. Der Wirt trieb jetzt alle an, denn er hoffte, seinen Sohn noch zu finden, bevor dieser auf den Pfad zu der Hochebene kam. Er war in großer Sorge, dass ihm unterwegs etwas passieren würde oder er das Anwesen des Onkels vor ihnen erreichte.

Hartwig und der Verwalter gürteten ihre Schwerter um und der Wirt bekam ein neues Aussehen.

Die Frau des Verwalters packte ihnen genügend Proviant ein. Die drei ritten eilig aus dem Tor, in Richtung des südlichen Stalls. Dort warteten die Freiwilligen auf ihren Pferden. Der Graf sah nach, ob alle gut gerüstet waren und zog ihnen voran in Richtung Orb. Das war der Weg, den sie geritten waren als sie den Hufspuren folgten. An der gleichen Stelle überquerten sie den Fluss. Der Wirt hielt ständig Ausschau nach seinem Sohn und mahnte zur Eile. Die Pferdeknechte fingen an zu murren. Hartwig beruhigte sie. Er sagte ihnen, dass sie noch vor Sonnenaufgang das Versteck der Räuber finden mussten, um anzugreifen. Die Aussicht auf einen baldigen Kampf und Rache für den erschlagenen Pferdeknecht, beruhigte die Männer. Bald erreichten sie den Pfad, der steinig zu der Hochebene hinaufführte. Ab der

Weggabelung waren die Spuren nicht mehr zu erkennen. Jetzt führte sie der Wirt. Sicher schritt er voran. Reiten war nicht mehr möglich, da die Pferde auf dem steinigen Untergrund ausrutschen konnten. Es wurde dunkel und die Ersten fragten, wann sie rasten würden. Hartwig stimmte sich kurz mit dem Wirt ab.

„Wir machen nur eine kurze Pause und gehen im Mondschein vorsichtig weiter."

An solche Strapazen haben viele der Freiwilligen nicht gedacht und begehrten auf. Hartwig stellte es ihnen frei, zurück zu bleiben und später nachzukommen. Sie könnten ebenso bis zur Rückkehr des Trupps warten. Das wollten sie nicht. Murrend zogen sie mit den anderen weiter.

Gegen Mitternacht erreichten sie die Hochebene. Jetzt war es wieder möglich zu reiten. Nach einer längeren Pause ging es bei Vollmond im Schritt voran. Hartwig war froh, dass der Wirt sie führte. Der kannte den Weg gut und im Morgengrauen sahen sie einen Bauernhof vor sich.

„Dort lebt mein Schwager", flüsterte der Wirt Hartwig zu.

Sie versteckten sich hinter den Sträuchern und beobachteten das Gelände. Die Pferde grasten friedlich auf den Weiden oder dösten vor sich hin. Der Hof mit dem Haus und den Stallungen lag ruhig und friedlich da. Die Pferdediebe schienen sich hier sicher zu fühlen, denn es war keine Wache auszumachen.

Auf einmal hörte Hartwig ein Geräusch und versuchte herauszufinden, was es war. Er sah, wie eine Gruppe Pferde im Trab auf dem Weg ihnen entgegenkam.

„Die sind bestimmt aus der Koppel ausgebrochen", flüsterte Hartwig.

„Es sieht aus als würde sie jemand antreiben. Ich kann niemand erkennen", erwiderte Lucius.

„Wir werden sie einfangen, wenn sie bei uns sind. Aber wir müssen leise vorgehen. Verteilen wir uns auf die Länge des Wegs und auf mein Zeichen versucht ihr sie zu ergreifen. Seid leise dabei!"

Es dauerte nicht lange und die Tiere waren deutlich zu erkennen. Das weiße Fell der Pferde glänzte silbern im Mondlicht. Als sie nahe genug herangekommen waren, fingen die Männer sie mit Seilen ein. Keines der Tiere scheute. Es schien als würden die Pferde dies erwartet haben.

Beim letzten Pferd erkannte Hartwig einen Jungen, der sich am Hals des Tieres festgeklammert hatte. Er fasste nach dem Knaben und zog ihn zu sich. Es war der Sohn des Wirts. Er hatte versucht, allein die Pferde zurück zu holen. Als der Vater seinen Jungen wiedersah, war er überglücklich und presste ihn an seine Brust.

„Ich hätte dich bald nicht erkannt, Vater!", sagte der Knabe freudig.

„Es soll auch niemand wissen, wer ich bin."

„Ich werde nichts verraten!"

Obwohl sie das Diebesgut zurückhatten, ordnete Hartwig den Überraschungsangriff an. Der Wirt und der Junge sahen von weitem zu und sie passten auf die Pferde auf.

Zu Fuß schlich der Trupp zum Haus. Die Männer beobachteten jeden Eingang. Im Wohnhaus hörte Hartwig lautes Schnarchen von mehreren Personen. Er schlich mit blankem Schwert zur Tür und öffnete sie vorsichtig. Auf leisen Sohlen tastete er sich vor. Im fahlen Mondschein sah er drei Männer am Boden liegen. Sie schliefen auf ausgebreitetem Stroh. Er schlich sich an den einen heran und gab dem Verwalter ein Zeichen, sich den anderen vorzunehmen. Da erwachte einer der Schnarcher und schrie laut. Die Pferdediebe zogen ihre langen Messer und wehrten sich gegen die Eindringlinge. Hartwig hieb einen mit der Breitseite des Schwertes an die Schläfe. Wie tot sank er zu Boden. Lucius wurde von seinem Gegner mit dem Messer verletzt und Hartwig kam ihm zur Hilfe.

Der dritte Dieb wollte fliehen und rannte aus dem Haus. Draußen warteten die Freiwilligen auf ihn und zwangen ihn mit ihren Stöcken und Äxten zur Aufgabe.

Aus den Stallungen krochen ein paar halbverhungerte Gestalten, die durch den Kampflärm wach wurden. Sie sahen verwundert dem Treiben zu. Die drei Männer aus dem Wohnhaus lagen gefesselt inmitten des Hofes und wurden von den Freiwilligen gut bewacht. Hartwig fragte die ausgemergelten Sklaven, ob sich noch mehr als diese drei Männer auf dem Hof befänden, doch sie verneinten. Da besah er sich die Pferde auf der Koppel. Es fiel ihm auf, dass die Tiere unterschiedliche Brandzeichen hatten. Die Pferde, die der Junge weggetrieben hatte, waren alle mit dem Zeichen seiner Grafschaft versehen.

„Wieso sind es fünf Pferde und nicht drei?", wollte er vom Verwalter wissen.

„Im letzten Jahr wurden uns bereits zwei gestohlen und wir konnten die Diebe nicht finden", antwortete er. Es war ein voller Erfolg und die Freiwilligen waren zufrieden, dass sie einen der Pferdediebe selbst überwältigt und gefangen genommen hatten.

Als es hell wurde, besah sich Hartwig das Wohnhaus und die Stallungen. Der Schwager des Wirts hatte seine Sklaven, die auf dem Hof die Arbeiten verrichteten, schlecht behandelt. Sie bekamen nicht genug zu essen und an den Striemen auf den Rücken konnte man sehen, dass er sie oft schlug.

Hartwig lief zu dem noch immer bei den Pferden wartenden Wirt und seinem Sohn.

„Am besten ist, du reitest mit deinem Jungen jetzt gleich nach Hause, damit dich nicht noch jemand erkennt."

Der Wirt rannte mit dem Jungen los.

„Halt!" rief ihm Hartwig hinterher. „Nimm das Pferd, auf dem du her geritten bist. Ich schenke es deinem Sohn, weil er meine Pferde zurückbringen wollte."

Freudig saßen sie auf und ritten den direkten Weg nach Bedarieux.

Hartwig ging zurück zu den anderen und erklärte den Hof und das Land als sein Eigentum. Einen der dort lebenden Sklaven setzte er als Verwalter ein. Sie sollten zusammen auf der Hochebene bleiben. Mit den Schafen würden sie gut überleben können.

Zufrieden und dankbar fielen sie vor ihrem neuen Herrn auf die Knie. Hartwig berührte ihren Kopf und zeigte, dass er nun ihr neuer Herr sei. Danach gingen die Sklaven zu den Gefesselten und spuckten sie verachtend an.

Die Männer waren müde und Hartwig ordnete eine längere Ruhepause an. Der Verwalter durchstöberte mit zwei Pferdeknechten das Haus und sie hofften Diebesgut zu finden. Überrascht stellte er fest, dass keine Wertgegenstände vorhanden waren. Er hatte angenommen, dass die drei Diebe nicht nur Pferde gestohlen hatten, sondern auch für andere Überfälle auf den Wegen im Tal verantwortlich waren.

Der Suchtrupp zog nach der Ruhepause mit den Gefangenen und den Pferden zurück nach Mons. Einige Männer wollten wissen, wo der Junge und der Führer geblieben waren. Hartwig sagte ihnen, dass er sie nach Hause geschickt habe. Die gefesselten Räuber wurden auf die Rücken der Pferde gebunden. Sie fluchten in einem fort und schrien, dass sie unschuldig wären.

Gegen Mittag erreichten sie den Pfad, der von der Hochebene ins Tal hinab führte. Der Verwalter ordnete eine letzte Rast an. Auf einer schattigen Lichtung hielten sie und ruhten sich aus. Die gefesselten Gefangenen wurden auf dem Rasen abgelegt. Sie stöhnten und jammerten laut. Einer der Räuber bat um einen Schluck Wasser. Ein junger Bursche ging zu ihm und reichte ihm seinen Wasserschlauch. In dem Moment als sich der Bewacher mit dem Kopf zu dem Gefangenen beugte, schnellte dieser plötzlich hoch und schlug ihn mit der Stirn gegen die Schläfe. Besinnungslos fiel der Bursche ins Gras. Der Gefangene konnte das Messer des Burschen fassen und die Fesseln durchschneiden. Er flüchtete in den nahen Eichenwald und versuchte den Verfolgern zu entkommen. Der Vorsprung wurde größer, denn der Pferdedieb kannte sich in dieser Gegend gut aus. Mit weiten Sprüngen rannte er hangabwärts. Er erreichte eine Felsengruppen, von der mehrere Höhlen in den Berg führten. Die Verfolger suchten jede Stelle ab, doch sie konnten den Geflüchteten nicht finden.

Dem geflohenen Pferdedieb schien es gelungen zu sein, den Verfolgern zu entkommen. Er war, wie vom Erdboden verschluckt. Hartwig entschied, zum Lager zurück zu kehren. Enttäuscht gingen sie bergaufwärts zum Lagerplatz. Plötzlich war ein kurzer Schrei zu hören. Die Männer blieben stehen und versuchten jedes leise Geräusch zu erfassen. Unterhalb der Felsengruppe knackte ein Ast.

„Suchen wir weiter!", befahl Hartwig. Die Männer sahen hinter jeden Felsen und Strauch. Nach kurzer Zeit fanden sie den vor Schmerzen stöhnenden Pferdedieb in einer Bodensenke liegen. Er war von einer Felswand abgestürzt und hatte sich das Fußgelenk gebrochen. Wie ein erlegtes Wild trugen die Männer den Geflohenen an einer Stange hängend aus dem Wald zum Rastplatz. Um den gebrochenen Knöchel kümmerte sich niemand. Die Männer sahen diese Pein als gerechte Strafe für den Fluchtversuch an. Er wurde, wie die Mitgefangenen, bäuchlings auf ein Pferd gebunden und es ging auf dem steinigen Pfad talabwärts.

Die Männer des Suchtrupps fühlten sich beim Einzug in die Stadt wie siegreiche Krieger nach einer Schlacht. Sie waren die Helden des Tages und wurden begeistert von der Bevölkerung empfangen.

Der Verwalter ließ ein paar kleine Schweine schlachten und Wein ausschenken. Die Rückkehr der Pferde und der Mut der Freiwilligen wurde wie ein Volksfest gefeiert. Als die Stimmung ihren Höhepunkt erreichte, wollten einige Männer des Suchtrupps die Pferdediebe an einem Baum aufhängen.

Der Graf gebot Einhalt.

„Die freien Bürger der Stadt sollen entscheiden, was mit ihnen passiert!", entschied er.

„Bei uns werden Pferdediebe immer aufgehängt", riefen die Männer. Sie wollten die Gefangenen gleich lynchen. Hartwig hob die Hand.

„Ich bin euer Herr und bestimme, dass morgen eine Versammlung aller freien Männer auf dem Marktplatz stattfindet. Die Diebe dürfen sich verteidigen, bevor wir ein Urteil fällen."

Damit waren alle einverstanden. Die erhitzten Gemüter kühlten sich ab.

„Das ist etwas ganz Neues, dass die Bürger mitentscheiden dürfen", bemerkte Lucius verwundert.

„In meiner Heimat, in Thüringen ist es üblich, alle wichtigen Entscheidungen in der Versammlung, dem Thing, zu verhandeln. Danach wird beschlossen, was zu tun ist. Ich möchte in meiner Grafschaft die Rechtsprechung auf diese Weise einführen."

Der Verwalter schien skeptisch. Er konnte sich nicht vorstellen, dass dies funktionieren würde.

Voller Spannung erwarteten sie den nächsten Morgen. Viele Menschen kamen auf den Marktplatz, darunter auch Frauen und Kinder. Hartwig ließ einen inneren Kreis bilden, der aus den freien Männern der Stadt bestand. Das war nicht leicht, weil keiner einschätzen konnte, wer als frei galt. Irgendwann einigten sie sich. Es waren die Familienvorstände der Bürger, die in der Stadt lebten und unabhängig waren. Die meisten waren Handwerker und freie Bauern. Die Frauen und Kinder stellten sich hinter ihre Männer und Väter. Hartwig hatte von den Pferdeknechten ein Podest anfertigen lassen, auf dem er und der Verwalter erhöht standen und von allen gesehen wurden. Er erklärte den Ablauf des Things und befahl, die drei Pferdediebe vor das Podest zu führen. An den Händen gefesselt erschienen die beiden Unversehrten und der mit dem gebrochenen Fußgelenk wurde getragen.

Die Menge tobte und wollte die Bösewichte steinigen oder aufhängen. Hartwig hatte Mühe gehört zu werden.

„Die Schuldigen sollen die Möglichkeit haben, sich zu verteidigen und ihre Schuld zu bekennen", rief er der Menge zu.

Endlich beruhigten sich die Leute.

Der Graf beschuldigte die drei Gefangenen des Pferdediebstahls und Mordes an einem seiner Pferdeknechte. Das wollten die beiden Komplizen nicht gelten lassen. Sie durften sprechen.

„Wir haben nur Pferde gestohlen aber niemand ermordet", überschrien sie die lauten Zurufe der Umstehenden.

„Wer hat meinen Pferdeknecht getötet?", wollte Hartwig wissen.

„Der war es!", riefen sie und zeigten auf den Schwager des Wirts.

Sie erhofften sich durch die Preisgabe ihres Anführers eine mildere Strafe.

„Wir haben es mit zwei Strafbeständen zu tun. Das eine ist der Diebstahl von Pferden, der in der Regel mit Aufhängen bestraft wird und der andere ist Mord, der durch das Schwert gesühnt werden muss", erklärte Hartwig und löste eine heftige Diskussion aus. Es gab niemand, der zu Gunsten der Pferdediebe sprach. Die Männer waren für sie Fremde und alle wollten sie tot sehen. Hartwig deutete mit den Händen an, dass die Leute leise sein sollten.

Als die Lautstärke auf ein geringes Maß sank, forderte er die Thingversammlung auf, eine mehrheitliche Entscheidung zu treffen.

„Alle köpfen!", schrien die versammelten, wie aus einem Mund.

In der Diskussion hatten sie herausgefunden, dass es keinen Scharfrichter in der Stadt und näheren Umgebung gab. Es war auch keiner bereit den Mörder mit einem Schwert zu enthaupten. Deshalb entschieden sie sich für den Strick bei allen drei Pferdedieben.

Hartwig war zufrieden, dass sich viele zu Wort gemeldet hatten. In der Vergangenheit waren sie daran gewöhnt, dass nur der Landesherr allein wichtige Entscheidungen traf.

„Morgen früh nach Sonnenaufgang werden die Urteile auf dem Hügel neben der Stadt vollstreckt", verkündete der Graf. Er erklärte das Thing für beendet und die Gefangenen wurden weggebracht. Die Menschen verließen heftig diskutierend den Marktplatz. Der Verwalter war froh, dass die Versammlung ohne Zwischenfälle ablief. Die Bevölkerung wurde früher in solchen Angelegenheiten nie befragt. Diese Art der Rechtsprechung kannte er und die anderen nicht. Der Graf war ihr Herr. Er hatte in der Stadt das Sagen und konnte allein bestimmen, wie etwas gemacht wurde. Eine Versammlung, wo alle freien Männer mitbestimmen durften, sah der Verwalter als problematisch an. Hartwig bestand jedoch darauf, dass in Zukunft alle größeren Entscheidungen im Thing beraten und danach beschlossen werden.

„Die Menschen sollen lernen, ihre Meinung zu sagen und verantwortungsvoll zu handeln", erklärte er Lucius.

„Was ist, wenn es keine Einigung gibt?", wollte Lucius wissen.

„Dann hast du als mein Stellvertreter das letzte Wort. Deine Entscheidung muss von allen akzeptiert werden." Lucius blieb skeptisch.

„Jetzt werden wir uns wieder um die Kirche kümmern. Es bleibt mir nur wenig Zeit bis zu meiner Abreise", sprach Hartwig.

„Was soll mit den anderen Pferden geschehen, die wir in der Koppel der Pferdediebe gefunden haben?"

„Die kannst du an den König senden, mit vielen Grüßen von mir."

Die Vorbereitungen für Hartwigs Abreise liefen an. Der Verwalter fragte seine Pferdeknechte, wer von ihnen die Getreidewagen nach Thüringen begleiten möchte. Es meldeten sich mehr als benötigt wurden. Die Pferdewagen mussten mit Planen ausgestattet und die Pferde ausgesucht werden. Die Tiere sollten für Hartwigs Zucht in Thüringen geeignet sein. Im Getreidespeicher wurden die Säcke mit Korn gefüllt und auf die Planwagen geladen. Das Getreide wollte Hartwig mit seinem Schwiegervater und Harald teilen. Die Pferde und Wagen sollten im Elbkniegau bleiben und die Kutscher auf Pferden aus seiner Thüringer Zucht zurückreiten.

Am Tag vor der Abreise verhielt sich Lucius bedeckt. Hartwig merkte es und fragte nach dem Grund.

„Ich würde dich gern begleiten und deine Heimat kennenlernen. Wir haben oft davon gesprochen, doch kann ich mir kein Bild von dieser Gegend machen."

„Mir wäre es recht, wenn du mitkommst. Es ist jedoch sehr weit und du bist viele Wochen von zu Hause fort."

„Ich habe mit meiner Frau darüber gesprochen und sie hat mir zugeredet. Ein Verwandter würde meine Arbeit in dieser Zeit übernehmen können. Ich stelle ihn dir heute vor."

„Ich freue mich über deinen Entschluss. Morgen reisen wir gemeinsam ab und heute Abend werden wir Abschied feiern", entschied Hartwig.

Der Verwalter war froh, dass er mitkommen durfte. Er war in seinem Leben noch nie, über eine Tagesreise hinaus, von zu Hause fort und hatte die Krieger und Händler beneidet, wenn sie von ihren Reiseerlebnissen berichteten. Für Hartwig war es eine Entlastung, denn sein Verwalter kannte die Fuhrknechte gut, die ihn begleiten sollten.

Es war Zeit, Abschied zu nehmen. Die wenigen Tage, die Hartwig in seiner Grafschaft verbrachte, waren voller Aktivitäten und angenehmen Erinnerungen. Er ritt allein zu dem Bauplatz, wo die Kirche entstehen sollte. Kinder spielten zwischen den Quadersteinen für das Fundament. Hartwig fragte einen Jungen, ob er sich vorstellen kann, wie die Kirche eines Tages aussehen wird. Der Junge nahm einen Stock und zeichnete die Umrisse in den Sand.

9. Metz am Fluss Mosel

Zeitig am Morgen setzte sich der Zug mit den voll beladenen Planwagen von Mons nach Nordosten in Bewegung. Eine lange Fahrt stand ihnen bevor und der Abschied fiel den zurückgebliebenen Frauen und Kindern nicht leicht.

Mit den Pferdegespannen kamen sie viel schneller voran als mit Ochsenkarren. Sie übernachteten in einfachen Herbergen auf dem Lande, wo nur selten ein Handelsmann oder Botenreiter einkehrte. Bis nach Metz konnten sie auf gut erhaltenen Römerstraßen reisen. Von dort sollte es auf der Via Regia, in Richtung Osten weitergehen.

In einem kleinen Vorort von Metz legten sie eine Ruhepause ein. Die Pferde konnten sich auf den Weiden des Wirtes erholen.

Hartwig wollte seine Freunde in der Stadt besuchen. Lucius begleitete ihn. Sie trafen zuerst den Beamten Berthold, der für die gesamte Thüringer Provinz zuständig war. Er freute sich, Hartwig gesund wiederzusehen.

„Du wirst mit deinem Getreide nicht weit kommen", meinte er.

„Wieso?"

„Mir wurde gestern gemeldet, dass die Rebellen jetzt große Gebiete kontrollieren und die Handelsleute ausrauben. Nur der von uns geschützte Königsweg ist einigermaßen sicher, da wir dort Wachstationen in unseren Gütern eingerichtet haben. Es will uns nicht gelingen, Ruhe zu schaffen."

„Wir haben die Absicht, nur auf dem Königsweg zu bleiben."

„Abseits davon kann euch niemand helfen. Es wird dir auch nichts nützen, dass du ein gebürtiger Thüringer bist. Die anhaltende Dürre seit dem letzten Jahr ist verheerend. Das Raubgesindel greift sogar die Königsgüter an, um an Lebensmittel zu gelangen."

„Sind die Rebellen stärker geworden?"

„Sie haben einen neuen Anführer, der für uns ein gefährlicher Gegner ist. Wir haben einen Preis auf seinen Kopf ausgesetzt und hoffen, dass einer seiner Spießgesellen das Geld brauchen kann und ihn verrät."

„Kennt man seinen Namen?"

„Nein! Sie führen alle Spitznamen, damit man ihren Familien nichts antun kann. Es soll ein großer hagerer Mann sein, der in der Leibwache des verstorbenen Königs Herminafrid einst gedient hatte."

„Hast du auch Informationen aus dem Elbkniegau?"

„Dort herrscht noch Ruhe. Wir konnten die Slawen, die sich da angesiedelt haben, für uns gewinnen."

„Bestehen die alten Verwaltungsstrukturen noch?"

„Wir haben alles belassen, wie es war, bis auf wenige Ausnahmen. Die meisten der Gaugrafen sind uns gegenüber loyal und entrichten brav ihre Steuern. Sie haben sich damit abgefunden, dass es das alte Thüringer Königreich nicht mehr gibt und sie nun ein Teil des großen Frankenreichs sind. Ihnen bleibt keine andere Wahl. Wenn wir nicht wären, würden sie jetzt von den Slawen überrannt werden."

Berthold erzählte, wie die Slawenstämme jenseits der Oder immer stärker wurden. Es gelang ihnen sich in größeren Verbänden zu organisieren. Wohin das einmal führen würde, konnte er nicht sagen. Er berichtete von den letzten Erfolgen Theudeberts im Reich der Ostgoten und dem gewaltigen Zugewinn an Land.

„Wir können uns jetzt schon mit dem Kaiser in Byzanz messen. Was macht denn deine Grafschaft? Willst du nicht mit deiner Familie für immer hinziehen?"

„Es ist sehr schön dort, doch mein Weib will ihre Heimat nicht verlassen."

„Deswegen habe ich nicht geheiratet, mein Freund, damit ich frei in meinen Entscheidungen bleibe", sagte Berthold lachend.

„Du hast eine schöne Sklavin, die dich in deinem großen Haus bestens versorgt", erwiderte Hartwig schmunzelnd.

„Nicht nur eine! Die anderen kennst du noch nicht. Wenn ihr Zeit habt, könnt ihr mich gern heute Abend besuchen und ich stelle sie euch vor."

Hartwig sah unentschlossen zu Lucius. Absagen konnte er dem Beamten nicht, denn das würde ihn beleidigen.

„Wir müssen aber vorher unsere Männer in der Herberge vor der Stadt benachrichtigen. Sie würden sich sonst sorgen, wenn wir abends ausbleiben."

„Das werde ich übernehmen. Ich sende gleich einen Diener zu euren Fuhrknechten", erbot sich Berthold.

„Ich wollte meinem Verwalter noch die Stadt zeigen", erklärte Hartwig.

„Wenn es dir recht ist, lass ich meine Sklavin Frauke kommen. Sie wird euch durch die Stadt führen und danach in mein Haus bringen."

Hartwig war einverstanden und der Diener ging, um sie zu holen.

Inzwischen führte Berthold seine Besucher durch das große neue Verwaltungsgebäude und erklärte die einzelnen Aufgaben in den Abteilungen. In allen Räumen saß eine Vielzahl von Schreibern und Dienern, die ihre Arbeit verrichteten. Unzählige Dokumente lagen auf den Tischen und in den Regalen.

„Kennst du dich bei den vielen Pergamenten überhaupt noch aus?", wollte Hartwig wissen.

„Natürlich! Alle wichtigen Dokumente sind mit meinem Signum versehen. Sie lagern für die einzelnen Thüringer Gaue in diesen Regalen."

„Kann ich einen Blick darauf werfen", bat Hartwig. Sichtlich erfreut über das Interesse seines Freundes, zeigte er ihm das Fach für das Wiesenland.

„Dies hier sind die Unterlagen, die den Gau deines Bruders Harald betreffen. Wir haben keine Schwierigkeiten in diesem Gebiet. Wahrscheinlich liegt es an dem guten Geschick unseres Verwalters in dem Königsgut von Arnberg *(Arnstadt)*."
Die Dokumente waren fein säuberlich mit Schnüren über Kreuz zusammengebunden und manche Bündel wiesen bereits eine dünne Staubschicht auf.

Der Diener war mit der Sklavin angekommen. Hartwig erkannte sie wieder. Es war die hübsche Frau, die ihn bei seinem letzten Besuch den Wein einschenkte und anscheinend auch die Geliebte des Beamten war.

„Ich werde euch jetzt mit meiner lieben Frauke allein lassen und wir sehen uns heute Abend bei mir zu Hause."
Frauke lächelte ihrem Herrn vielsagend zu. Hartwig und Lucius folgten ihr zu dem Stadtrundgang.
Es zeigte sich, dass die junge Frau sehr gebildet war und ihre Begleiter durch ihr Wissen über die Geschichte der Bauten stark beeindruckte. Sie besuchten als erstes die Kirchen und Frauke konnte auf jede Frage eine Antwort geben. Sie kannte sich über Kirchengeschichte genauso gut aus, wie über die Baukunst.

„Woher stammst du?", wollte Hartwig wissen.

„Ich bin im Norden, im Sachsenland, geboren. Dort wo die Elbe in das große Meer mündet."

„Ich lebe nicht weit weg von dem Fluss, dort wo sich die Saale mit der Elbe vereint. Dieses Gebiet nennt man den Elbkniegau", entgegnet Hartwig.

„Ich habe davon gehört, wahrscheinlich weil mein Herr viel über dich gesprochen hat."

„Ich hoffe, dass er nur Gutes sagte?"

„Ja! Im nächsten Jahr will er dorthin reisen und mich vielleicht mitnehmen."

„Dann müsst ihr mich unbedingt besuchen. Ich habe nicht weit von einem See ein schönes Gut, mit einem hohen Aussichtsturm."

Frauke musste lachen.

„Ich habe Höhenangst, da kann ich nicht mitkommen", gestand sie.

„So hoch ist der Turm nicht, dass einem schwindlig wird", beschwichtigte Hartwig schnell.

„Ich kann unten warten, wenn mein Herr da hinaufsteigt", meinte sie lächelnd.

Ihr reizendes Lachen bezauberte nicht nur Hartwig, sondern auch Lucius. Die beiden Männer versuchten, etwas Lustiges oder Humorvolles zu sagen, damit sie in den Genuss dieses Lachens kamen. Dabei zeigte sie ihre weißen Zähne, die wie Perlen glänzten.

Die Bauten der Stadt schienen ihnen nicht mehr wichtig. Die Frau hatte sie voll in ihrem Bann. Da drängte sie, nach Hause zu gehen. Es war spät am Nachmittag und sie hatten die Zeit völlig außer Acht gelassen.

Eilig liefen sie zu dem Haus des Beamten. Dort hatten andere Sklaven bereits die Vorbereitungen für den Abend getroffen. Frauke zeigte den Gästen das Haus und sie lud sie zu einem Becher Wein in die Bibliothek ein. Hartwig wusste nicht, was damit gemeint war und staunte nicht schlecht als sie in einen Raum geführt wurden, wo sich unzählige Bücher in Regalen stapelten.

So viele hatte er noch nie, zusammen auf einem Platz, gesehen. Er nahm eines und schlug es auf. Es war in lateinischer Sprache verfasst und wunderbar farbig ausgemalt. Der Inhalt beschrieb die Geschichte eines Heiligen in der katholischen Kirche.

Neugierig stöberte er weiter und fand ein Buch über Baukunst. Darin war beschrieben, wie man große Kirchen baut. Wahrscheinlich hatte Frauke hieraus ihr Wissen zu den Kirchenbauten von Metz.

Die Sklavin kam mit einem Krug Wein und zwei Bechern.

„Möchtest du uns nicht Gesellschaft leisten? Du hast dir keinen Becher mitgebracht", bemerkte Hartwig bedauernd.

„Ich trinke keinen Alkohol, das macht mich wirr im Kopf", entgegnete sie lächelnd.

Frauke ging zu einem Regal und entnahm ein Buch mit einem Ledereinband.

„Du bist doch Thüringer, da wird dich dieses Werk von einem Mönch besonders interessieren."

„Was steht darin?", wollte Hartwig wissen.

„Es ist eine Abhandlung über den Glauben der heidnischen Germanen. Hast du auch einmal an diese Götter geglaubt?"

„Ich bin gewissermaßen mit ihnen aufgewachsen", entgegnete Hartwig.

„Hast du jemals einen von ihnen gesehen?", bemerkte Frauke ironisch.

„Nein, doch ihre Geschichten sind mir vertraut."

Frauke sah traurig zu Boden. Sie dachte an ihre Heimat und ihre Sippe.

„Ich kenne sie auch. Mein Vater hatte sie uns Kindern abends erzählt, bevor wir ins Bett mussten. Einige sind mir noch im Gedächtnis geblieben", bemerkte Frauke versonnen.

„Wie bist du in die Sklaverei gekommen?", wollte Lucius wissen.

Die Sklavin zögerte als würde sie nicht gern darüber sprechen.

„Es war Krieg zwischen den Sachsen und Franken. Eines Tages landete ein Boot der Franken an unserem Strand. Die Krieger fingen alle jungen Frauen und kräftigen Männer ein und schafften sie auf ihr Boot. Drei Tage segelten wir an der Küste entlang und kamen zu dem fränkischen Heerlager. Mein Herr kaufte mich von dem Krieger, der mich eingefangen hatte, ab."

„Wer hat dir so viel Wissen beigebracht?", wollte Hartwig wissen.

„Das war mein Herr. Er lehrte mich als erstes die fränkische Sprache und dann noch Latein. Das Lernen fällt mir leicht und bald konnte ich nicht nur sprechen, sondern auch lesen und schreiben. Wenn ich mit meiner Hausarbeit fertig bin, komme ich in diese Bibliothek und studiere die Bücher."

Der Hausherr kam heim und ahnte, wo er seine Gäste suchen sollte.

„Ich habe mir gleich gedacht, dass ich euch hier antreffen werde. Ist dieser Raum nicht ein Paradies für wissenshungrige Menschen."

„Ich habe eine solche Menge Bücher noch nie zusammen gesehen. Sie müssen sehr kostbar sein", bemerkte Hartwig.

„Das sind sie! Ich werde euch zeigen, wie sie entstehen. Folgt mir auf den Boden!"

Sie kletterten die schmalen Stufen hinauf in das Obergeschoß. Es befand sich direkt unter dem Dach.

Dort standen mehrere Pulte und Tische und darauf lagen alte Bücher. Männer waren darüber gebeugt.

„Dies ist meine Kopierstube. Die Sklaven tun den ganzen Tag nichts anderes als die originalen Pergamente zu übertragen. Wenn ihr vergleicht, könnt ihr kaum einen Unterschied zwischen dem Original und der Kopie feststellen", erklärte Berthold.

„Woher hast du die Originale?", wollte Hartwig wissen.

„Die meisten stammen aus der königlichen Bibliothek."

„Wenn ich ein Buch ausleihe und es noch nicht besitze, kopieren es meine Sklaven. Sie sind sehr geschickt darin. Ich habe lange gesucht ehe ich solche Künstler gefunden habe. Die meisten stammen aus dem Westgotenreich. Seht euch nur die Goldbemalung auf dieser Seite an. Ist das nicht herrlich."

Er zeigte auf ein Blatt, bei dem ein älterer Mann mit dem Pinsel ein Ornament ausmalte.

„Daran habe ich meine Freude. Die Bücher sind für mich, wie für dich die Pferde."

Sie gingen vorsichtig die Treppe hinab in die Bibliothek. Der Beamte griff nach dem Buch, das Hartwig zuletzt in der Hand hatte.

„Hat es dir gefallen. Es enthält viele germanische Göttergeschichten und ist bunt bemalt."

„Ich würde es gern in Ruhe studieren, aber dazu habe ich leider keine Zeit", erklärte Hartwig entschuldigend.

„Ich schenke es dir mein Freund, es ist eine Kopie. Das Original hat mir ein Bischof geschenkt, der es von einem Mönch erhielt. Der Autor ist leider nicht bekannt."

Hartwig war irritiert über das kostbare Geschenk, doch Berthold winkte wohlwollend ab.

„Erlaube mir, dir auch ein Geschenk zu machen, sonst kann ich dein Buch nicht annehmen", bemerkte Hartwig. Verblüfft sah ihn der Freund aus alten Tagen an.

„Ich möchte dir eines meiner weißen Pferde schenken. Bist du damit einverstanden."

Ein Lächeln glitt über das Gesicht von Berthold.

„Ich verstehe wenig von Pferden, doch Frauke wird sich darüber sehr freuen. Sie ist eine leidenschaftliche Reiterin."

„Sie kann sich selbst das Pferd aussuchen, bevor wir morgen früh abreisen."

Frauke nickte ihm freundlich zu.

Sie gingen in den Nebenraum, wo die Speisen aufgetragen waren.

„Nehmt Platz und lasst es euch schmecken!", forderte der Hausherr seine Gäste auf.

Frauke saß neben Berthold und schenkte ihm Wein nach. Hartwig und Lucius wurden von zwei anderen Sklavinnen betreut. Sie achteten darauf, dass ihre Becher nie leer wurden und versuchten im Hintergrund zu bleiben, um das Gespräch der Männer nicht zu stören.

Berthold erläuterte seine Vorstellungen, wie sich die Provinz Thüringen in der Zukunft dem Reich schneller anpassen sollte. Er wollte auch im Thüringer Kernland fränkische Bauern ansiedeln. Die ersten Umsiedlungen in dem Gebiet zwischen Thüringer Wald und Donau waren erfolgreich verlaufen, doch nördlich des Rynnestigs, dem Kammweg des Thüringer Waldes, gab es Probleme. Die Rebellen, die in dem schwer zugängigen Mittelgebirge lebten, erschwerten diese Maßnahmen. Er konnte nicht verstehen, dass sich die Thüringer so widerspenstig verhielten.

„Wir sind die Sieger und das wollen die Menschen dort nicht begreifen. Dabei könnte es ihnen viel besser gehen als zur Zeit ihres Königs Herminafrid. An den Beispielen in Südthüringen und auch im Osten sehen wir das. Doch das Kernland ist schwer zu beherrschen. Manchmal weiß ich selbst nicht, wie dieses Problem am besten zu lösen ist."

„Vielleicht sollten die Steuern nachgelassen werden."

„Sie sind nicht hoch. Der Schweinezins ist unbedeutend für ein großes Gebiet, wie Thüringen. Unsere Bauern im alten Frankenreich haben viel höhere Abgaben."

„Ihre Voraussetzungen sind jedoch besser als die der Bauern in Thüringen", erklärte Hartwig.

„Wie meinst du das?", wollte Berthold wissen.

„Wir müssen ihnen gutes Saatgut liefern und zeigen, wie sie ertragreicher ihre Böden bearbeiten können."

„Das haben wir versucht, doch das Saatgut verwenden sie als Futter und die Ratschläge fegen sie in den Wind. Du wirst es selbst sehen, wenn du nach Hause zurückgekehrt bist, wie verfahren die Situation ist. Wir wollen uns den Abend nicht mit diesen unerfreulichen Dingen versalzen und lieber die süßen Nachspeisen und den Wein genießen."

Er hob seinen Becher und sie stießen miteinander an.

„Wie gefällt euch meine hübsche Frauke. Hat sie euch mit ihrer Anmut schon den Kopf verdreht."

Er sah zu seiner Sklavin und prostete ihr zu.

„Sie ist eine sehr liebenswerte Frau und ein Mann kann in ihrer Nähe schnell schwach werden. Bist du nicht in Sorge, wenn du sie den ganzen Tag allein lässt, dass sich ein anderer für sie interessiert?"

„Sie würde mich nie mit einem anderen betrügen, wenn du das meinst. Der Grund dafür bleibt unser intimes Geheimnis."

Zärtlich strich er über ihre Brüste.

„Wie sieht es bei dir mit der Treue aus, wo du lange Zeit von deinem Weib fort warst?"

„Es ist manchmal nicht leicht, den Verführungen zu widerstehen, doch bisher ist es mir recht gut gelungen."

„Wahrscheinlich bist du noch nicht der Richtigen begegnet."

„Dein Verwalter ist ganz schweigsam. Wie steht es mit ihm?", wollte Berthold wissen.

„Ich war noch nie von meiner Frau getrennt und kann dazu nichts sagen", antwortete Lucius unsicher.

„Dann ist es an der Zeit, dass du Erfahrungen sammelst."

„Ich bin ein gläubiger Katholik und das bewahrt mich vor der Versuchung", entgegnete Lucius ernst.

Der Beamte lachte laut.

„Diesen Grund hatte ich noch nicht gehört. Unsere Geistlichen sind da anders. Sie lassen keinen Seitensprung aus."

„Unser Pfarrer nicht!", protestierte Lucius zu der allgemeinen Anschuldigung.

Die drei Männer saßen in der Bibliothek und der Beamte gab seine Erfahrungen mit der hohen Geistlichkeit und ihren Neigungen zu Frauen zum Besten. Hartwig hatte viel in seinem Leben gesehen und selbst erlebt, doch was er hörte, übertraf seine Vorstellungen.

Der Beamte bat seine Sklavin Frauke zu berichten, wie sich manche der geistlichen Herren ihr gegenüber verhielten. Frauke berichtete aus ihrem Leben und wie sie sich gegen die dreisten Annäherungsversuche gewehrt hatte. Es waren nicht nur Priester, Mönche und Bischöfe, die sie zu unzüchtigen Handlungen nötigten, sondern viele Herren, die eine gewisse Machtposition innehatten. Ihre Schilderungen trug sie spannend vor.

Hartwig erinnerte ihre Erzählweise an die Rhetorik der Geschichtenerzähler, die ihr Publikum geschickt in ihren Bann zogen. Ihm kam der Gedanke, dass Teile ihrer Lebensgeschichte frei erfunden waren. Wo die Grenzen zwischen Erlebten und Erdachten lagen, konnte er nicht herausfinden. Es machte ihm Freude ihr zuzuhören. Seine Zuneigung zu ihr wuchs und der Wein trug seinen Teil dazu bei. Bewusst erlebte er, wie er in ihren Bann geriet. Die Grobheiten, die ihr von Fremden angetan wurden, empfand er animierend und er spürte, wie ihn ein wollüstiger Schauer ergriff.

Hartwig sah zu Lucius, der sich ebenso von Fraukes Schilderungen beeindrucken ließ. Die beiden Sklavinnen schenkten den Männern ständig Wein nach. Der Hausherr hob oft sein silbernes Trinkgefäß, um auf das Wohl des Königs anzustoßen. Da musste jeder mittun, ob er wollte oder nicht. Es floss viel Wein die Kehle hinab und Hartwig wurde müde. Der Hausherr beendete sichtlich zufrieden den feuchtfröhlichen Abend.

„Die beiden Sklavinnen stehen euch weiter zur Verfügung. Nur Frauke nehme ich mit zu mir", erklärte Berthold.

„Ich habe keinen Bedarf", lehnte Hartwig dankend ab.

„Vielleicht mag dein Verwalter beide für sich?"

„Das soll er selbst entscheiden", entgegnete Hartwig und musste gähnen.

Der Hausherr wandte sich an die beiden Sklavinnen, die die Gäste bedient hatten: „Nehmt den Verwalter mit in eure Kemenate, damit der Graf ruhig schlafen kann."

Mit einem verschmitzten Lächeln verabschiedete er sich von seinen Gästen.

Die Morgensonne schien Hartwig ins Gesicht. Er versuchte sich an den letzten Abend zu erinnern. Das

Bett von Lucius neben ihm war leer. Er stand auf und ging in die Küche. Frauke hatte an der Feuerstelle zu tun und bereitete Frühstücksbrei. Sie trug ein Kleid, welches mehr offenbarte als verbarg. Hartwig erinnerte sich an die Geschichten, die sie am Abend erzählte und ihn erregten. Was war das für eine Frau? Ihr Liebreiz war unübertroffen und sie wusste, welchen Eindruck sie auf Hartwig machte. Er zuckte wie eine Fliege im Spinnennetz, gefangen und ohne Rettung. Nur der Respekt vor seinem Freund Berthold hielt ihn davon ab, Frauke zu begehren.

„Schläft dein Herr noch?", fragte Hartwig.

„Er ist, wie jeden Morgen zeitig aufgestanden, um in sein Amt zu gehen. Viele Grüße und eine gute Reise lässt er euch ausrichten. Im nächsten Jahr will er dich im Elbkniegau besuchen und ich darf mitkommen."

„Das würde mich sehr freuen. Wo ist mein Verwalter abgeblieben?"

„Er wird noch süß schlummern."

„Ich glaube, wir haben gestern Abend zu viel Wein getrunken."
Lachend warf sie ihm wieder einen der verführerischen Blicke zu, die ihm das Blut in den Adern zum Wallen brachte.

„Die Sklavinnen haben dir wohl nicht gefallen?", wollte Frauke wissen.

„Sie sind sehr schön, aber mit dir nicht vergleichbar."

„Mein Herr sagte dir schon, dass ich für niemand, außer ihn zu haben bin, somit auch nicht für dich."

„Er sprach von einem Geheimnis zwischen euch beiden, würdest du es mir verraten."
Wieder erschall dieses einnehmende Lachen.

„Wenn ich es dir sagen würde, wäre es doch kein Geheimnis mehr und somit uninteressant."

„Du bist eine kluge Frau und mein Freund kann froh sein, dass er dich gefunden hat."

„Ich bin glücklich, mit ihm zusammen zu sein. Er lässt mich vergessen, dass ich nur eine Sklavin bin."

Frauke reichte Hartwig eine Schale mit einem angedickten Brei und darauf gestreute Früchtestücke, wie er es von seiner Mutter kannte.

Noch bevor Hartwig seinen Brei gegessen hatte, erschien schlaftrunken Lucius. Er setzte sich zu Hartwig an den Tisch.

„Wieso bin ich in einem anderen Raum aufgewacht? Ich kann mich an gar nichts mehr erinnern."

Frauke und der Graf lächelten sich zu.

„Du wirst wohl die falsche Tür geöffnet haben und hast den Weg zurück nicht mehr gefunden."

„So muss es gewesen sein. Ich habe keinen Hunger."

Der Verwalter sah blass aus. Frauke reichte ihm einen Becher frisches Brunnenwasser, in das sie eine Brise gelbes Pulver gestreut hatte.

„Trink das und die Kopfschmerzen sind bald weg", sagte sie ihm.

Dankbar trank er den Becher leer und nach kurzer Zeit wich die Blässe aus seinem Gesicht. Hartwig und der Verwalter verabschiedeten sich von Frauke. Sie reichte dem Thüringer noch einen Gegenstand, der in ein Tuch eingeschlagen war.

„Was ist das?"

„Es ist das Buch, das dir mein Herr gestern geschenkt hat."

Hartwig nahm es entgegen. Er war verlegen.

„Ich werde es sorgsam aufbewahren, doch sage mir wie ich ihm mein Geschenk zukommen lassen kann."

Frauke zog ratlos die Schultern hoch.

„Es würde mich freuen, wenn du das Pferd aussuchst, das ich ihm geben möchte?"

Frauke freute sich und sagte zu, mitzukommen. Zu Fuß liefen sie bis zur Herberge in der Vorstadt. Hartwig ging mit Frauke zur Weide, wo die Pferde grasten.

„Suche dir eines aus", sagte er zu ihr.

„Mein Herr hat mehrere gute Pferde im Stall, doch keines ist so schön wie diese hier. Er wird es mir bestimmt schenken. Kannst du mich beraten?"

Hartwig öffnete das Holzgatter.

„Wir gehen jetzt zu der Gruppe, da drüben. Dort bleiben wir stehen und warten, bis eines der Tiere zu dir kommt. Dies ist dann das Richtige, es hat dich als seine Herrin ausgesucht."

Langsam ging Hartwig mit Frauke zu den weißen Pferden. Die grasten ruhig weiter. Frauke blieb stehen und betrachtete sie. Da hob auf einmal eine Stute den Kopf und lief auf die Sklavin zu. Sie stellte sich neben sie und ließ sich den Hals und die Nüstern streicheln. Hartwig legte der Stute den Halfter an und Frauke führte sie aus der Koppel.

„Das ist ein sehr schönes Geschenk. Ich danke dir vielmals dafür", sagte sie erfreut. Lucius brachte aus dem Stall einen Sattel und Zaumzeug.

„Du kannst mit dem Schimmel zurückreiten. Das Pferd ist sanft in seinem Wesen, so wie du", erklärte Hartwig und half der Sklavin in den Sattel.

Frauke schenkte ihm ein letztes Lächeln und ritt in Richtung Stadt. Die Männer sahen ihr nach. Auch die Pferdeknechte schienen von dieser schönen Frau angetan zu sein.

10. Im Elbkniegau

Die Wagenkolonne reiste auf der Via Regia weiter. Der Zustand der Handels- und Heerstraße, die in das Thüringer Kernland führte, war gut. Nach wenigen Tagen erreichten sie den ehemaligen Grenzfluss, zwischen Franken und Thüringen. Mit jedem Schritt, den Hartwig der Heimat näherbrachte, stieg die Freude auf das Wiedersehen mit der Familie.

Das Gras beidseits des Königwegs war verdorrt. Seit Wochen hatte es nicht geregnet und die Bäche und Flüsse waren ausgetrocknet. Wie wird es den Lieben in der Heimat ergehen? Haben sie den letzten Winter gut überstanden? Es waren bange Fragen, die den Heimkehrer beschäftigten.

Hartwig überlegte, wo sich seine Frau mit den Kindern aufhielt. Möglicherweise war Elke bei ihrer Freundin Ursula in Alfenheim. Daher beschloss er, zuerst nach Rodewin zu reiten und seinem älteren Bruder Harald einen Teil des Getreides zu geben.

Entlang der Via Regia befanden sich, in Abständen von einer Tagesreise eines Ochsengespanns, Raststationen. Meist waren es befestigte Höfe der Königsgüter, die bewacht wurden. Hartwig fühlte sich dort sicher vor Überfällen. In diesen schweren Zeiten der Hungersnot gab es viele Räuber auf der Straße. Es ging ihnen ums nackte Überleben. Wegen der großen Gefahren begleiteten fränkische Krieger den Grafen von Raststation zu Raststation. Überall hörte er die gleichen Klagen.

Im ehemaligen Grenzland überquerten sie die Werra. Der Wasserstand war sehr niedrig. Danach musste der Thüringer Wald überwunden werden. Ein langer und gefährlicher Hangweg führte durch das Mittelgebirge. Hartwig erkannte die Stelle, wo die Thüringer im Jahre

529 den Frankenkönig Theuderich schlagen konnten. Es war der letzte Sieg, den sie gegen die Franken verzeichneten. Sein Vater war bei diesem Kampf umgekommen und sein Bruder Harald hatte im Gefecht ein Bein verloren. Zwei Jahre später rächten sich die Merowinger für diese Niederlage in der Schlacht an der Unstrut. Hartwig kam es vor als wäre der Untergang des Thüringer Königreichs bereits damals von den Nornen besiegelt worden.

Der Weg über den Rynnestig hatten sie gut überstanden. Für die Pferde und Knechte war es eine beschwerliche Strecke. Danach ging es durch die hügelige Landschaft des Thüringer Beckens. Herbergen, wie im Frankenreich, waren keine vorhanden. Hartwig und seine Männer übernachteten in den Höfen der Königsgüter, die gut gegen Angriffe der Rebellen geschützt waren. Auch Botenreiter fanden dort eine sichere Unterkunft. Abends erzählten sie grausige Geschichten von den Überfällen auf die Handelsleute. Hartwig schienen die Erzählungen übertrieben.

Nach einer langen Reise kamen sie wohlbehalten in Rodewin an. Die Überraschung war groß. Mit Hartwigs Besuch hatte niemand gerechnet. Die Kinder stürmten auf ihn ein. Vielen war er nur aus den Erzählungen der Erwachsenen bekannt. Wie ein Wesen aus einer anderen Welt wurde er bestaunt. Die großen Kinder halfen den Fuhrleuten beim Ausspannen der Pferde. Sie rieben sie trocken und führten sie zur Tränke. Hartwig stellte fest, dass sich äußerlich nichts auf dem Hof verändert hatte. Seine Mutter kam gebückt aus dem Langhaus. Trotz ihrer Sehschwäche erkannte sie Hartwig gleich. Er lief auf sie zu und drückte sie lange Zeit an sich.

„Wo ist Elke, meine Frau?", war seine erste Frage.

„Sie ist mit ihrer Freundin Ursula und den Kindern im Elbkniegau", sagte die Mutter. Hartwig hatte ein wenig gehofft, dass er Elke und die Kinder in Rodewin antreffen könnte. Seine Schwägerin Heidrun kam aus ihrem Haus und lief auf ihren Schwager zu. Herzlich umarmte sie ihn.

„Deine Brüder werden froh sein, dass du gesund aus dem Langobardenreich zurückgekommen bist."

Hartwig stellte ihr seinen Verwalter vor.

„Ihr werdet durstig von der weiten Reise sein. Rosa bringt euch gleich Met und Bier."

„Wirst du ein paar Tage bleiben?", fragte ihn seine Mutter.

„Wir reisen morgen weiter."

Enttäuscht sah die Mutter ihren Sohn an.

„Ich verstehe dich mein Junge. Allzulange warst du von deiner Familie getrennt."

Es ist eigenartig, dass eine Mutter alles verstand, kam Hartwig in den Sinn. Er strich ihr über das ergraute Haar und küsste sie auf die Stirn. Harald, sein älterer Bruder, kam von den Weiden zurück und war erstaunt, Hartwig in Rodewin anzutreffen.

„Siegbert sagte uns, dass du in Vindobona bist."

„Es war angedacht, doch Amalafred ist jetzt dort."

„Wollte der Prinz nach Wachos Hochzeit nicht wieder zu seiner Mutter nach Ravenna zurückkehren?"

„Die Unruhen im Ostgotenreich haben zugenommen und da erschien es der Königin sicherer, dass ihr Sohn im Langobardenreich bleibt."

„Es sind überall sehr unruhige Zeiten, nicht nur bei uns", sagte Harald traurig.

„Ich habe dir Getreide aus Südfrankreich mitgebracht. Kannst du es brauchen?"

„Es ist ein wahrer Segen! Nach der Dürre im letzten Jahr blieb nicht mehr genügend für die Aussaat übrig und die Felder brachten in diesem Jahr nur wenig Erträge. Brot ist seitdem kostbarer als Fleisch."

„Zeige mir deine Pferde. Dabei kannst du mir berichten, was es Neues in Thüringen gibt."

Die Brüder ritten zu der Wiese am Schwemmteich. Dort standen mehrere Tiere bei einem Unterstand und beobachteten aufmerksam die Herankommenden. Die Brüder stellten sich an den Weidezaun und Harald berichtete von den Veränderungen auf dem Hof. Es herrschte überall Hungersnot. Obendrein hatten viele Bauern nur noch einen geringen Teil ihrer Felder bestellt, weil die Arbeitskräfte und das Saatgut fehlten. Sie bauten so viel an, wie sie für den eigenen Bedarf benötigten. Harald war unzufrieden. Er hatte sich seit Jahren auf die Pferdezucht spezialisiert, doch Pferde konnten und wollten sich wenige Bauern leisten. Das Tauschgeschäft brach völlig zusammen. Hinzu kam, dass kein Bedarf an Reittieren für den Kriegsdienst bestand. Thüringer Krieger gab es nicht mehr. Die Männer durften keine Waffen besitzen und tragen. Harald hatte damit begonnen, einige Weiden umzupflügen, um Ackerland zu gewinnen, doch die Erträge auf diesen Flächen waren gering. Der Sandboden gab nicht viel her. Viele Feldfrüchte konnten sie nicht anbauen. Es war eine schwierige Situation und es zeichnete sich für die nächsten Jahre keine Besserung ab. Das mitgebrachte Getreide wollte Harald von seinem Bruder nicht geschenkt haben und er nötigte ihn, es gegen Pferde, wie es in der Vergangenheit üblich war, einzutauschen. Hartwig gab nach und nahm den Tausch an. Sein Bruder berichtete weiter.

„Udo aus Alfenheim ist zurückgekehrt und hat eine Frau aus dem Frankenland mitgebracht. Ich war vor einer Woche bei ihm, doch er wollte nicht über seine Sklavenzeit reden. Vielleicht musste er viel erdulden. Trotzdem hat er großes Glück gehabt, dass er freikam. Im nächsten Jahr soll Hochzeit sein. Vielleicht kannst du mit deiner Frau hinzukommen."

„Ich werde gern dabei sein und auch seine Schwester Ursula mitbringen."

„Das ist das Wichtigste, was ich dir berichten kann. Doch nun zu dir. Was hast du vor?"

„Ich will Pferde züchten, wie es schon unser Vater getan hat."

„Bist du noch Gefolgsmann von Prinz Amalafred."

„Nein, nicht mehr. Mein letzter Dienst war die langobardische Delegation ins Frankenreich zu führen und seitdem bin ich wieder ein freier Mann."

„Ist man das wirklich?", gab Harald zu bedenken.

„Wenn ich selbst entscheiden kann, was ich tun und lassen werde, dann bin ich frei."

„Es ist nicht immer leicht, Bruder. Manchmal muss man einen Weg wählen, den man gar nicht gehen will", gab Harald zu bedenken.

„Ich war in den letzten Jahren immer nur für die anderen da und habe meine Frau und die Kinder dadurch vernachlässigt. Was hat es mir gebracht?"

„Sei nicht pessimistisch. Dir hat die Königin zu verdanken, dass sie wohlbehalten nach Ravenna kam und viele von den Thüringern haben durch dich eine neue Heimat gefunden. Vielleicht solltest du als Günstling des fränkischen Königs auch hier deinen Landsleuten helfen."

„Der König hat mich darauf angesprochen. Ich habe nichts dazu gesagt. Er wird es hoffentlich vergessen."

„Wieso bist du dagegen?", wollte Harald wissen.

„Wenn ich dem Frankenkönig hier als Beamter dienen würde, wäre ich für alle Thüringer ein Verräter. Da spielt es keine Rolle, ob ich dem einen oder anderen Landsmann helfen kann. Deshalb will ich mich zurückziehen. Meine Familie und die Pferdezucht genügen mir!"

„Ich kann dir in dieser Sache nicht raten! Der Weg, den unser Bruder Siegbert als Rebell gewählt hat, ist der eine, doch ob er damit Erfolg haben wird, ist fraglich. Wir haben keinen König mehr und somit sind wir auch kein eigenständiges Volk. Wenn Amalafred oder Baldur nach Thüringen zurückkommen, wird sich alles ändern. Darauf hoffen wir!"

„Wir hätten einen König haben können, doch die Mehrheit der Gaugrafen hatte im Thing nicht zugestimmt. Warum?", wollte Hartwig von seinem Bruder wissen.

„Sie waren der Meinung, dass der Prinz noch zu jung und unerfahren sei."

Hartwig dachte an das Gespräch mit dem Sekretär des Königs in Reims. Er hatte ihm gesagt, dass viele Gaugrafen, von den Franken mit Silber bestochen wurden und gegen die Wahl von Amalafred stimmten. Ob Harald davon wusste und selbst darin verstrickt war? In diesem Moment wollte er seinen Bruder nicht darauf ansprechen.

„Was ist mit Baldur? Du wolltest ihn frei bekommen", fragte Harald.

„Ich habe ihn in Athies sprechen können. Er denkt nicht an Flucht. Seine Schwester Radegunde will er nicht gefährden. Chlothar lässt die beiden gut bewachen. Sie dürfen die Villa nicht verlassen. Die einzige Möglichkeit wäre, ihn freizukaufen."

„Wovon sollten wir Thüringer das Lösegeld bezahlen?", gab Harald zu bedenken.

„Wir könnten König Chothar den Königsschatz aushändigen!", schlug Hartwig vor.

„Diesen Ort kennt nur noch Amalafred. Hast du mit ihm darüber gesprochen?"

„Ja! Er meinte, dass Chlothar den Prinzen trotzdem bei sich behalten würde, um damit ein Druckmittel gegen Radegunde zu haben. Alles scheint aussichtslos."

„Sei nicht traurig. Wenn du bei deiner Familie wieder zur Ruhe gekommen bist, ergeben sich vielleicht ganz neue Dinge, an die wir heute noch nicht denken. Die Nornen spinnen ihre Netze und wir müssen es nehmen, wie es kommt."

Harald zeigte seinem Bruder die Pferde, die er gegen das Getreide eintauschen wollte.

„Das sind zu viele", meinte Hartwig.

„Sie können dir helfen, deine Zucht zu verbessern und mir ist es lieber, dass du sie bekommst als dass ich sie wegen Futtermangels im Winter schlachten muss. Die Weiden im Elbkniegau sind feucht. In diesen trockenen Jahren wird noch genügend Gras für deine große Herde dort wachsen können."

Hartwig fing die drei Stuten ein, die Harald ihm zeigte und sie ritten zurück zum Hof.

In der Siedlung Rodewin waren die Vorbereitungen für das Willkommensessen in vollem Gange. Ein Ferkel briet über dem offenen Feuer auf dem Hof und die großen Kinder drehten abwechselnd den Bratenspieß.

Haralds Frau hatte dem Verwalter und seinen Pferdeknechten Bier eingeschenkt und Brot mit Speck für den ersten Hunger gereicht.

Es gab Verständigungsschwierigkeiten. Bei dem südfränkischen Dialekt hatte sogar Haralds alter Schreiber seine Not, die Fremden zu verstehen. Mit Händen und Gesten gelang es dennoch, das auszudrücken, was man sagen wollte.

Der Hausherr zeigte dem Verwalter seine Pferde, die er in den Stallungen auf dem Hof hatte. Er freute sich, wenn er mit jemand über die Zucht sprechen konnte. Lucius hörte interessiert zu.

Hartwig hatte sich auf die Bank unter dem großen Laubbaum gesetzt und im Nu alle Kinder um sich geschart. Sie wollten von ihm wissen, was er erlebt hatte.

Mit der Flucht der Königin nach Ravenna begann er und hörte mit der Reise durch das Frankenreich auf. Die Kinder hörten ihm gespannt zu. Rosa, die Sklavin, versuchte zuzuhören, doch sie wurde harsch von ihrer Herrin zur Arbeit ermahnt.

Die Suppe war als erstes fertig und Haralds Frau Heidrun schöpfte sie in kleine Holzschüsseln. Rosa und ihre Mutter trugen diese zu der langen Tafel, die auf dem Rasen aufgebaut wurde. Wer wollte, konnte sich eine Schale nehmen und anfangen zu Essen. Der Duft des Schweinebratens stieg allen in die Nase. Ungeduldig warteten die Kinder auf das Fleisch. Janos, der Vater von Rosa, hatte vor zwei Tagen vier Ferkel geschlachtet und im Backofen angebraten. Sie waren als Festschmaus für eine Feier zu Ehren des Donnergottes Thor bestimmt. Er sollte ihnen Regen bringen. Mit der plötzlichen Ankunft von Hartwig und seinen Männern aus dem Frankenreich entschied Harald, einen Teil des Fleisches für das Willkommensmahl zu verwenden. Es brauchte nicht lange, um über dem offenen Feuer gar zu werden. Janos schnitt dünne Scheiben von dem Schwein und legte sie auf ein Schnitzbrett. Rosa stellte es auf den Tisch und jeder konnte nach Belieben zulangen. Die Kinder hielten sich bei dem Fleisch anfangs zurück. Sie waren es so gewohnt. Die Gäste sollten sich erst satt essen. Hartwig war nicht hungrig und erzählte weiter.

Lucius berichtete Harald von seiner langjährigen Pferdezucht, die er im Auftrag König Theudeberts seit Jahren betrieb. Nachdem der König noch mehr Land von den Westgoten eroberte, überließ er einen Großteil dieses Gebiets Hartwig als Erblehen. Es war um vieles größer als das Wiesenland oder der Elbkniegau in dem Hartwigs Schwiegervater das Sagen hatte. Harald war beeindruckt von dem, was er hörte. Wenn sein Bruder früher von seiner Grafschaft berichtete, hatte er stets untertrieben.

„Gern würde ich mich dort umsehen, doch eine weite Reise könnte ich mit meiner Gehbehinderung nicht mehr durchstehen."

„Wie ist das passiert?", wollte der Verwalter wissen. Harald erzählte ihm von dem Kampf auf dem Rynnestig zwischen den Thüringern und den Franken, wie es zu seiner Verwundung kam und er sich danach mit der neuen Lebenssituation abfinden musste. Die beiden Männer verstanden sich gut und hatten sich viel zu erzählen.

Spät am Abend zog ein Gewitter auf und alle begaben sich in die Häuser. Es war Zeit die Schlafstellen aufzusuchen. Der Verwalter und Hartwig waren im Langhaus von Harald untergebracht. Dort gab es keine Ställe. Harald hatte mehrere kleine Räume für Gäste, die er gelegentlich beherbergte, eingerichtet. Als Gaugraf für den Oberwipgau musste er ständig mit Besuchern rechnen. Die Pferdeknechte schliefen, wie sie es gewohnt waren, im Stall bei ihren Tieren.

Der lang ersehnte Regen blieb leider aus. Das Gewitter zog an der Siedlung vorbei und brachte nur ein wenig Abkühlung. Hartwig schlief schnell ein. Ihn störte das Grollen des Donners nicht. Er merkte auch nicht, dass sich jemand zu ihm auf das Strohlager legte. Es war Rosa, die gekommen war. Sie wollte mit ihm reden und kniff ihm in die Seite. Überrascht drehte er sich zu ihr um. Die Blitze erleuchteten ihr Gesicht und er erkannte, dass sie nackt war.

„Was willst du hier!", zischte er sie an.

„Du weißt, dass ich bei Gewitter Angst habe und früher durfte ich zu dir kommen."

„Da waren wir noch Kinder!", sagte Hartwig entrüstet zu ihr.

„Wir sind wie Bruder und Schwester aufgewachsen, da darf ich mich doch von dir beschützen lassen."

„Aber nicht nachts und zusammen auf einem Strohlager. Hat dich jemand zu mir kommen sehen?"

„Ich denke nicht, aber was macht das schon?"

„Ich bin verheiratet! Da darf ich nicht mit anderen Frauen schlafen."

„Ich bin doch nur eine Sklavin und schlafen will ich nicht mit dir."

„Was willst du dann?"

„Erzähle mir von deiner Reise mit der Königin. Ich durfte dir nicht zuhören, weil ich die Suppe umrühren musste."

Hartwig wurde bewusst, dass er gegen ihre Naivität nicht ankommen konnte.

„Das glaubt mir keiner, besonders nicht meine Frau, wenn sie mich mit einer nackten Frau im Stroh liegen sähe."

„Sie ist doch nicht da und die anderen schlafen. Bitte fang an zu erzählen Alles, was du den Kindern gesagt hast, will ich wissen."

Rosa ließ nicht locker. Hartwig gab nach und erzählte ihr von den Erlebnissen auf der Reise nach Ravenna.

Rosa schmiegte sich an ihn und schien in eine Traum-
welt zu versinken. Irgendwann war sie eingeschlafen
und schnarchte leise vor sich hin.

„Auch das noch!", fluchte Hartwig leise und stand
auf. Wenn ihn seine Schwägerin mit der Sklavin im Bett
sehen würde, wüsste er nicht, wie er das erklären sollte.
Er zog sich an und ging über den Gang zum Hof hinaus. Ein kühler Wind trieb die Gewitterwolken vor sich
her und zwischendurch waren die Sterne zu sehen.
Hartwig schlief gern im Freien. Er legte sich im Hof
unter den Baum mit dem großen Blätterdach und schlief
ein.

Seine Schwägerin stand zeitig auf, um das Frühstück
vorzubereiten. Sie rief nach Rosa, die ihr helfen sollte.
In ihrer Kammer war sie nicht zu finden. Auf leisen
Sohlen schlich Heidrun den Gang entlang und hörte
nach den Schnarchtönen. Rosa musste in Hartwigs
Raum sein. Vorsichtig öffnete sie die Tür. Auf der Liege
lag die nackte Rosa, doch Hartwig war nicht zu sehen.
Sie gab ihr einen Klaps auf den Hintern. Die Sklavin
schnellte hoch.

„Wo bin ich?", fragte sie überrascht.

„Wie du siehst, nicht in deinem Bett. Ich werde dich
das nächste Mal anbinden, wenn Hartwig zu Besuch
kommt."

Verstört sah Rosa sich um. Schlaftrunken folgte sie ihrer
Herrin in das Langhaus von Haralds Mutter. Dort waren die Gemeinschaftsküche und eine große Feuerstelle.
Als sie über den Hof liefen, entdeckten sie Hartwig
zusammengekauert unter dem Laubbaum.

„Hol‘ eine Decke und leg‘ sie ihm über! Er wird frie-
ren."

Rosa rannte zu ihrer Kammer und nahm das Schaffell,
mit dem sie sich im Winter zudeckte. Damit eilte sie zu

dem schlafenden Hartwig und breitete es über ihm aus. Er schlief noch immer tief und gern hätte sie sich zu ihm gelegt und seine weiche Haut gespürt, wie sie es als Kind gern getan hatte. Aus der Küche rief Heidrun nach ihr. Sie ging schnell zu ihrer Herrin.

„Darüber sprechen wir noch, wenn alle weg sind. Was hast du in seiner Kammer gesucht. Stell dir vor, er hätte dort geschlafen und man hätte euch beide zusammen gesehen."

„Ich muss im Schlaf gewandelt sein, Herrin. Anders kann ich es mir nicht erklären", schwindelte Rosa.

Die beiden Frauen beeilten sich mit der Zubereitung des Essens. Der Brei war gekocht und dampfte in den Schüsseln. Da erschien Hartwig als erstes.

„Hast du gut geschlafen?", fragte ihn neugierig seine Schwägerin.

„Unter dem Baum war es angenehm kühl nach dem Gewitter."

„Dann ist ja alles gut und du kannst deine Reise fortsetzen. Elke und die anderen werden überrascht sein, wenn du plötzlich auftauchst."

„Ich habe mir diesen Moment oft vorgestellt und freue mich riesig darauf. Ich hoffe nur, dass alle gesund sind und ich keine Enttäuschung erleben muss."

„Sieh es nur von der guten Seite, sonst ziehst du das Schlechte an. Als Elke das letzte Mal bei uns zu Besuch war, sprach sie viel von dir. Sie bedauerte, dass ihr oft getrennt wart und hofft, dass es irgendwann anders sein wird."

„Meine Frau hat recht. Insgesamt waren wir in unserer Ehe länger getrennt als zusammen. Ich möchte, dass das ein Ende hat und ich mit meiner Familie unbehelligt leben kann."

„Ich wünsche es dir und Elke von ganzem Herzen!", erwiderte Heidrun und stellte ihm eine Schale mit Honig gesüßten Brei und getrockneten Früchten auf den Tisch.

Die Sonne stieg im Osten über den Wilbergen auf. Hartwig unterbrach sein Frühstück und ging auf den Hof. Er blinzelte in die Sonne. Das hügelige Land lag friedlich vor ihm. Schöne Erinnerungen an seine Kindheit wurden geweckt. Es war eine glückliche Zeit, die er in Rodewin verbringen durfte. Dafür war er den Schicksalsgöttinnen dankbar. Versonnen ging er in die Wohnstube zurück und aß weiter.

„Wie geht es Siegbert? Seit wir uns im Langobardenreich trennten, habe ich nichts mehr von ihm gehört"

„Er lebt mit seiner Freundin bei den Rebellen in den Bergen des Thüringer Waldes und es geht ihm gut."

„Hat er geheiratet?"

„Nein! Sie probieren noch, ob sie zueinander passen. Jetzt sind sie gemeinsam in das Harzgebirge gereist und auf dem Rückweg wollen sie bei uns einkehren."

„Grüße ihn schön von mir, wenn du ihn siehst. Ich hoffe er hat die Frau gefunden, die ihn glücklich macht."

„Sie ist ein wunderbares Mädchen, was ich auf den ersten Blick feststellen konnte."

„Mit dir und Harald stimmt auch alles?", fragte Hartwig neugierig.

„Es ist noch wie am Anfang als wir uns kennenlernten."

„Das ist fein! Ich denke bei mir und Elke wird es ebenso sein, besonders wenn ich jetzt für immer zu Hause bin."

„Das ständige Zusammensein hat nicht nur Vorteile. Du musst daran denken, dass Elke viele Jahre allein mit allem zurechtkommen musste. Gib ihr genügend Zeit, sich an dich wieder zu gewöhnen", riet Heidrun.

„Ich werde deinen Rat befolgen, liebe Schwägerin", sagte Hartwig und stand auf. Er ging in den Stall, um die Pferdeknechte zu wecken. Sie schliefen noch wie Murmeltiere. Er hatte Mühe, sie wach zu bekommen.

Nachdem sich seine Männer mit einem guten Frühstück gestärkt hatten, fuhren sie los. Hartwig wählte die Route entlang der Ilm, nach Nordosten, um abzukürzen. Durch die Trockenheit war der Weg gut befahrbar. Zahlreiche Teiche und kleine Seen unterbrachen den Flusslauf. Die Dämme waren von den Bibern geschaffen worden, die hier in großen Mengen lebten. Die Wagenkolonne erreichte die Via Regia. Sie zogen auf ihr bis zum Saaleufer.

Als sie das Ufer der Saale erreichten, brachte sie ein Fährmann über den Fluss.

„Wie ist das Geschäft?", fragte Hartwig.

„Es könnte besser sein!", jammerte der Mann.

„Woran liegt es?"

„Die Menschen sind zu arm und nur ihr Franken könnt euch Handelswaren leisten und reisen."

„Es braucht alles seine Zeit, bis es wieder aufwärts geht", versuchte ihn Hartwig mit Worten zu trösten.

„Ich werde das bestimmt nicht mehr erleben und für meinen Sohn muss ich das Fährboot nicht mehr erhalten. Eure Krieger haben ihn weggefangen, weil er ein langes Messer bei sich trug."

„Gürtelmesser sind doch erlaubt."

„Es war ein Sax und sie meinten, das sei eine Waffe."

„Was haben sie mit ihm gemacht?"

„Sie nahmen ihn mit und seitdem habe ich nichts mehr von ihm gehört. Vielleicht wurde er als Sklave verkauft oder sie haben ihn umgebracht."

„Bestimmt wird er sich bald bei dir melden. Man soll die Hoffnung nie aufgeben", tröstete Hartwig den alten Mann.

„Ich bin schon seit langem allein und werde in diesem Fährboot sterben. Dann trägt mich die Strömung aufs weite Meer hinaus, das ist es, wonach ich mich sehne."

Sie hatten das andere Ufer erreicht. Der Fährmann musste noch oft fahren, denn sein Boot konnte nur einen Wagen an Last tragen. Die Überquerung dauerte den ganzen Tag.

Der befestigte Weg ging weiter, doch die Via Regia hatte an der Saale geendet.

Am östlichen Saaleufer verbreiterte sich die sandige Straße zu einem breiten Korridor. Wenn die Spurrinnen zu tief gerieten, wurden neue Wege daneben angelegt. Das führte zu breiten Korridoren. Es war schwierig, ohne die nötigen Ortskenntnisse, den richtigen Weg zu finden. Für Hartwig war das kein Problem. Er kannte sich in dem Gebiet zwischen Saale und Elbe gut aus. Nach einem Tag wählten sie einen Abzweig in nördliche Richtung. Der Weg führte in den Elbkniegau. Übernachten mussten sie am Wegesrand. Königsgüter gab es hier keine. Siedlungen waren nur selten zu sehen. Wenn sie zu einem Bauernhaus kamen, zogen sie ohne Halt daran vorbei. Die Bauern waren verarmt und hätten sie nicht beköstigen können.

Die Angst, von Räubern oder Rebellen überfallen zu werden, war ständig vorhanden. Hartwig und seine Männer waren gut bewaffnet und während der langen Reise hatte Hartwig ihnen den Umgang mit dem Schwert beigebracht. Im Vertrauen auf ihre Wehrhaftigkeit fanden sie nachts Ruhe. Nach anstrengenden Tagen erreichten sie am Nachmittag die Götterinsel. Es war nicht mehr weit bis zum Ziel. Hartwig hoffte, dass er seine Frau auf seinem Hof antreffen würde und sie nicht bei ihren Eltern zu Besuch war.

Er ritt voran und die Pferdewagen folgten ihm. Voller Erwarten durchschritt er das Hoftor. Niemand war zu sehen. Es war Essenszeit. Elke erschien plötzlich in der Tür des Langhauses. Sie hatte Geräusche auf dem Hof vernommen und wollte nach dem Rechten sehen. Hartwig glitt von seinem Hengst. Sie erkannte ihren Mann und rannte auf ihn zu. Die Überraschung war Hartwig gelungen. Lange lagen sie sich in den Armen, ohne zu sprechen. Elkes Freundin Ursula und die Kinder kamen aus dem Langhaus. Sie wunderten sich, wer zu später Stunde angekommen war. Die Wiedersehensfreude war groß und Tränen flossen reichlich bei den Frauen und Kindern. Ursula kümmerte sich um Hartwigs Gefolge. Der Verwalter versuchte sich ihr vorzustellen, doch sie verstand ihn nicht. Nach einer Weile ließen Hartwig und Elke voneinander ab und gingen zusammen in den Wohnraum des Langhauses. Die Kinder setzten sich an den Tisch und aßen weiter. Hartwig und seine Männer sollten sich dazu setzen und die alte Sitzordnung wurde eilig geändert. Ursula behielt das Heft in der Hand und dirigierte die anderen, was zu tun war. Hartwig hatte keinen Hunger und Elke war der Appetit wegen der freudigen Überraschung vergangen. Sie sehnten sich nach einem Platz, wo sie sich ungestört unterhalten konnten.

Nach dem Essen musste Hartwig den Kindern von seiner Reise erzählen. Sie bestürmten ihn ständig mit neuen Fragen. Ursula versorgte Hartwigs Männer. Trotz der Verständigungsschwierigkeiten gelang es ihr herauszufinden, was sie benötigten. Im Heuspeicher konnten sie schlafen und an der Tränke neben dem Stall war der

Brunnen, aus dem sie Wasser zum Waschen schöpfen konnten. Die großen Kinder kümmerten sich um die Pferde. Sie rieben sie trocken und fütterten sie.

Es wurde dunkel. Elke brachte die Kinder ins Bett und Hartwig musste ihnen noch eine Gutenachtgeschichte erzählen. Das war ganz in seinem Sinn. Erst jetzt konnte er ermessen, wie ihm die Kinder gefehlt hatten. Nie wieder wollte er so lange von zu Hause fortbleiben, das schwor er sich. Er fühlte, dass sie ihren Vater brauchten und es machte ihn glücklich, für sie da zu sein. Als die Kleinsten schliefen, brach er das Erzählen ab und ging in den Wohnraum zu den anderen. Die Pferdeknechte und der Verwalter löschten ihren Durst mit gewürztem Bier, das Ursula bereitet hatte. Bis spät in die Nacht saßen sie zusammen und Hartwig berichtete zum wiederholten Male von seiner Reise. Die Franken saßen stumm vor ihrem Bierbecher. Sie verstanden die Sprache nicht und schienen sich zu langweilen. Die Müdigkeit ließ sie frühzeitig ihre Unterkunft im Stall aufsuchen. Hartwig zeigte Lucius den Gästeraum. Er befand sich im Langhaus, neben dem Schlafraum der Kinder. Als nur noch Elke mit Ursula am Tisch saßen berichtete Hartwig von der Begegnung mit Baldur. Ursula fing an zu weinen. Sie hatte von dem Prinzen zwei Kinder, eine Tochter und einen Sohn. Beide waren in dem Alter von Hartwigs erstgeborenen Kindern und wuchsen mit ihnen gemeinsam auf. Ihren Vater, Prinz Baldur kannten sie nicht. Die Tochter war zu jung als ihr Vater zusammen mit Hartwig aus der fränkischen Geiselhaft zurückkam und ihr Sohn wurde nach der Schlacht an der Unstrut geboren. Beide Männer galten damals als tot oder verschollen. Nur Hartwig kehrte aus der fränkischen Gefangenschaft zurück. Das Glück war ihm gewogen, dass er Leibsklave des Königs Theudebert war.

Vor einem Jahr musste Hartwig erneut von zu Hause fort, um die Königin ins Exil nach Ravenna zu begleiten. Elke fiel die Trennung sehr schwer. Mit Ursula, die ein ähnliches Schicksal hatte, konnte sie die Zeit des Alleinseins besser ertragen. Beide Frauen bildeten eine Einheit.

Ursula bereitete für Hartwig ein Bad vor. Das Wasser köchelte im Kessel über der Feuerstelle. Sie schaffte den Holztrog herbei und legte ein Leinentuch darüber. Hartwig zog sich aus und stieg in den Zuber. Elke wusch ihm den Rücken.

„Wie lange wirst du diesmal bei uns bleiben?", fragte sie leise.

„Ich bin jetzt ein freier Mann und werde euch nie mehr verlassen", antwortete Hartwig und zog seine Frau zu sich in den Zuber.

ENDE

Reiche am Mittelmeer Anno Domini 535

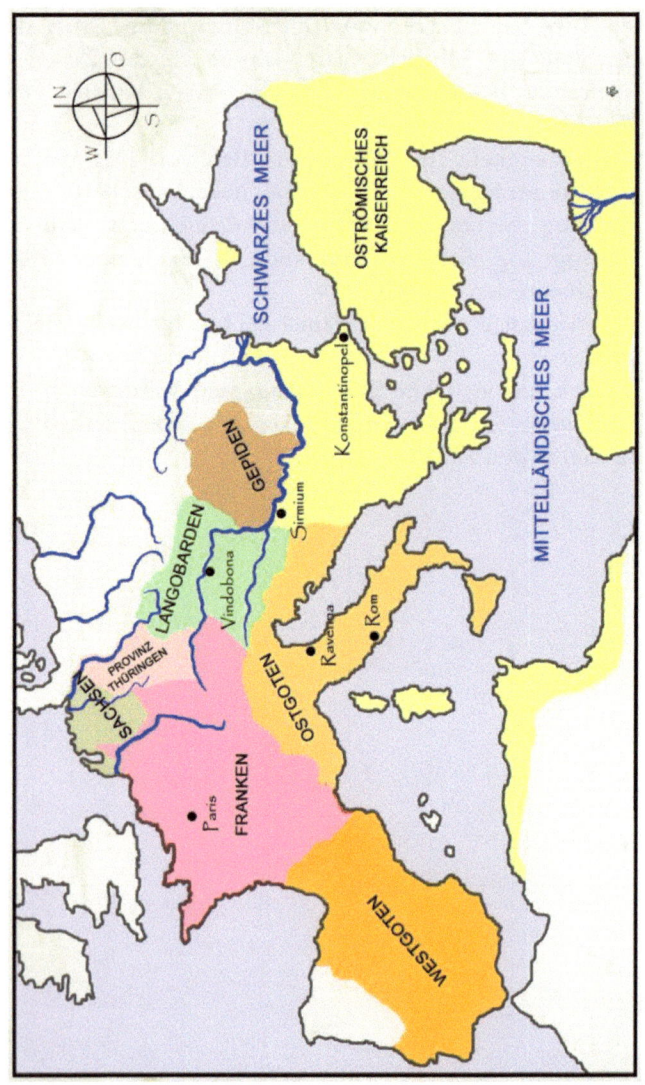

Rodewiner Runenalphabet

Runenstein in Rodewin

In Anlehnung an das älteste Futhark wurde vom Autor die Zeichenreihe für das Rodewin-Runenalphabet entwickelt. Ergänzt wurden die Zeichen c, q, v, x, y, die Zahlen und Satzzeichen.

a	ᚨ	Ansuz	p	ᛈ	Perthro	5	ᛣ	(Fünf)
b	ᛒ	Berkana	q	ᚴ		6	ᚦ	(Sechs)
c	ᚳ		r	ᚱ	Raidho	7	ᚼ	(Sieben)
d	ᛞ	Dagaz	s	ᛊ	Sowilo	8	ᛟ	(Acht)
e	ᛖ	Ehwaz	t	ᛏ	Tiwaz	9	ᛩ	(Neun)
f	ᚠ	Fehu	u	ᚢ	Uruz	0	∅	(Null)
g	ᚷ	Gebo	v	V		.	•	(Punkt)
h	ᚺ	Hagalaz	w	ᚹ	Wunjo	,	⸝	(Komma)
i	ᛁ	Isa	x	ᛦ		+	+	(Plus)
j	ᛃ	Jera	y	ᛉ		-	—	(Minus)
k	ᚲ	Kenaz	z	ᛯ	Algiz	(	ᐅ	(Klammer)
l	ᛚ	Laguz	1	ᛵ	(Eins)	)	ᐊ	(Klammer)
m	ᛗ	Mannaz	2	ᛪ	(Zwei)	!	!	(AZ)
n	ᚾ	Naudhiz	3	ᛡ	(Drei)	?	?	(FZ)
o	ᛟ	Othala	4	ᚬ	(Vier)	=	=	(GZ)

Personennamen

(Historische Personennamen sind fett geschrieben)

Alboin	**(*526, †572) König der Langobarden; er führte sein Volk 568 nach Italien; Ende der Völkerwanderungszeit.**
Amalaberga	**Thüringer Königin und Frau des Herminafrid; 2 Kinder: Amalafred, Rodalinde.**
Amalafred	**Sohn des Thüringer Königs Herminafrid und Amalaberga.**
Audoin	**(*515, †560) Langobardenfürst, ab 546 König der Langobarden, Sohn: Alboin.**
Baldur	Sohn des Thüringer Königs Bertachar; Bruder der hl. Radegunde.
Bertachar	**(*485, †530) Thüringer König, Vater der Heiligen Radegunde.**
Berthold	Höchster Verwaltungsbeamter in Metz, der für die Provinz Thüringen als Teil von Austrasien zuständig ist.
Bisin	**König der Thüringer, Vater von Herminafrid, Baderich, Bertachar und Ranigunde (verh. mit dem Langobardenkönig Wacho).**
Childebert	**(*497, †558) König der Franken, residierte in Paris, ohne Sohn.**
Chlodwig	**(*466, †511) König der Franken, Söhne: Theuderich, Chlodomer, Childebert und Chlothar.**

Chlothar	**(*495, †561) König der Franken (Soissons), 4. Ehe (540): Radegunde (Thüringer Königstochter).**
Chrodechild	**(*474, †544) Zweite Frau von König Chlodwig.**
Deuteria	**Galloromanin aus Cabrières (Hérault) in Südfrankreich, Ehefrau von Theudebert.**
Elke	Drittes Kind von Weibel aus dem Elbkniegau. Ehefrau von Hartwig aus Rodewin.
Emeric	Ostgote, Freund von Amalafred.
Frauke	Sklavin des fränkischen Beamten Berthold aus Metz.
Harald	Ältester Sohn des gefallenen Herwald von Rodewin, ab 529 Gaugraf des Oberwipgaus.
Hartwig	Zweiter Sohn des Herwald von Rodewin.
Heidrun	Tochter des Osmund von Anstedt, Frau von Harald.
Herminafrid	**Thüringer König, Sohn Bisins, wurde 534 von den Franken in Zülpich ermordet.**
Justinian I.	**(*482, †565) Kaiser von Ostrom (Byzanz). Er regierte von 527 bis 565 in Konstantinopel.**
Lucius	Hartwigs Verwalter in der südfränkischen Grafschaft um Mons (Hérault).

Radegunde (Heilige)	**Tochter von Bertachar, wird 540 mit dem Frankenkönig Chlothar verheiratet, Klostergründerin, gestorben am 13. August 587 in Poitiers.**
Rodalinde	**Tochter von König Herminafrid und Schwester von Prinz Amalafred. Sie wurde war mit Audoin verheiratet.**
Rudolf	Anführer der Gesandtschaft des Langobardenkönigs Wacho zu König Theudebert ins Frankenreich. Er gehört dem Stamm der Heruler an.
Rosa	Sklavin von Heidrun aus Rodewin; Tochter des Pferdesklaven Jaros.
Siegbert	Dritter Sohn des Herwald von Rodewin.
Silinga	**Dritte Ehefrau des Langobardenkönigs Wacho. Sie ist eine Herulerin.**
Theodahad	**König der Ostgoten, Bruder der Thüringer Königin Amalaberga, wurde 536 auf der Flucht getötet.**
Theudebert	**König der Franken (533-547), Sohn des Königs Theuderich; Sohn: Theudebald († 555).**
Theuderich	**Fränkischer König von Austrasien (511-533), ältester Sohn von Chlodwig.**
Ursula	Älteste Tochter des Ulrich aus Alfenheim. Geliebte des Thüringer Prinzen Baldur.

Wacho	**König der Langobarden (510-540), 1. Ehefrau: Raicunda, Tochter des Thüringer Königs Bisin; 2. Ehefrau: Austrigusa, Tochter des Gepidenkönigs Turisind (Töchter: Wisigard, Waldrada); 3. Ehefrau: Silinga (Sohn: Walthari).**
Weibel	Gaugraf des Elbkniegaus; Schwiegervater von Hartwig aus Rodewin.
Wisigard	**Älteste Tochter des Langobardenkönigs Wacho, verlobt mit Theudebert um 531.**

Zeittafel

534	Theudebert wird von seinem kinderlosen Onkel König Childebert an der Aufteilung des Burgunderreichs beteiligt und später als sein Erbe adoptiert.
534	Das oströmische Invasionsheer unter Führung von Belisar besiegt die nordafrikanischen Vandalen.
534	Ermordung des Thüringer Königs Herminafrid in Zülpich.
534	Flucht der Thüringer Königin Amalaberga mit ihren beiden Kindern nach Ravenna.
534	Athalarich (geboren 516), der Sohn Amalasunthas und Enkel Theoderichs des Großen, starb am 2. Oktober 534.
534	Ende der Herrschaft von Amalasuntha (Tochter des Ostgotenkönigs Theoderich dem Großen), die als Vormund des 10-jährigen Nachfolgers Athalarich von 526 bis 534 regierte.
534	Theodahad (*480, +536), der Bruder der Thüringer Königin Amalaberga, wird König der Ostgoten (als Mitregent der Tochter Theoderich des Großen Amalasuntha *502).
535	Ermordung der ostgotischen Regentin Amalasuntha am 30. April 535.
535	Beginn der Rückeroberung Italiens durch das oströmische Reich (Belisar landet in Sizilien).

Kleines Wörter-Lexikon

Athies	Fränkische Stadt an der Somme; Radegunde und ihr Bruder wurden hier von König Chlothar gefangen gehalten.
Cabrières	Stadt im Departement Hérault (Frankreich).
Carnuntum	Petronell-Carnuntum; Marktgemeinde in Niederösterreich.
Elbkniegau	Gebiet, südöstlich der Mündung der Saale in die Elbe; ein Gebiet nördlich von Leipzig.
Gepiden	Ostgermanischer Stamm im heutigen Ungarn und Rumänien; Gegenspieler zu den Langobarden.
Heruler	Ostgermanischer Stamm, der 508 von den Langobarden besiegt wurde.
Laon	Fränkische Stadt in der Picardie.
Metz	Fränkische Stadt in Lothringen.
Moguntia	Mainz; röm. Legionslager Moguntiacum an der Mündung des Main in den Rhein.
Mons	Mons-la-Trivalle; Gemeinde im Departement Hérault der Region Okzitanien in Südfrankreich.
Passau	Stadt in Niederbayern; ehemaliges römisches Kastell Batavis.
Pelso	Plattensee (Balaton) in Ungarn.

Ratisbona	Regensburg; Stadt in der Oberpfalz an der Donau.
Reims	Fränkische Stadt in der Region Champagne-Ardenne.
Rocken	Stabförmiges Gerät zum Spinnen.
Rodewin	Hartwigs Geburtsort in Thüringen (Neuroda im Ilmkreis).
Römische Meile	1000 Doppelschritte; ca. 1,5 km.
Scherflein	Kleine Münze oder Spende.
Soisson	Residenzstadt des Frankenkönigs Chlothar I..
Strateburgum	Straßburg; Argentoratum; Stadt im Elsass.
Toul	Fränkische Stadt in Lothringen.
Viromanduorum	Saint-Quentin im Departement Aisne (Frankreich).
Wachoburg	Eine der Residenzen des Langobardenkönigs Wacho; vermutlich die Stadt Keszthely am Plattensee.
Wüstung	Eine aufgegebene Siedlung, die noch in Urkunden erwähnt ist.

Etappen der Reise

Die erste Etappe von Hartwigs Reise beginnt in Ravenna und endet in Wachoburg *(Keszthely)*. Bis zur Wegkreuzung bei Zalalövö begleitete ihn sein Bruder Siegbert. Er ist Protagonist in dem historischen Roman „Die Spur der weißen Pferde" vom Heinrich Jung Verlag. Im Kapitel 9 (S. 196) trennten sich die Wege der beiden Brüder aus Rodewin. Sie hatten die Thüringer Königin ins Exil nach Ravenna begleitet. Siegbert soll im Auftrag der Königin die Rebellen in der besetzten Heimat anführen und Hartwig reiste mit dem Thüringer Prinz Amalafred zur Hochzeit des Langobardenkönigs Wacho, der in Wachoburg am See Pelso *(Plattensee)*, residierte.

Von dort soll er eine Gesandtschaft des Langobardenkönigs ins Frankenreich führen. Die Reise erfolgte in drei weiteren Etappen. Die Gesandtschaft nutzte das ehemalige römische Straßennetz, um schnell voranzukommen.

Etappe	Orte (neue Namen)	km
1 (Ravenna > Wachoburg, **grün**)	Ravenna > Padua > Aquileia > Ljubljana > Zalalövö > Keszthely *(Wachoburg)*	≈800
2 (Wachoburg > Athies, **rot**)	Keszthely > Zalalövö > Petronell > Wien > Passau > Regensburg > Straßburg > Toul > Metz > Verdun > Reims > Athies	≈1500
3 (Athies > Mons, **orange**)	Athies > Reims > Langres > Lyon > Cabrières > Bedarieux > Mons (Hérault)	≈1000
4 (Mons > Elb- kniegau, **violett**)	Mons > Lyon > Metz > Saarbrücken > Kaiserslautern > Mainz > Vacha > Eisenach > Erfurt > Neuroda > Naumburg > Leipzig > Köthen (Elbkniegau)	≈1500

Nach einem halben Jahr erreichte Hartwig sein Gut im Elbkniegau. Das Gebiet befindet sich südöstlich von der Mündung des Flusses Saale in die Elbe.

Über den Autor

Herbert Schida wurde 1946 in Neuroda (Thüringen) geboren. Er ist verheiratet und lebt mit seiner Familie in Wien.
Nach dem technischen Hochschulstudium (Elektrotechnik) arbeitete der Autor auf dem Gebiet der Supraleitung, Elektromaschinenbau, CAD, Identifikationssysteme und im Kraftwerksbau. Seit 1984 hat er als Maler Einzelausstellungen. Sein erstes Buch erschien 2009.

Publikationen

* **Im Tal der weißen Pferde,** Ein historischer Roman aus dem
  Thüringer Königreich, Heinrich-Jung-Verlagsgesellschaft mbH,
  Zella-Mehlis 2009
  ISBN 978-3-930588-92-3

* **Das Blut der weißen Pferde,** Ein historischer Roman aus dem
  Thüringer Königreich, Heinrich-Jung-Verlagsgesellschaft mbH,
  Zella-Mehlis 2011
  ISBN 978-3-930588-95-4

* **Die Spur der weißen Pferde,** Ein historischer Roman aus dem
  Thüringer Königreich, Heinrich-Jung-Verlagsgesellschaft mbH,
  Zella-Mehlis 2012
  ISBN 978-3-943552-03-4

* **Der Pferdejunge,** Fantastische Geschichten aus Rodewin, Heinrich-Jung-Verlagsgesellschaft mbH, Zella-Mehlis 2016, Herausgeber: Heimatverein Neuroda
  ISBN 978-3-943552-99-7

* **Bruder Reinhold und Graf Bertel,** Elgersburger Geschichten aus dem Mittelalter mit Bildern von Rosa Bauer, Verlag Kern GmbH, Ilmenau 2017
  ISBN 978-3-95716-261-8

* **Ein Ticket nach Shanghai,** Roman, Books on Demand GmbH, Norderstedt 2018
  ISBN 978-3-7528-4682-9

* **Die Geliebte aus Shanghai,** Roman, Books on Demand GmbH, Norderstedt 2018
  ISBN 978-3-7528-4713-0

* **Liebe und Tradition,** Roman, Books on Demand GmbH, Norderstedt 2019
  ISBN 978-3-7494-6595-8

* **Die chinesische Lady,** Roman, Books on Demand GmbH, Norderstedt 2019
  ISBN 978-3-7494-5327-6

Weitere Informationen finden Sie unter www.schida.net .